Karl Hermann Hummel

Hosenspannes

und

Marschmusik

Meine und meines Heimatdorfes Geschichte
von den zwanziger Jahren bis zum Ende der Hitlerzeit.

Manuela Kinzel Verlag

Ein herzliches Dankeschön
an Herrn Alois Wild aus Bad Boll
für die Zeichnung des heiligen Christophorus.

Manuela Kinzel Verlag
Johannisstr. 12 * 06844 Dessau
Tel. 0340 / 2202 646
Nördliche Ringstr. 3 * 73033 Göppingen
Tel. 07161 / 910 1827
mkinzel@buchhandlungkinzel.de

2. Auflage

ISBN 3-934071-73-2

Inhaltsverzeichnis

Zum Titelbild 5

Der Schauplatz des Geschehens 6 · Der Dorfmittelpunkt 7 · Mein Vater 8 · Das Kriegerdenkmal 8 · „Die drei Lilien" 9 · Elternhaus und Nachbarn 10 · Das Haus der „Goldigen" 18 · In der Kleinkinderschule 20 · Die Ahne 21 · Mutter 24 · „Arbeit macht das Leben süß" 27 · Erlebnis in der Schmiede 32 · Die Schule 32 · Schulanfang und Schulalltag 35 · Eine dörfliche Beerdigung 40 · Dorforiginale 41 · Kleine Freuden des Dorfes 44 · Schlierbacher Rennwagenbauer 45 · Zeitereignisse 45 · Das Autozeitalter beginnt 46 · Der See 47 · Häuslesbau in schwerster Zeit 48 · Das Kirchweihfest (Kirbe) 49 · Es spukt im Dorf 52 · Die große Wirtschaftskrise 54 · Politik 55 · Die Kirche 57 · Das Unheil kommt als Heil 60 · Die letzte echte Wahl 60 · Die erste Hakenkreuzfahne 62 · „Wer die Jugend hat, der hat die Zukunft!" 64 · Der Tag von Potsdam 65 · Ostermontagsausflug des CVJM 1933 69 · Hitlerjugend 69 · Eingeflochten 72 · Das Dorf wird „braun" gemacht 73 · Unser Ferienkind 74 · Konfirmation und Berufswahl 77

Die Lehre 79

Das Dorf Schlierbach ändert sich 83 · Die Hitlerjugend profiliert sich 85 · Die evangelische Jugend mit neuem Gesicht 87 · Unser Lagerlied! 87 · „Seid stark in dem Herrn" 88 · Lagerbericht vom 7. Tag (Donnerstag 8. August) 89 · Ferienbibellager des Evangelischen Jungendienstes Ebersbach-Fils vom 2.-12. August 1935 in Neufürstenhütte 90 · Nadelstiche! 91 · Gezielte Nadelstiche gegen mich persönlich 94 · Im Hitlerjugend-Ferienlager 95 · Das große Strafgericht 98 · Ein Lichtblick 100 ·Hitlerjugend ade! 101 · Meines Vaters Reaktion 103 · Und meine Reaktion 104 · Der letzte gemeinsame Ausflug der Evangelischen Jungenschaft 105 · Ende der Lehrzeit – Stellenwechsel 107 · Die „Reichskristallnacht" 109 · Letztes Osterrüsttreffen der Evangelischen Jugend in Stötten vor dem Krieg 109 · Ein Freund ist ein Geschenk! 111

Der Krieg bahnt sich an 111

Krieg! Krieg! Krieg! 113 · Es schlägt Dreizehn! Eine Turmgeschichte 114 · Musterung 116 · Reichsarbeitsdienst, „Schule der Nation" 117 · Noch eine „Galgenfrist" daheim 119 · Eine „denkwürdige Aussage" 120 · „Es ist so schön, Soldat zu sein!" 122 · Frankreich ade! 126 · Unser Geschützführer 131 · Eine beschämende Erinnerung 134 · Der Aufmarsch gegen Russland 134 · „Sie war das allerschönste Kind, das man in Polen find't, aber nein..." 136 · Die Feuertaufe 137 · Und weiter auf den Spuren Napoleons 144 · „Herr Leutnant, die Gans ist gefressen!“ 148 · Eine Schlappe, die uns ernüchterte! 150 · Von Orden, Kriegsruhm und Dienstgraden 159 · Beim Divisionsstab 163 · Und weiter, Moskau zu 163 · Die Christophorus-Plakette 165 · Wieder in Frankreich 167 · Nicht mehr lange und Weihnachten stand vor der Tür 169 · Ab zur Winterfront 170 · Max, der Kamerad und Freund 177 · Eine entscheidende Begegnung 179 · Der Heldenklau geht um! 180 · Wieder einmal daheim 181 · Kasernenluft 182 · Eine Exekution 183 · Wieder ein Abschied 185 · Und wieder nach Russland 185 · Frankreich – Lazarett Paris – Ein trauriger Transport 189 · Potsdam, Stadt der Zwei- und Fünfreichsmarkstücke 192 · Dänemark, Oase im Kriegsinferno Europas! 192 · Hitlerattentat! 194 · Beim Ausbildungskommando 195 · Eine fatale Bekanntschaft! 195 · Das Kriegsende 197 · Ein Schuldbekenntnis 199

500 Jahre Kirchturm Schlierbach (1498 – 1998)

Das Bild auf dem Umschlag zeigt das Dorfleben, das so die meiste Zeit des Turmbestehens an seinem Fuße stattgefunden hat, mit Ausnahme des Autobusses und der Radfahrer.
Die meisten Fahrzeuge waren die Bauernwagen, vorwiegend Kuhgespanne, die Mist, Jauche und landwirtschaftliche Güter transportierten.
In der Bildmitte der ausschellende Polizeidiener, wie man damals den Büttel bezeichnete, gehört zum Ortsbild dazu. Gleich daneben der Küfer, der ein Fass einbrennt, um die Dauben zu biegen. Auf der Miste nebenan belädt Sattler Müller seinen Wagen mit Mist, und am Gasthaus zum „Rößle" begibt sich Schultheiß Lang zu seinem Viertele, wo er von den „Drei Lilien", den drei ledigen Wirtinnen, erwartet wird.
Vom Oberberg herab kommt der Wagner Tröster. Er rollt ein Rad zur Schmiede, damit ihm dort ein Reifen aufgezogen werde. Auch die Hausfrauen, die ihren Brotteig in Strohkörbchen unterm Arm und auf dem Kopfe tragend zum Bäcker bringen, dürfen nicht fehlen.
Handwagen und Schubkarren am unteren Bildrand sah man häufig, doch diese sind heutzutage ganz aus dem Dorfbild verschwunden.
Am Haus der „Goldigen" an der Straßenkurve und neben dem Omnibuswartehäuschen stehen Gruppen von Buben, die um Werbel (Murmeln) spielen. Die „Goldige" vertreibt sie, indem sie den Pottschamber (Nachttopf) über ihnen ausleert.
Am unteren Bildrand arbeitet der „Kuhdrecksammler", der auch anzutreffen war. Hinten auf dem Pferdewagen sitzt ein Bub, der auf der „Schnättere" (der hinten hinausragenden Stange des Wagens) mitfährt, was allgemein bei der Jugend beliebt war. Rechts geht Pfarrer Fischer gerade ins Dorf, und im Pfarrhof holt die Pfarrmagd einen Arm voll Brennholz.
Vor dem Kirchturm steht Mesner Beyer mit seinem Schlüsselbund, und hinter dem Rathaus pumpt Bauer Heilemann gerade sein Güllefass voll.
Am untern Bildrand erkennt man einen Rad fahrenden Jungen, der noch kein Kinderfahrrad kannte, aber trotzdem Rad fahren konnte, indem er eben das Pedal unter der Querstange durch trat.
Das Bild wurde vom Autor, einem Sohn der Gemeinde Schlierbach, gemalt.

Der Schauplatz des Geschehens

Mein Geburtsort, Schauplatz des Geschehens, ist das schwäbische Dorf Schlierbach. Ein Kirchturm, umgeben von Häusern, umkränzt von Obstbäumen, Feldern und Wäldern, war das äußerliche Bild damals. Südöstlich, eine Wegstunde vom Dorf entfernt, erhebt sich die Bergkette der Schwäbischen Alb. Das ist mein Heimatdorf, und seine Geschichte ist auch meine und meiner Familie Geschichte, denn hier haben meine Vorfahren seit der Zeit vor dem Dreißigjährigen Krieg gelebt, den Boden bearbeitet, sich abgerackert, in Freud und Leid ihre Sorgen getragen, sich fortgepflanzt und vermehrt, so dass heute eine ganze Anzahl Einwohner meines Namens im Flecken wohnen.

Freilich, die Namensträger, aber auch die ganze Einwohnerzahl hat sich im Laufe der Jahrhunderte beträchtlich vermehrt, aber etwas konnte nicht vermehrt werden: der Boden, die Lebensgrundlage des Großteils der Bevölkerung, auch noch zu meiner Jugendzeit. Und weil im Altwürttembergischen die Realteilung üblich war, so wurden die Anwesen immer kleiner und die Leute immer ärmer.

Zu Beginn der zwanziger Jahre, in denen meine Beschreibung anfängt, waren die meisten Leute -und dementsprechend auch ihre Häuser- von der Landwirtschaft geprägt. Aber große, stattliche Bauernhöfe, wie man sie etwa im Oberland findet, suchte man vergeblich. Auch die Gebäude, denen man ansah, dass es früher einmal ordentliche Bauernhöfe gewesen sein mussten, waren vielfach angeflickt und aufgeteilt. Auch die Anbaumethoden, die Sitten, alles war noch so, wie es jahrhundertelang gewesen war. Es herrschte noch Dreifelderwirtschaft, an die sich jeder zu halten hatte. Die Gerätschaften für die Landwirtschaft waren die gleichen, wie sie schon die Väter und Urgroßväter benutzt hatten. Bei einem Landwirt habe ich noch einen Pflug gesehen, der, mit Ausnahme des senkrechten Schneidmessers, ganz aus Holz war.

Äußerlich gesehen war das Dorf eine Idylle. Doch schon wenn man ins Dorf hineinsah, wurde man eines Anderen belehrt. Die Straßen und Gassen waren dreckig, in den Kandeln floss das ganze Abwasser und manchmal auch die Gülle von überlaufenden Jauchegruben. Vor jedem Haus thronte eine Miste, und je größer und voller sie war, desto mehr zeugte sie von Wohlhabenheit. Im zeitigen Frühjahr gab es jede Menge Holzbeigen vor den Häusern. Das Brennholz ofengerecht zu machen, füllte die Zeit aus, bis die Arbeit auf den Feldern losging.

Die Menschen im Dorf waren fleißig. Nicht fleißig zu sein, das konnte sich niemand leisten. Wer leben wollte, musste arbeiten, ob er wollte oder nicht. Natürlich gab es Unterschiede. Man konnte arbeiten, um zu streben und dann war Lust dabei. Aber man konnte auch arbeiten, um zu leben, das heißt nur das zu tun, was notwendig war, um durchzukommen. Solches Tun hatte aber schon den Geruch von Faulheit bei den meisten Bewohnern. Strebertum, wo auch immer, wurde als Ideal hingestellt. Wie man sein Ziel, etwas zu haben und zu sein erreichte, das war zweitrangig. Hauptsache, man erreichte es.
Die Menschen im Dorf waren fromm und anständig! Die Kirche war jeden Sonntag voll bis auf den letzten Platz. Dass man in die Kirche ging, das gehörte sich. Doch dahinter verbarg sich etwas anderes: Man war neidisch, raffgierig, herrschsüchtig und voller Vorurteile. Wer mehr besaß, wurde beargwöhnt. Wo er das wohl her hatte? Und man hatte Grund, neidisch zu sein. Auf der anderen Seite war man aber bereit, vor dem Reichtum einen Knicks zu machen. Doch mit dem Neid, das hatte zwei Seiten. War man wohlhabender als die anderen, hatte man es nicht nötig, neidisch zu sein. Dann neigte man eher dazu, selbstgerecht zu sein; denn wer zu nichts kam, war wahrscheinlich selbst daran schuld und hatte es auch verdient. Es herrschte also keine echte Eintracht im Dorf.

Der Dorfmittelpunkt

Es gibt viele Dörfer in der Gegend, die alle etwa den gleichen Charakter haben wie mein Geburtsort. Mitten im Dorf als größtes und erhabenstes Gebäude erhebt sich auf dem Kirchhof, der früher einmal eine Wehranlage gewesen ist, die Kirche. In unmittelbarer Nähe dominieren noch drei Gebäude. Das ist das Pfarrhaus, noch in die Kirchenanlage einbezogen, dann gegenüber das Lehrerhaus und als drittes das Schul- und Rathaus, nach unseren damaligen Begriffen ein recht imposantes Gebäude. Durch seine Größe, aber auch weil es ein Backsteinbau im Gründerstil war, hob es sich von den umliegenden Gebäuden ab und passte nicht so richtig in die ländliche Umgebung.
Zwischen großen Rundbogenfenstern befand sich in Stuck das Relief eines Mannes, das Bild des Stifters. Allerlei legendäre Geschichten waren von diesem Mann noch im Umlauf. Er war ein Sohn der Gemeinde, hatte sie in jungen Jahren verlassen und es in der Fremde zu etwas gebracht, so dass er in der Lage war, seiner Heimatgemeinde ein solches Gebäude zu stiften. Auch hatte er vor, sich einmal in Schlierbach begraben zu lassen. Das hätte

der Gemeinde dann noch eine Turnhalle, eine Friedhofskapelle und was sonst noch alles gebracht. Als er aber auf dem Friedhof einen Besuch abstattete, soll gerade ein offenes Grab vorhanden gewesen sein, aber wegen des lang anhaltenden Regens halb mit Wasser gefüllt. „Nein, Wasser habe ich in der Welt, in Hamburg und auf dem Meer genug gesehen und um mich gehabt, und als Toter gedenke ich nicht in diesem Element zu liegen." Damit war der Traum von weiteren Stiftungen für die Gemeinde vorbei.
Das Rathaus stellte für unsere Familie ein wichtiges Gebäude dar, weil mein Vater dort seinen Arbeitsplatz hatte.

Mein Vater

Vater war bei der Gemeinde angestellt. Anfangs als Nachtwächter, und weil ihn dieses nicht auslastete noch als Straßenwart, Fleischbeschauer und Wiegemeister. Später rückte er nach als Büttel, oder wie man damals sagte, als Polizeidiener.
Als Nachtwächter hatte er jede Nacht seine Runden zu machen, trug Pistole und Seitengewehr (Bajonett) und hatte auch in den Wirtschaften abzubieten. Eine Stechuhr gehörte zu seiner Ausrüstung. An den letzten Häusern der Ausfallstraßen war jeweils ein Stechschlüssel in einem Kästchen deponiert, mit dem die Stechuhr traktiert wurde. Darin lief ein Papierstreifen ab, auf dem man ablesen konnte, um welche Zeit er an den jeweiligen Kontrollpunkten war. Jeden Monat hatte er die Uhr zwecks Kontrolle beim Herrn Schultheiß, das war damals der Titel des Ortsvorstehers, vorzuführen.

Das Kriegerdenkmal

Am Anfang der zwanziger Jahre, der „Goldenen", wie man immer wieder hört, bin ich geboren. Der Ausdruck löst bei mir die Frage aus, was an ihnen golden gewesen sein soll? Wenn man davon absieht, dass die Kindheitszeit ein goldener Abschnitt in der Erinnerung der meisten Menschen ist, bei mir nicht ausgenommen, so ist die Frage doch berechtigt. War doch dieses Jahrzehnt überschattet von den Folgen des verlorenen Ersten Weltkriegs, der darauf folgenden Inflation sowie dem Beginn der schweren Weltwirtschaftskrise. Man hatte die Weimarer Republik, aber die meisten Leute wussten damit nichts anzufangen. Die Monarchie spukte noch in den Köpfen der meisten Männer herum. „Ja, als man noch König und Kaiser gehabt hatte, da war Ordnung, da hatte man noch Arbeit und Brot", war eine oft gehörte Redewendung und meine frühesten Erinnerungen gehen zurück auf eine Begebenheit, die als Folge dieser Zeiten und des verlorenen Ersten Weltkriegs stattfand, nämlich die Erstellung eines Gefallenenehrenmals.

Ganz dunkel erinnere ich mich noch daran, dass auf dem Platz zwischen Kirche und Rathaus ein Kastanienbaum stand, wo ich auch einmal einige der so begehrten Kastanien fand. Auch ein Brunnen mit Trog, der als Viehtränke benutzt werden konnte, stand dabei. Eines Tages nun erschienen Männer, beseitigten Baum und Brunnen, rissen ein Stück der alten Kirchhofmauer weg, wobei Körbe voller Menschenknochen, die Gebeine unserer Vorfahren, zum Vorschein kamen. Die Arbeiter bauten den Brunnen in eine Betonmauer ein. Obenauf kam nun das Kriegerdenkmal; ein mächtiger Steinsockel, versehen mit den Namen der Gefallenen, und als Krönung ein grimmiger Löwe, in den Pranken einen Grenzstein mit den württembergischen Geweihstangen darauf. Das war ein Ereignis, das Abwechslung in den dörflichen Alltag brachte, der eben geprägt war von den Abläufen der Landwirtschaft. Wir Buben gehörten dabei zu den besonders eifrigen Beobachtern.

Und erst, als das Denkmal eingeweiht wurde... Da gab es ein Fest mit großem Festzug, mit Musik, einem Schmaus für unsere Ohren, denn Radio oder Grammophon kannten wir damals noch nicht. Eine Menge Gastvereine mit ihren Fahnen kamen, außerdem war ein hoher Militär anwesend. Ich erinnere mich noch, wie die alten Soldaten im schwarzen Frack, den Zylinderhut auf dem Kopf, die Orden auf der Brust und den Regenschirm geschultert, im Stechschritt an ihm vorbeimarschierten. Auch ein Kinderfest mit Karussell, mit Wurst und Wecken gab's dabei. Ereignis genug für die damalige Zeit, um in Erinnerung zu bleiben.

„Die drei Lilien“

Die Gastwirtschaften hatten bei einem solchen Fest natürlich auch ihren Gewinn. Sieben gab es deren im Ort.

Das Gasthaus „Rößle“ lag dem Rathaus und uns am nächsten. Es wurde von drei ledigen Damen, Schwestern, betrieben. Es galt auch als Treffpunkt der Honoratioren und des Rathauspersonals. Meine Mutter, aber auch andere betroffene Ehefrauen sahen es nicht gern, wenn ihre Männer dort einkehrten. Wenn die Frauen sich unterhielten, sprachen sie über die „Lilien“ sehr zynisch und titulierten sie als die „sechs Arschbacken“. Bei den Männern kamen sie besser weg, denn die nannten waren sie die „drei

Lilien". Es zeigt sich eben, dass alle Dinge zwei Seiten haben, und es kommt auf den Standpunkt des Betrachters an, wie er die Dinge sieht und beurteilt. Die Ehefrauen hatten nicht nur etwas gegen die „Damen", sondern auch gegen das Geldausgeben, auch wenn es sich immer nur um Pfennigbeträge handelte. Das Geld war damals sehr knapp bei so kleinen Gehaltsempfängern wie dem Büttel, dem Feldschützen und anderen.

Elternhaus und Nachbarn

Unweit des Rathauses, mit Zugang durch den Hof eines Bauernhauses, stand auf dem Bergele mein Elternhaus. Es war zusammengebaut mit dem Haus von Dote Päule, der ledigen Schwester meines Vaters. Es waren bescheidene Häuschen, und zur ebenen Erde sah man hinein in die Stube. Außer der Stube gab's noch eine kleine Kammer, die Schlafstube der Eltern, eine Kammer für uns Kinder, in der sich der Aufgang zur Bühne und der Abgang in den Keller befanden. Dann gab's noch eine Küche, in der wir den ganzen Sommer lebten. Erst später baute mein Vater ein größeres Schlafzimmer im Dachgeschoss ein, das den früheren Besitzern als Heustock diente.

Wir hatten zwar einige Wiesen und Äckerchen, die wir selbst bewirtschafteten, aber wir besaßen auch einen Scheunenanteil im benachbarten Bauernhaus, durch dessen Hofraum unser Weg führte. Das sprach dafür, dass unser Häuschen früher das Ausgedingehaus dieses Anwesens gewesen sein musste. Die Besitzverhältnisse des Bauernhauses stellten sowieso ein echtes Kuriosum dar. Es wohnten auf einer Seite mit einer Haustür zwei Familien, und auf der Rückseite mit einer Haustür noch eine weitere Partei. Erstere mit

der einen Haustür hatten nur einen Abort und den gleichen Stall. Scheune und Heustock teilten sich gar vier Parteien, wovon eine wir waren.
Das gab natürlich viel Ärger; es hatte ihn schon immer gegeben und man erzählte sich, dass die Bewohner miteinander auf dem Kriegsfuß gelebt hätten. Einmal, als die Inhaber der oberen Wohnung auf dem Feld waren, nutzten die unteren die Gelegenheit, sich einen eigenen Kamin, durch die Stube der oberen Wohnung zu bauen, und stellten sie bei der Rückkehr vor vollendete Tatsachen. Aber durch richterlichen Beschluss musste das wieder rückgängig gemacht werden.
Aber auch wir machten eine schlechte Erfahrung mit unserem Scheunenanteil. Als mein Vater einige Jahre später im Krankenhaus lag, hatte meine Mutter mit uns Kindern und mit Hilfe der Verwandten das Heu gemacht. Onkel Karl, der Bruder meiner Mutter, fuhr es uns mit seinem Kuhfuhrwerk ein. Wie wir aber vor der Scheune ankamen, stand noch der vollbeladene Wagen des Nachbarn in der Scheuer, während er gemütlich in seiner Stube saß und vesperte. Das wäre nun zu verkraften gewesen, doch es hatte sich ein schweres Gewitter zusammengebraut und es fing eben an, in Strömen zu regnen. Zu alldem hatte der Nachbar schon zuviel getrunken und fing an, mit meiner Mutter, die mit uns Kindern im Hof stand, herumzutoben und alle Heiligen vom Himmel herunterzufluchen. So stand unser Heu im strömenden Regen vor der Scheuer, und es blieb uns nur übrig, es zurück auf die Wiese zu fahren und wieder zu trocknen. Das war um so schlimmer, als wir kein eigenes Fuhrwerk besaßen, also immer auf die Hilfe von Verwandten angewiesen waren, die natürlich in Spitzenzeiten auch alle Hände voll zu tun hatten, und denen wir für die Dienste, die sie uns taten, auch wieder helfen mussten.
Später, als wir nicht mehr dort wohnten, begegnete der damalige Nachbar meiner Mutter. Unter Tränen sagte er zu ihr: „Gelt, ich war doch recht wüst zu dir damals." Man sieht daraus, wie die ärmlichen Verhältnisse zu Spannungen führten.
Angelehnt an unser Häusle befand sich das von Dote Päule. Das war unsere zweite Heimat, und so manches Gesälzbrot hat sie uns immer hungrigen Mäulern gegeben. Jedes Jahr an meinem Geburtstag im Mai bekam ich von ihr den letzten Apfel vom vorigen Jahr, und das war schon etwas Besonderes. Er sah zwar schon ein wenig eingeschrumpelt aus, aber geschmeckt hat er immer wunderbar.
Dote Päule verdiente ihren Lebensunterhalt seit ihrer Jugend in der großen Strumpffabrik Wirker. Sie hatte aber auch eine Schlafgängerin, die Luise,

im ganzen Dorf bekannt als die „Sette“. Sie war schwachsinnig, und die Gemeinde musste für ihren Unterhalt aufkommen. Normalerweise wäre sie in einer Anstalt gelandet, wenn sich niemand bereitgefunden hätte, sie aufzunehmen. Aber Dote Päule nahm sich ihrer an und bekam dafür von der Gemeinde eine kleine Entschädigung. Sie betrachtete ihren Einsatz, der ja nicht nur in materieller Hinsicht gefordert wurde, als Dienst der tätigen Nächstenliebe.

So ganz übel dran war die Luis' aber nicht. Sie ging tagsüber in den Haushalt des Strumpffabrikanten Wirker, wo sie allerlei einfache Arbeiten, wie Heizmaterial besorgen oder den Hühnerstall versehen, ausführen konnte. Da bekam sie dann das Essen und die Kleidung. Wir Kinder wuchsen mit ihr auf und hatten lange nicht das Gefühl, dass wir es bei ihr mit einer naiven Person zu tun hatten. Uns erschien sie eher wie eine gute Fee, die uns hin und wieder etwas brachte, das von ihren Brotgebern weggeworfen wurde. Denn das hatte die Luis' erkannt, dass man auch mit alten, weggeworfenen Sachen noch Freude machen konnte.

Im Übrigen war sie im Dorf bekannt und wurde an Feiertagen und manchen Sonntagen da und dort eingeladen, oder die Leute gaben ihr etwas, wenn sie Metzelsuppe hatten; für sie gleichbedeutend mit einer Bewusstseinsschulung, dass nicht alle Menschen mit gesundem Menschenverstand ausgestattet waren.

In ihrer Naivität erzählte die Luis' uns Kindern alles, was sie wusste und was sie hörte. So erzählte sie uns auch, wenn sie einmal gestorben sei, gebe sie keine „Leich“, also keine Beerdigung, sondern sie komme nach „Dübenga zom Operiera probiera“ (Tübingen zum Operieren probieren). Wir Kinder wussten aber so wenig etwas damit anzufangen wie sie selber, und erst viel später habe ich gehört, dass die Gemeinde Personen, die zu ihren Lasten beerdigt würden, der Anatomie in Tübingen überstellen konnte. Aber es kam eben doch ganz anders und da muss ich der Geschichte vorgreifen.

Es geschah im Kriegsjahr 1943. Immer wenn ich als Soldat im Urlaub war, besuchte ich auch Dote Päule. Als ich zu ihr kam, fiel mir gleich auf, dass es so ruhig und einsam bei ihr war. „Ja die Luis' hat man vor einem Monat begraben“, erzählte sie mir unter Tränen. Aber es gab noch eine dramatische Geschichte um sie. Allmählich ist sie älter und bresthafter (gebrechlicher) geworden, konnte schlechter gehen und war öfters krank. Und das in einer Zeit, in der man für „lebensunwertes Leben“ sowieso nichts mehr übrig hatte. Da kam die Aufforderung, man möge sie bereithalten mit dem

Nötigsten, sie werde abgeholt und komme in eine Anstalt. Bestürzt kam Dote Päule zu meinem Vater und berichtete ihm, denn man ahnte, was es geschlagen hatte.
Hier konnte nur Fabrikant Wirker helfen, und soviel Herz trauten sie ihm zu, sich für einen dienstbaren Geist, den er in seinem Haus um sich gehabt hatte, einzusetzen. Das tat er auch mit viel Erfolg, und die Luis' durfte daheim sterben. Vielleicht hatte bei ihm auch schon die Ernüchterung eingesetzt? Und weil es eine Zeit war, in der es jede Menge Tote gab, kam sie nicht nach Tübingen, sondern wurde auf dem heimatlichen Friedhof beerdigt.

Doch nun zu dem Nachbarhaus auf der anderen Seite. Das war nicht weniger ein Kuriosum, was die Besitzverhältnisse betraf, als das schon erwähnte. Es war ein reines Wohnhaus, aber auch angestückelt und angeflickt. Doch hatten wenigstens alle Parteien einen eigenen Eingang.
Uns zunächst wohnte die Jungfer Marta mit ihrer alten Mutter. Sie arbeitete auch in der Strumpffabrik, und ihre Mutter versah den Haushalt sowie das Gärtchen. So hatten sie Zeit und Muße, sich mit uns Kindern zu befassen, was sie auch gerne taten. In der Stube hatten sie das Bild „Der breite und der schmale Weg“ hängen, was davon zeugte, dass sie sehr fromm waren. Sie gingen in die „Stund“ (Bibelstunde).
Die Marta war so alt wie mein Vater, und wie ich schon als Junge mitbekam, hätte sie ihn, nachdem er Witwer geworden war, gerne geheiratet. Ich glaube aber, dass sie meinem Vater ein bisschen zu fromm und zu wenig schaffig war.
An einem schönen Tag nun, es war so um die Faschingszeit, gab es für Schlierbach eine Attraktion. Ein Lastwagen fuhr vor, die Pritschen waren abgeklappt, und darauf saßen zwei Stelzenmänner als riesenlange Kaminfeger verkleidet. Neben ihrer Leiter hatten sie noch einen Sprachtrichter (Sprachverstärker), mit dem sie alle Kinder einluden. Es waren Werbemänner einer Schuhwichsefabrik, und im Nu hatten sich eine Menge Kinder eingefunden. Sie waren nicht nur zu bestaunen, sondern sie verteilten auch etwas und dazu noch kostenlos. Natürlich war ich auch dabei, und voller Freude nahm ich eine papierene Maske mit dem Aufdruck Pilo-Peter sowie einen Indianerkopfschmuck aus Wellpappe mit ein paar bunten Federn in Empfang. Glücklich darüber lief ich heim, um auch meinen Bruder hinzuschicken, damit auch er so etwas bekäme.

Auf Nachbars Hausstaffeln (Steinstufen zum Haus), an denen ich vorbeikam, saß Jungfer Marta, und voller Begeisterung zeigte ich ihr mein Traumgeschenk und wollte es ihr auch gleich vorführen. Doch in heiligem Eifer riss sie mir die beiden Dinge vom Gesicht und aus den Händen und zerrupfte sie zu kleinen Schnitzeln mit den Worten: „So ein Teufelszeug, mit solchen Dingen nimmt schon der Teufel Besitz von euch Kindern! So will euch die Welt schon als Kinder verderben. Es ist doch ein großer Unfug, solche sündigen Sachen zu verteilen."
Für solche moralischen Belehrungen hatte ich natürlich kein Verständnis, fing darauf zu plärren an und ging heim, um es meiner Mutter zu sagen. Die versuchte mich zu trösten, aber in der Zwischenzeit kam auch mein Vater dazu.
Nun erzählte Mutter Vater von meinem Kummer, nicht ohne auf die liebe Nachbarin böse zu sein. Vater war zunächst sprachlos, worauf Mutter sich Luft machte: „Da stehst du und schwätzt gar nichts! Immer mischt sich diese alte Jungfer in die Erziehung unserer Kinder ein, und damit meint sie nur mich. Die ist nur erbost, weil du mich und nicht sie geheiratet hast." – „Jetzt mach bloß aus einer Muck keinen Elefanten, so schlimm ist es nun auch wieder nicht. Wir müssen sehen, dass wir gut mit unseren Nachbarn auskommen, du weißt ja, wie verzwickt hier die Besitzverhältnisse sind und ein Weg zu unserer Haustür geht auch über ihren Platz, da muss man auch mal schlucken." – „Das ist immer deine Antwort, aber das sag ich dir, mein ganzes Leben lang bleib ich hier nicht eingeklemmt! Da drüben die rechtschaffene Jungfer und auf der anderen Seite der ungute Nachbar, der uns auch den Weg streitig macht. Hier bleib ich nicht ewig, und wenn ich es mir vom Mund absparen muss!" – „Das sagst du so leichthin. Ein anderes Haus ist nicht so leicht zu haben, außerdem gibt es im Flecken ganz wenige Häuser, die nicht irgendeinen Makel haben, und Bauen in der heutigen Zeit, wer kann das schon?" – „Kommt Zeit, kommt Rat, ich geb die Hoffnung nicht auf", sagte meine Mutter.
So gab der fromme Eifer der Jungfer Marta wieder einmal den Anlass zu solchen Diskussionen. Sie hatte das bestimmt aus frömmelnder Engherzigkeit und vermeintlicher Verantwortung heraus getan. So war es eben in einem christlich geprägten Dorf, in dem es alle Schattierungen von Frommen gab.

Dann gab's im selben Haus noch eine Familie mit Kindern unseres Alters, die somit zu unseren Spielgefährten gehörten. Sie besaßen schon damals

eine Radelrutsch und eine Spielzeugeisenbahn. Das war doch der Traum eines jeden Jungen, auch von uns, und so war die Familie immer ein besonderer Anziehungspunkt, besonders zur Weihnachtszeit. Sie hatten aber auch noch eine Untermieterin, eine alleinstehende Frau mit Namen Grisewitsch, ein für unsere Gegend außergewöhnlicher Name. Zu ebener Erde wohnte und arbeitete sie, und wir Kinder konnten ihr zusehen, wenn sie an der Handstrickmaschine stand, wo sie für eine der Strumpffabriken Oberlängen strickte. Das war bestimmt ein sauer verdientes Brot, aber trotzdem war sie immer freundlich, wenn wir an ihrem Fenster standen und ihr zusahen. Früher aber hatte sie einmal bessere Zeiten gesehen und erlebt. Das hat mir meine Mutter erst viel später, als die Frau schon nicht mehr lebte, erzählt, denn sie war eine Verwandte von ihr.
Auch in der „guten alten Zeit", von der die Älteren immer erzählten, war es das Los der meisten Kinder, wenn sie aus der Schule kamen, in den Dienst (ens Deana) geschickt zu werden, denn dann hatte man einen Esser weniger am Tisch. So erging es auch der Base Grisewitsch. Sie wurde zu Auslandsdeutschen nach Rumänien als Magd geschickt, vielleicht auch mit dem Gedanken, dass sie dort einer heiratet. Sie muss sehr schön gewesen sein, denn der Kapitän des Donauschiffes, mit dem sie fuhr, heiratete sie vom Fleck weg. Er war sehr wohlhabend, und als er starb, hinterließ er ihr ein ansehnliches Vermögen an Wertpapieren und Bankguthaben, die aber durch den verlorenen Krieg und die folgende Inflation zu einem Nichts zusammenschmolzen. So kam sie wieder nach Schlierbach, wäre der Gemeinde zur Last gefallen, was sie auf keinen Fall wollte, und stand somit jeden Tag an der Strickmaschine. Wenn sie sonntags zur Kirche ging, in ihrer luxuriös altmodischen Kleidung, die noch aus der Zeit vor dem Ersten Weltkrieg stammte, sah man schon, dass sie für unsere Verhältnisse außergewöhnlich war, aber wir Kinder fanden das komisch.
Drei ledige Geschwister, zwei Frauen und ein Mann besaßen das nächste Haus, ein Bauernhaus. Sie waren wohl aus Passion ledig, denn sie gehörten zu den Mitgliedern der Hahnschen Gemeinschaft. Wenn im Sommer abends das ganze Dorf noch emsig beim Schaffen war, konnte es sein, dass man die Geschwister in guter Kleidung, die Frauen mit umgebundenem Stundenschälchen, das Andachtsbuch in der Hand, feierlich den Weg durchs Dorf zum Stundehaus gehen sah, von dem bald darauf der zeilenweise unterbrochene Gesang zu hören war. Es handelte sich um bescheidene stille Leute, die ihren Glauben im Dorf lebten, als wohnten sie in einer Oase.

Dafür war es im nächsten Haus umso lebhafter. Darin wohnten auch mehrere Parteien, in undurchschaubaren Besitzverhältnissen. Doch will ich hier nur die Familie W. erwähnen, denn sie hatten einen Holzsäge- und Dreschmaschinenbetrieb, was für uns Buben eine interessante und imposante Sache darstellte. Die große Familie mit ihren zum Teil schon erwachsenen Söhnen wurde in der Hochsaison mit zum Helfen eingespannt. Gab das immer ein Schauspiel, bis die Dreschmaschine in die enge Scheune bugsiert und der an die zehn Meter lange Treibriemen aufgelegt war, der die Kraft von der Dieselsäge auf die Dreschmaschine übertrug, und unter Staub und Lärm die Drescherei anfing. Da wollten wir Buben alle einmal Drescher werden, so gefiel uns das damals!

Aber auch sonst ging es lebhaft zu in der Familie. Die Söhne bildeten den Stamm des Arbeiter- und Radfahrervereins „Solidarität“, der wohl einen leichten Linksdrall hatte. Das wusste ich damals natürlich noch nicht, dazu war ich noch zu klein. Ich hörte lediglich, wenn sie mit ihren Schalmeien übten, und da erklang immer eine bestimmte Melodie, die mir in den Ohren blieb. Als dann das „Dritte Reich“ kam, hörte Verein und Melodie auf. Wie ich aber im Russlandkrieg 1942, am Tag der Roten Armee, nachts auf Posten stand, tönte diese Melodie, von den Russen gesungen, zu uns herüber. Ich fragte meinen Geschützführer, der einige Jahre älter war als ich, ob er die Melodie kenne, sie komme mir so bekannt vor. „Und ob ich die kenne, das ist die ‚Internationale’.“ Eine seltsame Erinnerung!
Ein Nachbar, der mit dem Garten an uns grenzte, war Sattler, Tapezierer und Polsterer. Aber es ging ihm wie vielen Handwerkern auf dem Dorf: Der Beruf allein ernährte ihn und seine Familie nicht, zumal es noch einen Konkurrenten im Dorf gab. So hatte auch er nebenbei noch Landwirtschaft, teilte sich aber Scheuer und Heustock mit den Nachbarn. Auch bei ihm gab es immer etwas zu sehen, in der Sattlerwerkstatt oder in der Seilbahn, wo er aus Seegras, das er selbst mit seiner Familie im Wald rupfte, Garbenbänder drehte. Da half ich gelegentlich auch beim Kurbeln aus.
Von seiner Frau, der Ricke, wurde ich jährlich einmal zu einer speziellen Tätigkeit engagiert. Sie pflanzten immer viel Kraut an, das sie zu Sauerkraut verarbeiteten. War nun das Kraut gehobelt, so musste es in das Krautfass eingestampft werden, und das war dann immer meine Arbeit. Dazu musste ich meine Füße sauber waschen, und dann ging’s barfuß in das Fass. Erst kam eine Lage Kraut, dann wurde Salz eingestreut, und ich

hatte zu treten, bis alles eine schöne matschige Masse war. Danach bekam ich immer ein großes gutes Vesperbrot mit Butter und Rauchfleisch.
Eines Nachts riss uns meine Mutter aus den Betten und trug uns aus dem Haus. Als sie mit uns auf den Armen ins Freie kam, sagte ich zu ihr: „Da fällt ja Feuer vom Himmel!“ In der Tat, in der Gasse uns gegenüber brannte das nachbarliche Anwesen des Bauern Weiler und von daher kam der Funkenflug und bedrohte auch unser Häuschen. Die Feuerwehr konnte ein Übergreifen des Feuers verhindern, obwohl mein Vater im Nachhinein sehr bedauerte, dass der „warme Wind“, wie er sich ausdrückte, nicht auch auf uns und die anderen Selbanderbuden (Gemeinschaftsbesitz) übergegriffen hat.
Das Haus der Weiler-Bauern war ein Fachwerkhaus gewesen, das Abbild eines stattlichen Anwesens. Es hatte nur den einen Fehler: Zwei Bauerfamilien mussten sich den Besitz teilen. Obwohl sie Vettern waren, gab es auch hier Spannungen. Nachdem alles bis auf den Grund niedergebrannt war, und die Feuerversicherung nach der Inflation mit gutem Geld bezahlte, konnte jede Familie ein freistehendes Haus bauen. Der Wiederaufbau des Anwesens spielte sich vor unseren Augen ab. Mein Dötle (Patenonkel), Maurer von Beruf, war auch daran beteiligt. Ich hatte ein besonderes Interesse, wie alles vor sich ging. Als dann der Rohbau fertig war, wurde zuerst der Bau der Scheune beendet, denn die neue Ernte musste dort untergebracht werden. Der Scheunenboden wurde aus Lehm gestampft, und dazu wurden alle Kinder der Gasse eingeladen. Von der gemeindeeigenen Lehmgrube wurde extra der Lehm angefahren, gleichmäßig verteilt, mit Wasser angegossen, und dann durften wir Kinder diesen barfuß einstampfen, wobei es ganz lustig zuging. Mit Lehmkugeln, die wir auf Gerten steckten, schleuderten wir in der ganzen Gegend umher, und so mancher Batzen hing nachher an den Fronten und Dächern der Häuser; heute würden sich die Besitzer schön dafür bedanken.

Als dann später die Häuser verputzt wurden, bekamen wir wieder neue Anregungen. Die Gipser machten als Abschluss einen so genannten Besenwurf drauf. Der wurde ausgeführt, indem ein Stab an die Hauswand gehalten wurde, dann mit der anderen Hand ein kleiner Reisbesen in den flüssigen Speis eingetunkt und damit draufgeschlagen, wodurch ein raupeliger Putz entstand. Das imponierte uns so gewaltig, dass wir das unbedingt nachmachen mussten. Das Material dazu lag ja buchstäblich auf der Straße, nämlich Straßendreck, Wegspeis genannt, denn geteerte Straßen gab es

damals noch nicht im Flecken. Ruten, die wir benötigten, brachten wir auch zusammen. Fehlte uns nur noch das geeignete Objekt, und da bot sich zuerst unser Mistemäuerle an. Doch dann wollten wir unseren Erfolg auch an würdigeren Bauwerken sehen, und so wendeten wir uns den Straßenfronten unseres und Gassenkamerad Alberts Elternhaus zu. Als wir dort fertig waren (es hatten sich in der Zwischenzeit eine Menge Helfer eingefunden), wendeten wir uns dem gemauerten Schuppen der Nachbarin Marta zu, doch deren Mutter erschien sogleich und fragte, was wir da machen wollten. Als wir ihr begeistert unseren Dienst anboten, war sie gar nicht begeistert, fing gleich an zu schimpfen mit der Drohung, uns auf dem Rathaus anzuzeigen, wo sie uns gleich einlochen würden, wenn wir nicht sofort mit der Sauerei aufhörten. Sie sagte das freilich nur, um uns abzuschrecken, denn sie hatte ein Herz für uns Kinder, und sie hat es mir, als ich schon erwachsen war, wieder erzählt.
Unser Unternehmerdrang war dadurch gedämpft und versiegte. So gaben wir eben auf und gingen heim. Da hieß es dann: „Ja wo kommt denn ihr her, und wie seht ihr bloß aus? Am liebsten würde ich euch mit samt den Kleidern in den Zuber stecken und durchkneten und durchklopfen!“ Das sagte Mutter und war gar nicht begeistert von unserer Profession.
Das Resultat war aber noch lange zu sehen, denn der Wegspeis war von so guter Qualität, dass er oftmals zum Mauern verwendet wurde. Später, als die Nachbarn in ihre neuen Häuser eingezogen waren, erlebte ich bei denen etwas, das auch verdient, festgehalten zu werden. Sie waren aufgeschlossene, umsichtige Bauern, und eines Tages sah ich, wie sie in ihrer Scheune Säcke mit schwarzem und weißem Pulver abluden, es mischten und zum Ausstreuen herrichteten. Einige Nachbarn kamen dazu, und dann wurde die Sache besprochen. Das war der neue Kunstdünger, den wollten sie jetzt probieren. Wunderdinge erzählte man davon. Die Saaten würden davon ganz mast und dunkelgrün und die Ähren ganz prall und voll.
Die Zuschauer waren mehr oder weniger skeptisch, ob sich das Geld, das sie auf den Acker schmeißen wollten, auch lohnte. In der Tat, mit dem Kunstdünger wurde eine neue Epoche in der Landwirtschaft und damit in der ganzen Ernährung eingeleitet.

Das Haus der „Goldigen“

Ein anderes Haus, wenn es auch nicht in unserer unmittelbaren Nachbarschaft lag, war der Treffpunkt unserer jugendlichen Spiele und Streiche. Es stand neben dem Rathaus, wo die Hauptstraße eine Kurve machte. Eigentlich war es ein beachtliches Bauernhaus, das als solches aber nicht mehr benutzt wurde. Unter dem Putz verbarg sich ein interessantes Fachwerk, man sah das an den vorgekragten Stockwerken, und den Wohntrakt zierten ganze Reihen von Fenstern. An der alten Haustür befand sich noch ein Klopfer, ein hufeisenförmiges Gebilde, beweglich befestigt, das die Hausklingel von heutzutage ersetzte. Die Sicht hinter das Haus war durch einen Bretterzaun verwehrt, aber wir Buben kletterten schon mal hinauf und sahen eine Menge alter landwirtschaftlicher Geräte, Kruscht und Brennnesseln. Bewohnt wurde das Haus von nur einer alten Frau, ortsbekannt als die „Goldige".

An der Vorderseite gegen die Straße zu befanden sich in jedem Frühjahr die so genannten Werbellöcher. Werbeln, das Spiel um Murmeln, wie die bunten Tonkugeln auf hochdeutsch heißen, war immer ein Lebtag und wurde in Schlierbach schon seit Generationen betrieben. Das Spiel ging folgendermaßen: Am Boden vor einer Hauswand befanden sich mehrere Löcher. Um sie herum wurde die Erde von Hand geglättet. Ein Werfer bot an, dass man ihm Murmeln setzte, und die gleiche Anzahl Murmeln gab er dazu. Dann warf er die ganze Handvoll Murmeln in Richtung der Löcher, war eine gerade Zahl drin, so gehörte der ganze Wurf ihm, und der Setzende hatte verloren. Manche brachten es darin zu einer großen Fertigkeit, und es gab solche Schlitzohren, bei denen man gar nicht erst zu setzen brauchte, denn man wusste im Voraus, dass man gegen sie nur verlor. Sie hatten dann tausend Stück und mehr in ihrem Besitz. Im Kramladen gab's die Werbel zu kaufen, 100 Stück zu zehn Pfennigen, waren aus gebranntem Ton und gefärbt. Aber Geld zum Werbel kaufen: Dafür waren unsere Eltern nicht zu haben, höchstens Dote Päule ließ sich gelegentlich erweichen.

Natürlich trafen sich beim Werbeln immer eine Menge Buben, und es ging ganz schön laut zu. Das rief dann die „Goldige" auf den Plan, die eine Schüssel Wasser oder gar den Pottschamper auf uns heruntergoss, um uns zu vertreiben. Wir fanden das lustig und setzten uns ab, um an einer anderen Hausecke weiterzumachen. Heutzutage sind alle Hausränder und Hofeinfahrten gepflastert und geteert, und man kann nirgends mehr ein Loch zum Werbeln machen.

Anfang der dreißiger Jahre ist dann die „Goldige" gestorben, und das Haus ging in den Besitz der Gemeinde über, die es dringend als Ersatz für ein Armenhaus brauchte.

In der damaligen, lumpigen Zeit hatte ein Bäcker, der eine zahlreiche Familie hatte, bankrott gemacht, und musste sein Haus räumen. Zuerst konnte die Gemeinde für die Familie keine Wohnung zur Verfügung stellen und kaufte einen ausrangierten Eisenbahnwagen der Reichsbahn, der dann auf ein Betonfundament gesetzt und zu Wohnzwecken hergerichtet wurde. Das gab ein Mords-Hallo, und der Flecken hatte wieder für eine Weile Gesprächsstoff. Der Standort der primitiven Behausung befand sich am Ufer des Sees. Das gab aber keine gute Behausung, denn sie wurden der Reihe nach alle krank. Gustav, der Sohn der Familie, ging zu mir in die Klasse. Der schämte sich, dass ihnen dieses Missgeschick passiert war. Aber einige sagten zu ihm: „Mensch, da möchte ich bloß wohnen, da würde ich jeden Morgen einen Spicker in den See machen!“ Im Sommer mochte das gegangen sein, aber im Winter froren sie erbärmlich.

In der Kleinkinderschule

Schon früh nahm mich meine Schwester mit ins „Schüale“, so sagte man damals zum Kindergarten. Manche sagten auch „Bäpperschul“ dazu, was nicht unbedingt zur Aufwertung in unseren Augen beitrug. Ja sogar ein Spottversle existierte darüber und hieß auf Schwäbisch: „Bäpperschüaler, Suppatrüaler, nemmt da Löffel mit spaziera“ (Womit jemand gemeint war, der nachplapperte und auch die Suppe verschüttete.)
Die Einrichtung war bei uns Kindern nicht sonderlich beliebt. War ja auch kein Vergleich gegen heutige Kindergärten, obwohl ich im Nachhinein sagen muss, dass einiges von dem damals Gelernten hängen geblieben ist. Wir schwänzten auch manchmal, und gingen lieber auf die weiter hinten liegenden Felder. Betreut wurde die Kinderschule von Schwestern, anfangs von Schwester Barbara, die schon ihr Leben lang dort arbeitete, und die auch schon meinen Vater als Kind betreut hatte. Sie war schon betagt, und man merkte ihre Eigenarten. Als unentbehrliches Erziehungsmittel hatte sie einen Stock. Ist ja auch kein Wunder, denn immerhin hab ich noch ein Bild von ihr, das sie mit ihren 71 Kindern zeigt, und deshalb ist ihr absolut nichts nachzutragen. Die Kinderschule war natürlich christlich geprägt. Noch heute kann ich das Lied, das wir damals bei ihr lernten: „Weil ich Jesu Schäflein bin....“, aber auch: „Christi Blut und Gerechtigkeit, das ist mein Schmuck und Ehrenkleid...“. Unter Schäflein konnte ich mir etwas vorstellen, aber mit Christi Blut wusste ich wirklich nichts anzufangen. Das war zu hoch für unseren kindlichen Verstand. Spielsachen gehörten zu den Raritäten meiner Kindheit. Die wenigen Bauklötzchen, die vorhanden

waren, glichen einem Tropfen auf einem heißen Stein. Eine Werbelrutsche war auch da, aber nie gab es Werbel dazu. Doch etwas Besonderes gab es, und davon schwärmte ich: ein Spinnrädle, wie damals auf so mancher Bühne eines stand, denn die Epoche des Handspinnens war noch nicht allzu lange vorbei. Wurde nun das Spinnrädle zum Spielen hervorgeholt, dann spannte die Schwester eine Schnur als Absperrung darum, und nur drei oder vier Buben, die ihre ganz besondere Gunst besaßen, durften hinter die Absperrung zum Spielen. Ein Spinnrädle, überhaupt ein sich drehendes Rad bedeutete für mich den Inbegriff der Seeligkeit, aber kaum einmal hatte ich das Glück, da mitspielen zu dürfen.

Die Ahne

Im Winter hatte ich schon sehr bald eine besondere Aufgabe: Nach der Kinderschule hatte ich zur Ahne zu gehen. Sie war die Mutter meiner Mutter und die noch einzige Lebende von allen Großeltern. Mit Onkel Karl, noch ledig, betrieb sie die großelterliche Landwirtschaft. War die Feldarbeit von Sommer und Herbst vorüber, begann für Ahne die Näh- und Flickarbeit, um alles wieder in Ordnung zu bringen, was in dieser Zeit liegen blieb. Sie war eine kleine hagere Person, mit abgearbeiteten Händen, sehr energisch und streng, die ich kaum einmal lachend erlebt habe. Das wundert auch nicht, denn der Existenzkampf war sehr hart für sie, besonders nach dem frühen und tragischen Tod des Großvaters.
In kleinsten und ärmlichsten Verhältnissen hatten sie am Beginn ihrer Ehe angefangen. Ihr Häuschen war so klein, dass ich heute noch staunen muss, wie sie alles untergebracht hatten, die Kuh, die Geiß, das Heu, das Getreide, das Arbeitsgerät, und dazu noch die fünfköpfige Familie.
Dass sie nur eine Kuh und eine Geiß hatten, weiß ich genau, denn meine Mutter erzählte mir von einem Dürrejahr am Ende des letzten Jahrhunderts, in dem den Bauern das Futter nicht reichte, um ihr Vieh durchzubringen. Der damalige Schultheiß gab den ärmeren Leuten, die nur ein Stück Großvieh hatten, die Erlaubnis, in den Gemeinde-Wäldern das Laub von den Bäumen abzustreifen und als Viehfutter zu verwenden. Zu den Berechtigten gehörten auch meine Großeltern. Trotz dieser Verhältnisse konnten sie aber später ein größeres Bauernhaus erwerben, ihren Viehbestand vergrößern und kamen dann zu bescheidenem Wohlstand. Nicht zuletzt deshalb, weil Großvater Heinrich ein vielseitiges Tüftele war. Neben seiner Landwirtschaft verstand er es, auch Schuhe zu reparieren, und er war einer der Ersten in der Gemeinde, die Bäume umpfropfen konnten, hatte schon bald

Frühkirschen, die die Ahne dann zu einem guten Preis auf dem Markt verkaufte.
Vom Ehle, dem Großvater Heinrich, hat sie nie etwas erzählt. Sie muss sich geniert haben, denn er hatte seinem Leben selbst ein Ende gesetzt, und das war ein Makel für die ganze Familie, obwohl zweifellos gesundheitliche Gründe eine Rolle spielten. Am Anfang des ersten Weltkriegs klagte Großvater, dass er am Hinterkopf nicht mehr warm werde, und Schmerzen an der Stelle habe. Zu der Zeit tat einem manches weh, ohne dass man einen Arzt aufsuchte, denn das machte Umstände und kostete Geld. Eines Abends kam er nicht mehr heim, und trotz eifrigen Suchens fand man ihn erst viel später - erhängt, irgendwo am Albrand.
So musste die Ahne das Regiment selber führen, denn Onkel Karl war noch ein Bub, der erst aus der Schule kam. Das tat sie auch mit Energie, Zielstrebigkeit und einer Sparsamkeit, die geradezu an Geiz grenzte, der sie nicht mehr losließ, so lange sie lebte.
Nun saß sie an Wintertagen in ihrem kleinen Stüble, (die große Stube zu heizen, hätte ihre Sparsamkeit nicht zugelassen) und nähte und stopfte. Als ich nun fünf oder sechs Jahre alt war, ließ ihre Sehschärfe nach, und sie hatte Schwierigkeiten beim Einfädeln der Garne.
„Der Bub“, gemeint war ich, „ist groß genug, und ganz geschickt ist er auch. Den schick ich dir, der soll dir deine Garne einfädeln, das kann der gut“, sagte meine Mutter zur Ahne.
Sie hatte da einen Nadelbausch, der voller Nadeln steckte, und die musste ich alle auf Vorrat mit schwarzen und weißen Fäden und Garnen, je nach Bedarf, einfädeln. Auch die Nähmaschine versah ich, und wenn die Spule fürs Schiffchen leer war, machte es mir besonders Spaß, es wieder zu bespulen, denn bei der Nähmaschine drehten sich Rädchen und Rollen, und ich fühlte mich in meinem Element.
„So, dich kann man brauchen, und dafür kommst du dann am Sonntag zu mir zum Vesper!“ Mit diesen Worten entließ sie mich nach getaner Arbeit.

Am Sonntag kam ich dann zur Vesperzeit zu ihr. Auch da saß sie in ihrem Stübchen. Doch heute hatte sie einen schwarzen Rock an, und alles, was nach Arbeit aussah, war weggeräumt. Am Tisch sitzend hatte sie vor sich die Bibel und ein Gesangbuch im Großdruck, in denen sie las.
Das waren die einzigen Bücher, die ich im Haus sah, und ich glaube, Ahne hat nie ein anderes Buch gelesen, außer ihren Schulbüchern. Auch schien das ihr einziges Sonntagsvergnügen zu sein, wenn sie nicht gerade unter-

wegs war, um bei ihren Kindern reinzuschauen und nach dem Rechten zu sehen.
„So, wenn du kommst, dann müssen wir ja wohl vespern.“ Mit diesen Worten räumte sie die Bücher weg, die für mich wenig Reiz besaßen, denn sie hatten keine Bilder, und lesen konnte ich ja noch nicht. Dann richtete sie das Vesper her.
Wer nun glaubt, es habe da ein Bauernvesper nach heutigen Vorstellungen, etwa mit Butter, Rauchfleisch oder sonstigen Köstlichkeiten gegeben, hat sich getäuscht. Rauchfleisch, das hing wohl auf der Bühne, aber das gab es nur in Arbeitsspitzenzeiten, etwa im Heuet oder bei der Ernte. Jetzt in der Winterszeit so luxuriös zu essen, das wäre Verschwendung für sie gewesen.
Aus der Tischschublade holte sie den Brotlaib, und dazu ein Laible Backsteinkäse. Brot gab es, so viel ich wollte, doch vom Käse schnitt sie Scheiben in Bleistiftstärke ab, die sie wiederum in gleichseitige Würfelchen teilte. Dann bekam ich die Anweisung, zu jedem Bissen Brot so ein Würfele zu essen. Aus der Ofenröhre holte sie das mit Most gefüllte Henkelglas, kramte aus ihrer Tischschublade zwei Stück Würfelzucker hervor, und versenkte sie darin, mit dem Brotmesser umrührend, bis sie zergingen. Damit machte sie ein besonderes Zugeständnis, weil es Sonntag war. Zu gerne hätte ich ein paar Würfelzucker für mich gehabt zum Schlotzen, aber da blieb sie hart. Zucker war nur zum Süßen da, und wurde deshalb äußerst sparsam verwendet. Sie passte auch höllisch auf, dass man ihr keinen stibitze.
Also aßen wir Brot mit Käse, tranken gesüßten Most dazu und wurden davon wirklich und ehrlich satt, und das war doch dabei das Wichtigste. Gelernt habe ich dadurch, nie aufhausig zu leben, und das ist mir ein Leben lang zugute gekommen.
Ein anderes Erlebnis, das so ganz ihre Auffassung zeigte, ist mir noch gut in Erinnerung.
Ich mochte etwa sechs Jahre alt gewesen sein, als ich einmal einen wunderschönen sonnigen Tag erlebte. Der Wind trieb die weißen Wolken am blauen Himmel von Osten über First und Turm der Kirche. Ein Bild zum Malen hätte das gegeben.
Ich stand vorn auf Nachbars Bergele und beobachtete das. Dabei bemerkte ich, wenn man nur den Turmhahn ansah, fing dieser an zu schweben und segelte durch die Wolken wie eine Galionsfigur. Er fuhr und fuhr ..., wo mochte die Reise wohl hingehen? Da kam die Ahne des Wegs. „Was

guckst denn du so komisch da nauf?" - „Ahna, siehscht et, wie der Gockeler durch d' Wolka fährt?" - „Bua, was hoscht doch du für Grilla? Komm no mit, i gang grad zu deiner Muader."
Sie nahm mich mit, und bei meiner Mutter angekommen, sagte sie: „Karlena, geb no dem Bua a Arbet, sonst muss der em Gockeler auf em Kirchturm zuagucka, und wird so a Spenner, wia deine Drehers (gemeint war die Familie meines Vaters), denn bei dene ischt nia a Pfennig Geld em Haus ond nia gnuag Brot en der Schublad gwea." Also schickte mich Mutter mit Schaufel und Eimer zum Mistsammeln.
Die Ahne stellte für mich aber auch eine Bezugsperson dar, wenn ich aus früherer Zeit etwas wissen wollte. Allerdings erst später, als ich schon älter war und mich für die Geschichte zu interessieren begann.

Ahne war 1861 geboren. Sie zählte also etwa neun oder zehn Jahre, als der deutsch-französische Krieg stattfand, als „Siebziger Krieg" bei den damaligen Alten noch in Erinnerung. Bei denen hatte er einen Glorienschein, denn Deutschland hatte ihn ja gewonnen.
Als ich einmal mit Ahne im Heuet in einer Pause zwischen Verstreuen und Umwenden an einem Wiesenrain saß, fragte ich sie, ob und was sie noch wüsste aus jener Zeit.
Von dem damaligen Krieg habe sie wohl gehört, aber für solche Sachen hätten sie absolut keine Zeit gehabt. Wer in ihrer Jugendzeit nicht verhungern wollte, musste arbeiten und nochmals arbeiten. Und wer hatte schon eine Zeitung? Im ganzen Verwandten- und Bekanntenkreis niemand, nur wohlhabende Leute wie der Schultheiß und der Pfarrer. Also keine Spur von Kriegsgewinnlern, Kriegspathos oder Vaterlandstümmelei, wie manche Männer in meiner Jugendzeit von den Kriegen schwärmten, sondern pure Armut, die viele Dorfbewohner damals zur Auswanderung trieb, vornehmlich nach Amerika.
So wenig Patriotismus enttäuschte mich damals schon ein wenig, denn es brach gerade die Zeit an, dass Hitler sich anschickte, die Macht zu ergreifen.

<u>Mutter</u>

Meine Mutter war die Dünnste der drei Schwestern. Nach der Konfirmation traf auch sie das Los, dass sie ins Dienen (ens Deana) musste. Mit ihrer Statur konnte man sie zu keinem Bauern geben, denn da würde sie der Wind vom Acker blasen, und auf einem Bauernhof musste man zupacken

können. Ein Pfarrhaus wäre das Richtige, denn Pfarrer lebten fürstlich, gemessen an so einem Bauernhöfle wie dem Elternhaus meiner Mutter.
Gute Stellen waren rar, und so kam sie gleich weit fort von daheim, in das Pfarrhaus von Kirchheim am Rande des Ries. Als Dienstpersonal hatte man dort bereits eine Küchenmamsel, eine Magd, und jetzt kam noch Karoline, meine Mutter, als Jungmagd dazu. Der Herr Pfarrer, ein richtiger Dorfherr, half nicht nur das Regiment im Dorf zu führen, sondern auch zusammen mit seiner Frau einen herrschaftlichen Haushalt, und war sich auch da seines Standes bewusst. Dienstmädchen gehörten einem niederen Stand an und wurden auch so gehalten. Es gab zweierlei Kost im Pfarrhaus: im Esszimmer die Tafel für die Herrschaften, und das Dienstpersonal aß in der Küche. Das wäre nun nicht weiter schlimm, wenn es wenigstens genügend und gut gewesen wäre. Aber richtig satt sei sie da nie geworden, solange sie dort arbeitete, erzählte Mutter. Hähnchen und Gänse musste sie schlachten und rupfen helfen, aber das Dienstpersonal bekam nichts davon. Die Arbeit war äußerst anstrengend, denn alles Wasser musste vom Brunnen ins Haus getragen werden, und das gehörte zur Aufgabe der Jungmagd. Beim wöchentlichen Waschtag wurde morgens um vier Uhr angefangen. Neben dem Wassertragen hatte sie die Waschmaschine zu kurbeln, und das ging den ganzen Tag.

Im Dorf hatte sie eine Freundin gefunden, die Rosa, die sie aufklärte, wie die Sache im Pfarrhaus lief. Vom Dorf bekämen die vom Pfarrhaus schon lange niemand mehr zum Dienen, denn ihr schlechter Ruf habe sich herumgesprochen. Der Pfarrer hielte es mit den großen Bauern, die die großen Herren spielten. Auch sie müsste, wenn ihre Schwester konfirmiert sei, ins Dienen, aber sie gehe nach Stuttgart, da hätten es die Dienstmädchen besser.

Als Mutter nun an Weihnachten das erste Mal heimkam, brauchte sie gar nicht erst zu sagen, dass es ihr schlecht ging, sie sah so mager aus, dass sie nur noch ein Strich war. Man lebte im Elternhaus nicht gerade zimperlich, was Arbeitsleistung und Wohlergehen betraf, aber diese Tatsache war so offensichtlich, dass Großvater Heinrich entschied, dass sie nicht mehr dahin dürfe.

So blieb sie nun vorerst daheim und ging, wie so manche andere von Schlierbach, in eine der Strumpffabriken (Firma Eger) zur Arbeit. Noch 1910, als der Haley'sche Komet erschien, arbeitete sie dort. Der Chef holte alle Frauen eines Abends ins Freie heraus, zeigte ihnen den Kometen, und sprach die Befürchtung aus, dass es nun bald Krieg geben werde.

Eines Tages erhielt sie von ihrer Freundin Rosa Post. Die schrieb ihr, dass sie in Stuttgart eine sehr gute Stellung habe und dass sie ihr eine ebenso gute bei der Verwandtschaft ihrer Herrschaft wüsste. Die Stelle werde nur deshalb frei, weil deren langjähriges Dienstmädchen heirate.
Das ließ sich Mutter nicht zweimal sagen, und sie fing im Haushalt bei Kommerzienrat Döbele an. Dort ging es ihr wirklich gut, und die Leute gefielen ihr so sehr, dass die Verbindung ein ganzes Leben lang, ja sogar darüber hinaus zu ihren Kindern, nicht abriss. Frau Kommerzienrat stammte selbst aus einfachen Verhältnissen. Sie war Bäckerstochter, aber dabei Mensch geblieben, obwohl sie nach landläufigen Begriffen geradezu im Geld schwammen, denn ihre Tochter bekam bei ihrer Hochzeit von ihren Eltern tausend Goldmark als zusätzliches Geschenk zu ihrer Aussteuer. Mutters neue Herrschaft stellte sich recht nobel an, nicht nur in materiellen Zuwendungen, sondern auch an Menschlichkeit. Sogar ins Theater durfte sie gelegentlich mit. Und dass Mutter ordentlich und schick eingekleidet wurde, darauf war Frau Kommerzienrat sehr bedacht.
Schon bald durfte sie auf Besuch heimfahren und im Elternhaus zeigen, dass es ihr gut ging. Da kam sie für dörfliche Begriffe als schickes, elegantes Mädchen an. Natürlich war der Besuch des sonntäglichen Gottesdienstes unumgänglich.

Es war damals üblich, dass die Frauen unten im Schiff der Kirche zu sitzen hatten. Die frisch Konfirmierten sowie die Ledigen hatten vorne, in den Bänken links und rechts vom Taufstein, der in der Mitte vor dem Altar stand, ihren Platz. Links vorbei an der Pfarrersloge befand sich das Treppchen, das von der Sakristei hereinführte. Sittsam bekleidet, mit ihren damaligen langen Röcken und Kleidern, und meine Mutter in ihrer neuen eleganten Garderobe, saßen die Mädchen unter der Kanzel und lauschten der Predigt des Pfarrers. Außen an der Bankreihe saß meine Mutter. Wie sie während der Predigt einen Blick zur Sakristeitür tat, sah sie, wie eine Maus, eine richtige, leibhaftige Kirchenmaus, durch den Spalt der ange-

lehnten Sakristeitüre schaute, das Treppele seitlich heruntersprang und ein Weilchen anhielt. Dann schlich sie weiter am Altar entlang, nahm die Stufe davor, und dann ging's geradewegs auf den davorstehenden Taufstein zu, um den sie herumlief, als suche sie dort etwas. Natürlich hatte Mutter jetzt kein Ohr mehr für Herrn Pfarrers Predigt. Ihre ganze Aufmerksamkeit galt der Maus. Die schien sich erschreckt zu haben und rannte in Panik auf die Bank zu, in der Mutter saß, und -o Schreck- suchte direkt unter ihrem schönen, neuen, langen Rock Zuflucht. Über die Wirkung bei sich hat Mutter immer geschwiegen. Ich möchte aber doch annehmen, dass dieses ihr den Sonntag verdarb. Als Bauerntochter hatte sie sicher schon Mäuse gesehen. Aber diese Situation – das war doch was anderes. Da konnte man schon in Panik geraten. So lustig sich dieser Vorfall heute auch anhört; so war Mutter doch geschockt, und einen Platz außen an der Kirchenbank hat sie ihr Leben lang vermieden.
Trotz allem ist meine Mutter eine normale Kirchgängerin geblieben, und wenn es die Umstände erlaubten, ging sie gerne zum Gottesdienst. Auch wir Kinder wurden dazu erzogen, dass ein Sonntag ohne Gottesdienst einfach kein rechter Sonntag ist.

„Arbeit macht das Leben süß"

Des Öfteren wurden wir Kinder auf das Bauernhöfle der Ahne geschickt, um zu helfen: Im Sommer auf dem Feld, aber auch im Winter, und ganz besonders in der Übergangszeit, wenn es zu teuer war, daheim schon den ganzen Tag die Stube zu heizen. Da eignete sich der Viehstall sehr gut, um Bohnenkerne aus den Schoten zu pulen, auf schwäbisch: Auslaifla. Es wurden dann die Melkhocker im Kreis aufgestellt, und in die Mitte kam der Korb mit den Bohnenhülsen (Bohna-scheafa, eine „alte Scheaf" war im Dorfjargon die abfällige Bezeichnung für eine unzufriedene, nörglerische Frau).
Allerhand Sorten und Farben gab es bei den Bohnenkernen, und ich fand das interessant. Was an Kernen nicht als Saatgut Verwendung fand, gab einen wohlschmeckenden Brei. Gab es den und dazu handgeschabte Spätzle, dann waren wir satt, und hatten nicht so schnell wieder Hunger, denn den hatten wir immer, und waren daher für ein Stück Brot stets zum Helfen bereit.
In den Ernteferien, wie man damals die großen Ferien nannte, weil für die meisten Kinder die Ferien da waren, um daheim mitzuhelfen, gingen wir,

wenn unsere Hilfe bei der Ernte gerade nicht gebraucht wurde, zum Ährenlesen auf die abgeernteten Felder.
In einem sehr heißen Sommer brannte die Sonne so heiß auf die Stoppelfelder, dass das Ährenlesen eine richtige Strapaze gewesen ist. Einen Vormittag mit dieser Tätigkeit hatten wir schon hinter uns, und das Mittagessen auch. Dann sollte es gleich wieder auf die Felder gehen, denn am Nachmittag führten die Bauern das Getreide ein. Da gab es die meisten abgeräumten Äcker, und dem entsprechend auch die meisten Ähren.
Doch Bruder Christian, das jüngste Exemplar der Polizeidienersfamilie, motzte und jammerte, die Sonne brenne ihm so stark auf den Kopf, dass der ihm weh tue, und deshalb wolle er keine Ähren lesen. Vater hatte an dem Tag ein starkes Zahngeschwür, und mit seiner geschwollenen Backe sah er von einer Seite aus wie ein Hamster. Geradezu zum Lachen war es, wenn man ihn anschaute, wäre es nicht so ernst gewesen. Als er den Christian jammern hörte, sagte er: „Das werden wir gleich haben, da hab ich droben noch ein feines Strohhütchen!“ und schickte sich an, es zu holen.
Was er anbrachte, hieß „Kreissäge“, jener Hut, der vor dem ersten Weltkrieg zur Mode gehörte, und natürlich in Männergröße. Er stülpte das „Strohhütchen“ über sein Bubenköpfchen, und der Christian sah nun echt aus wie eine Vogelscheuche.
Darüber brachen wir allesamt in Gelächter aus. Bei Vater mit der Wirkung, dass ihm das Zahngeschwür platzte, und eine Tasse voll Eiter sich auf den Boden ergoss.
Solcherart erleichtert nahm es Vater nicht mehr so streng und meinte, wir könnten ja dann bei der ärgsten Hitze einen Schatten aufsuchen. Mit dem Helfen machten wir aber auch schlechte Erfahrungen. Auf dem Weg zum Ährenlesen kamen wir durch das Dorf. Vor seinem Haus stand ein Bauer, der gerade seine Mostfässer putzte. Als er mich erkannte, sagte er zu mir: „Du könntest doch in mein großes Fass hineinschlüpfen und es putzen und bürsten, denn ich kann nicht so weit hineinlangen. Du kriegst etwas dafür.“
Bereitwillig zog ich mich aus und schlüpfte hinein, denn als schmaler, schmächtiger Bub konnte ich das schon, und die Freude etwas dafür zu bekommen, gab natürlich den Ansporn dazu.
Wie ich im Fass drin war, reichte er mir die elektrische Handlampe herein, damit ich etwas sehen konnte. Als das Kabel unten durch die Nässe kam, bekam ich Stromschläge ab, dass es mich schüttelte. Aber passiert ist weiter nichts.

Nach getaner Arbeit hoffte ich, etwas zu bekommen. Er sagte: „Kommst, wenn meine Nüsse reif sind, dann kriegst du welche.“ Er hatte nämlich einen großen Nussbaum bei seiner Miste stehen.
Als ich mich meldete, wie die Nüsse reif waren, da hatte er angeblich keine mehr, und wie ich selber unter seinem Baum suchte, kam seine alte Mutter und jagte mich fort.
Solche Leute hat es im Flecken auch gegeben. Mein Großvater, gelernter Drexler, konnte ein Lied davon singen, wie mir mein Vater erzählte. Zu dem brachten sie immer ihre Arbeitsgeräte, um sie mit neuen Handgriffen versehen zu lassen. Wenn sie die Geräte abholten, sagten sie zu ihm: „Kommst am Jahresende, da bezahlen wir.“ Wenn er dann sein Geld holen wollte, vertrösteten sie ihn, bis sie ihr Schwein verkauft hätten, oder stellten sich dumm. Weil es sich um viele, aber kleine Beträge handelte, lohnte sich ein Einklagen nicht, und so zog er immer den Kürzeren. Es ging immer mehr rückwärts bei ihm, bis er am Ende seines Lebens so verarmte, dass es ein Jammer war.
Jeder Bürger der Gemeinde bekam nach seiner Eheschließung drei Gemeindeteile. Das waren Äckerchen von etwa sechs Ar. Sie lagen verteilt in verschiedenen Anbaugebieten wegen der Dreifelderwirtschaft. So konnte man auf einem Teil Sommer-, auf dem anderen Wintergetreide, und auf dem dritten, der Brachete, Gemüse und Kartoffeln anbauen. Weil außer Pflügen und Sähen alles in Handarbeit geschah, so war die Hilfe von uns Kindern sehr gefragt.
Aber das Düngen erwies sich auch als ein Problem, vorwiegend für Leute wie uns, die kein Vieh hatten, und Kunstdünger kannte man kaum. Auch der Inhalt der Abortgruben wurde als wertvoller Dünger verwendet.
Ich hörte zufällig mal ein Gespräch mit, das zwei Bäuerle über einen dritten führten, dem es in dieser Beziehung besser ging als ihnen. „Ja, der Hellerbauer, der hat gut düngen, der darf die Abortgrube vom Schulhaus leeren, zu all seinem großen Viehbestand. Doch nicht genug des Guten, die Abortgrube des Pfarrers darf er auch leeren, und dazu bekommt er noch eine Zigarre extra vom Pfarrer!“
Wir lösten das Problem auf unsere Weise. Der Dung lag ja buchstäblich auf der Straße, denn das Zugvieh kannte keine Hemmungen, wenn es unterwegs war.
So kam man schon bald darauf, dass das eine Aufgabe für mich wäre. Kuhdrecksammler zu sein, das machte mir nichts aus, dafür habe ich mich noch nie geschämt!

Mit Eimer und Schaufel fing ich an. Wollte man es aber richtig machen, so gehörte dazu eine entsprechende Karre. Die bestand aus einer Kiste mit zwei angenagelten Latten als Deichsel und zwei Rädern von einem ausrangierten Kinderwagen. Alte Kinderwagenräder waren rare Gegenstände, daher sehr begehrt, denn man konnte allerlei damit basteln. So dauerte es einige Zeit, bis ich welche fand.
Mutter hatte noch unseren Kinderwagen auf dem Dachboden stehen, der wäre dazu ideal gewesen. Aber den rückte sie nicht heraus, sie wird wohl ihre Gründe gehabt haben.
Der Wagen erwies sich als ein komfortables Gefährt, und war ein Andenkenstück von ihrer früheren Herrschaft. Mit mir als Kleinkind soll sich der Wagen einmal selbstständig gemacht haben, und das Bergele hinuntergerollt sein. Erst auf der Straße kam er zum Stehen, als er umkippte. Ich lag mit einer Schmarre am Kopf im Straßendreck. Meine schlechten Diktatergebnisse führte Mutter auf diesen Unfall zurück.
Eines Tages nun hatte ich Glück. Ich fand in einem Steinbruch, der als Auffüllplatz diente, und den ich immer wieder nach Brauchbarem absuchte, zwei der so begehrten Räder, allerdings ohne Achse. Aber da behalf ich mich zunächst mit einem Stecken aus Eschenholz, den ich unten an eine Kiste nagelte und als Achse verwendete. Noch seitlich eine Deichsel hingebastelt, und die Karre stand fertig vor mir. Eine alte Kehrichtschaufel, dazu ein Brettchen, das aussah wie ein Spatzenbrettle, und die Ausrüstung war komplett.
Die erste Sammeltour begann, und bald schon hatte ich den Karren beinahe voll. Aber o weh! Mitten auf der Straße krachte es, die Achse war gebrochen, die Karre kippte um, und der Inhalt bildete einen großen Haufen mitten auf der Straße.
Ich trug die Karre heim, was blieb mir auch anderes übrig? Den Haufen gedachte ich mit meinem bewährten Eimer zu holen, doch bis ich zurückkam, klebte schon ein großer Teil an den Staffeln eines Hauses, denn es war schon jemand durch den Misthaufen hindurchgefahren.
Als mein Vater zum Essen heimkam, sah er das Malheur. „Da brauchst du eben eine eiserne Achse, geh zum Schmied-Vetter, vielleicht macht er dir eine!“
Also ging ich in die Schmiede. Der Schmied, ein Vetter meines Vaters, kannte mich gut. Ich besuchte ihn öfter, denn da gab es immer etwas Interessantes zu sehen! In der Schmiedewerkstatt war es mir immer ein bisschen unheimlich. Der Amboss stand in der Mitte des Raumes, und wenn

der Klang der Schmiedehämmer im Raum dröhnte, die Funken stoben, der Blasebalg, der noch von Hand gezogen wurde, pustete, und die Esse zischte, das war mir als kleinem Buben nicht geheuer. Aber heute musste ich unbedingt hinein in die Hexenküche. Zunächst blieb ich unter der Türe stehen, der Schmiedvetter und seine Männer hatten gerade ein Werkstück auf dem Amboss, und das musste geschmiedet werden, solange es glühte. Nachdem sie es eine Weile bearbeitet hatten, wurde es wieder ins Feuer gelegt, und in der Pause bemerkte mich dann der Schmiedvetter.
„Grüß Gott, Vetter“, sagte er zu mir, denn er übersah mich trotz seiner Arbeit nicht. „Du kommst grad recht, da nimm erst mal einen Pris!“ Nachdem er erst sich selbst eine anständige Ladung in die eigene haarige Nase geschoben hatte, und mir dabei zeigte, wie man das macht, hielt er mir die Dose hin. Ich bediente mich auch, aber mit dem Resultat, dass ich heftig niesen musste, und mir beinahe das Gehirn zur Nase herunterkam und die Tränen aus den Augen rannen. „So, das muss ein rechter Kerl können, das putzt einem das Gehirn“, sagte er darauf zu mir.
Als ich mich wieder erholt hatte, sagte ich ihm, dass ich heute etwas brauche, nämlich eine Achse zu den Rädern, die ich mitgebracht hatte. Zum Lehrling sagte er darauf: „Geh raus, hol ein Stück Rundeisen, und bohre vier Löcher durch, damit der Vetter schaffen kann.“ So geschah es auch. Überglücklich ging ich heim und konnte die Karre so bauen, dass ich sie benutzen konnte.
Voller Eifer ging ich nach Fertigstellung meines Karrens an die Arbeit. Mit meiner Mutter hatte ich ausgemacht, dass ich für jede Ladung zehn Pfennig bekommen sollte. Leider erhielt ich das nicht auf die Hand, sondern es kam in einen Sparhafen. Der gehörte mir aber nicht allein, sondern gemeinschaftlich uns Geschwistern. Er wurde geleert, wenn man ein Hemd, Schuhe oder sonst etwas brauchte.
Das ist natürlich nicht die reinste Lust gewesen. Aber eines Tages hatte ich eine Idee. Nähme man ein Messer, steckte es in den Schlitz des Sparhafens, und kippte ihn um, so müsste man eigentlich zu einem Zehnerle kommen. Ich versuchte es heimlich, und tatsächlich klappte es gleich zweimal. Zwei Zehner auf der Hand - ich fühlte mich unheimlich reich!
Sofort wusste ich auch, was ich damit anfangen wollte. Für zwölf Pfennig kaufte ich mir beim Metzger einen Landjäger, auch Peitschenstecken genannt, und um die restlichen acht Pfennig erstand ich mir beim Bäcker zwei Laugenwecken. Das war ein Traumvesper, denn sonst gab es immer nur zu Dritt einen Landjäger, und Laugenwecken äußerst selten. Ein

schlechtes Gewissen hatte ich aber doch dabei. Doch rechtfertigte ich mich, denn schließlich hatte ich das Geld ja selbst verdient.

Erlebnis in der Schmiede

Ein besonderes Erlebnis in der Schmiede war für mich das Zusehen, wenn auf ein Holzrad, mit dem damals noch alle Bauernwagen ausgestattet waren, ein Eisenreifen aufgezogen wurde.
Der Schmied benutzte zu diesem Zweck ein sehr stabiles Gestell von etwa 30-40 cm Höhe, auf dem er das Rad befestigte. Die Felge lag dabei auf einer festen Unterlage.
Ein Flacheisen wurde nach Maß abgeschnitten und in einer Biegemaschine zu einem Reifen gebogen, der dann im Schmiedefeuer auf dem Amboss zusammengeschmiedet wurde. Passte er auf die Felge, kam er in die Glut der Esse, wo er mit den Schmiedezangen durchgezogen und gleichmäßig erhitzt wurde.
Währenddessen musste der Lehrling draußen im Kandel das fließende Wasser zu einem Gumpen stauen, was er mit Mist aus der Miste von nebenan machte. Außerdem stellte er etwa sechs schwere Schmiedehämmer gleichmäßig um das Radgestell herum.
War dann der Reifen entsprechend heiß, was eine heikle Sache war und großer Erfahrung bedurfte, so schickte der Schmiedvetter mich, wenn ich anwesend war, nach oben in die Wohnung mit der Anweisung: „Die Weiber sollten kommen“. Die wussten schon, um was es ging, und postierten sich sogleich um das Radgestell mit den bereitgestellten Hämmern. Nun kam der spannendste Moment. Alles musste blitzschnell gehen. Die Schmiede schleppten den beinahe glühenden Reifen mit ihren Zangen heraus, legten ihn auf die Radfelge, und auf Kommando hämmerten alle Beteiligten den Reifen über die Felge, deren Holz rauchte. Saß nun der Reifen richtig, rissen zwei Schmiede das Rad aus der Halterung, stellten es in den vorhandenen Gumpen, wo es sich durch schnelles Drehen zischend abkühlte. War das vollbracht, atmeten alle erleichtert auf, und dann gab es einen verdienten Krug Most.

Die Schule

Eines Tages war es so weit, die Schulzeit kam für mich heran. Jetzt nahm ich eigentlich ungern Abschied von der Kinderschule, denn in der Zwischenzeit hatten wir eine neue, jüngere Schwester bekommen, aber vor allen Dingen durften wir zum Abschied aus Pappe ein Uhrentäschchen für

die Wand in Form eines Pantoffels nähen. Das machte Spaß, da konnte man etwas tun, da war man ausgefüllt.
Alle dreißig Kinder des Jahrgangs wurden von den Müttern zur Schule gebracht.
Unterm Arm hatten wir die neue Schiefertafel, an der mit Bändeln die Wischerlappen befestigt waren. Dazu kam ein Griffelkasten, in dem sich ein paar neue Griffel befanden. Diese zwei Dinge gehörten zur Grundausstattung eines jeden Abc-Schützen und begleiteten ihn bis zur fünften Klasse.
Jeden Montag bei Schulbeginn kontrollierte der Lehrer, ob Tafel und Wischerlappen frisch und sauber gewaschen, die Griffel gespitzt waren, und auch die Fingernägel keine schwarzen Ränder hatten. Das erwies sich schon als nötig, denn manche Kinder mussten von frühster Jugend an im Stall helfen, und die Hygiene damals war kein Vergleich zu heute.
Die Ausstattung der Klassenzimmer war spartanisch einfach. Es gab Zweier- und Viererbänke mit Klappsitzen. Vorne befand sich das Podium mit dem Pult des Lehrers und der Wandtafel. Nebenan stand ein dreibeiniger, eiserner Ständer mit Waschlavor (Waschschüssel) und drunter ein Wasserkrug.
Zum absoluten Bestand gehörte aber auch ein Stock, meistens ein Meerrohr, und wurde angewendet beim Schwätzen oder sonstigen Vergehen. Die leichtere Strafe gab's in Form von Tatzen, das war ein Schlag mit dem Stock in die offene Hand, und für schwerere Vergehen gab's Hosenspannes, die dann dem Hintern zugeteilt wurden; die Mädchen wurden nur mit Tatzen bedacht. Wahrscheinlich hätte es doch ein bisschen komisch ausgesehen, hätte ihnen der Lehrer das Röckchen hochgehoben und dann das Höschen glatt gestrichen, wie er das bei uns Buben machte, damit der Stock auch einen Zug bekam. Oder es wäre gar ein blanker Hintern zum Vorschein gekommen, denn dass Mädchen keine Hosen trugen, kam im Sommer nicht selten vor. Wir Buben trugen ja auch nur im strengsten Winter eine Unterhose, denn Unterwäsche im heutigen Sinn kannte man nicht.
Dass das so stimmt, kann ich mit folgendem Erlebnis belegen. An den Staffeln hinauf auf den Kirchhof befanden sich hüben und drüben Handläufe, die aus ziemlich dicken Rohren gefertigt waren. Man hätte geradezu meinen können, sie seien extra für Kinder zum Herunterrutschen so angebracht gewesen, denn sie gehörten fast zum einzigen Spielvergnügen, wenn man groß genug war, um da hinaufsitzen zu können.

Als kleiner Bub stand ich einmal dabei, den Größeren zusehend, und den Zeitpunkt herbeisehnend, wo ich auch so groß wäre, da herunterrutschen zu können, wie das die beiden Mädchen, Helene und Berta, auch taten. Ihre Unterhaltung bekam ich aber schon recht gut mit.
„Du, Hela, worum rutscht denn du auf deim Kloid na, und nemmscht des et hoch, des wird doch sonst so verschliffa?“, fragte die Berta. „I ka mei Kloid et hochtua, denn i hau dronter koi Hos a, und no tät mr bei mir älles seah!“, sagte die Helene. „I ka des au et leida, wenn mir mei Muader koi Hos gibt, aber i nemm no halt a Sicherheitsnodel und steck mir mei Hemet unta zemma“, meinte darauf die Berta.
Es hatte also schon seinen Grund, dass die Mädchen nur Tatzen bekamen.

Den Mädchen streichelt man mit dem Stecken nur ein bisschen die Hand, hieß es bei uns Buben.
Mir selber war Hosenspannes sympathischer. Wenn einem bei einer Tatze der Stock aus der Handfläche heraus über die Fingerspitzen glitt, dann surrten die noch eine ganze Weile danach, aber bei Hosenspannes war das meiste vorbei, bis man wieder an seinem Platz saß.
So oft kam ich sowieso nicht in den Genuss dieser Erziehungshilfe, und auch unsere Lehrer gingen sparsam damit um. Pfarrer Fischer machte später im Religionsunterricht hin und wieder Gebrauch davon, wenn auch nicht bei mir. Dabei bekam er dann immer einen knallroten Kopf wie ein Gockelhahn beim Krähen. Das brachte ihm die einzige Kritik ein. Aber es entsprach seinem Erziehungsauftrag in der Gemeinde, und der lautete, Schlierbachs Jugend „streng und gottesfürchtig“ zu erziehen.
Sieben Jahre Volksschule gehörten damals in Schlierbach zum Üblichen. Weiterführende Schulen leistete sich nur die Creme der Dorfgesellschaft, sofern es deren Kinder schafften. Diese Situation so hinzunehmen, war zweifellos eine Kurzsichtigkeit der kleinen Leute, auch meiner Eltern, doch muss man bei dem Vorwurf bedenken, dass das für die betroffenen Familien wirtschaftlich einfach nicht ging.
Vier Lehrer waren für die sieben Klassen vorhanden. Drei Lehrer hatten je zwei Klassen mit jeweils um die dreißig Schüler, und ein Junglehrer betreute eine Klasse. Viele Fächer hatten wir gemeinsam mit einer vorangehenden oder einer nachfolgenden Klasse.

Schulanfang und Schulalltag

Als uns Lehrer Späth in Empfang genommen hatte, und die Mütter gegangen waren, nahm er seine Geige aus dem Futteral und stimmte mit uns an:

> Das walte Gott der helfen kann,
> mit Gott fang ich die Arbeit an,
> mit Gott nur geht es glücklich fort,
> drum ist auch dies mein erstes Wort:
> Das walte Gott!

Dann lernten wir den ersten Spruch und sagten ihn gemeinsam auf. Er lautete: Wer nicht arbeitet, soll auch nicht essen! War das nicht ein Programm fürs Leben? Zumindest im Schwabenland hatte es seine Gültigkeit.

In den Pausen mussten wir nicht auf dem Schulhof bleiben. Der war auch meistens vollgestellt von den Ackerwalzen, die der Gemeinde gehörten, und die dort bei Bedarf abgeholt wurden.

Mit Schlupferles- und Fangerlesspielen kamen wir zuweilen im ganzen Dorf herum, wobei uns die zahlreichen Gässchen, die es damals noch gab, sehr zustatten kamen. Auch gab's gleich nebenan bei den Handwerkern und Bauern allerlei Interessantes zu sehen. An manchen Tagen herrschte reger Verkehr mit Kuh- und Pferdefuhrwerken, die landwirtschaftliche Güter wie Gras, Heu, Getreide, Kartoffeln und Rüben, aber auch Mist und Jauche transportierten.

Gleich neben dem Schulhaus arbeitete auch der Küfer manchmal auf der Gasse. Hatte er die Fassdauben und die runden oder ovalen Fassböden fertig, so fügte er Dauben und Boden auf einer Seite zusammen, machte einen Reifen herum, und setzte den Rohling über ein Feuer, das er aus Hobelspänen neben der Straße gemacht hatte. Die Innenseite des zukünftigen Fasses begoss er nun mit Wasser und spannte mit einer Seilwinde die anderen Enden der Dauben zusammen, um dann die Eisenreifen aufzuziehen. Immer gab es etwas zu sehen, wenn man nur die Augen offen hatte.

In den Vesperpausen des ersten Schuljahres gab es hin und wieder auch ein Schauspiel besonderer Art. In der siebten Klasse gab es zwei Bäckersöhne, es waren Zwillinge. Die hatten zum Vesper immer Wecken, für uns Normalschüler ein seltener Leckerbissen. Wenn die beiden sie nicht ganz aufaßen, zerrupften sie diese zu Brocken und warfen sie als „Affenfutter“ unter die Menge, in der dann eine richtige Balgerei darum entstand. Ich habe nie einen Brocken davon erwischt. Ja, Bäckersohn müsste man halt gewesen sein!

Von den beiden Bäckersöhnen muss ich noch eine Episode erzählen, die auch mich betraf.
Die beiden waren gewiefte Buben. Witzige Burschen, das musste man ihnen lassen, während ich selber noch ein naives, leichtgläubiges Kind war, das noch keine Erfahrung mit der Bosheit seiner Mitmenschen hatte, denn ich ging ja noch in die Kleinkinderschule.
Vor dem Rathaus begegnete ich einem der beiden, der mich zu sich herrief und sagte: „Du könntest mir einen Gefallen tun und etwas holen beim Matthesbeck" (das war die Konkurrenz seines Vaters, der auch einen Tante-Emma-Laden neben seiner Bäckerei führte).
Ein Fünferle, eine Rarität in Kinderhänden so kurz nach der Inflation, hielt er mir hin und sagte: „Geh rein zum Matthesbeck und hol mir für fünf Pfennig Ibedomm, und wenn du mir des brengst, kriagst au ebbes davon." („Ibedomm" und „Haumeblau" - „lch bin dumm", und „Schlag mich blau", waren Ausdrücke, mit denen die Älteren die Jüngeren zum Narrem hielten.) „Was isch denn des?", wollte ich wissen, denn das hatte ich noch nie gehört. „Des isch ebbes ganz Guats und isch zuckersüß, und do kriagst du ebbes davon, wenn du mir des brengst", sagte er.
Im Laden des Matthesbeck war ich natürlich schon öfters gewesen, um für Mutter um drei Pfennige Hefe zu holen. Die drei einzelnen Pfennigstücke wickelte sie dann immer sehr sorgfältig in ein Stückchen Zeitungspapier ein, damit keines verloren ginge, und auch die Hefe bekam ich in ein solches verpackt.
Voller Hoffnung betrat ich also den Laden. Die Ladenglocke schepperte, denn sie war an einer Spiralfeder über der Ladentür angebracht. Kurz darauf betrat der Matthesbeck, ein alter, kleiner, dicker Mann, der eine mehlstaubige Kappe auf dem Kopf, und eine Drahtbrille mit kleinen ovalen Gläsern vor den Augen trug. Er fragte mich, was ich wolle. „Für fünf Pfennig Ibedomm", sagte ich. „Lass mol dei Geld seha", das ich ihm dann wie üblich hinreichte.
Er schob seine Brille hoch auf die Stirn, hob das Fünferle ganz nahe an die Augen, prüfte es, und versenkte es dann in dem Münzschlitz im Ladentisch, der dazu diente, dass er nicht wegen jeder Münze die Ladenkasse öffnen musste.
Dann fragte er mich, wer mich geschickt habe, und als ich antwortete, der junge Rauenbeck, der da draußen steht, sagte er zu mir: „Sag ihm, er soll selber hereinkommen und es abholen." Das tat ich dann auch. Aber er war natürlich zu feige dazu, und so waren die kostbaren fünf Pfennige sehr zu

meinem Leidwesen verloren, aber ich um eine Erfahrung reicher, als ich dahinter kam, was tatsächlich hinter dem „Ibedomm" und „Haumeblau" steckte.
Dumm geboren werden wir Menschen mehr oder weniger alle, aber es kommt darauf an, ob und was wir dazulernen. Das nennt man dann Erfahrung.
An einem schönen Frühlingsmorgen, wir gehörten noch nicht lange zu den Abc-Schützen, war schon das ganze Dorf auf den Beinen und geschäftig. Der Küfer hämmerte vor dem Rathaus auf einem Fass herum, und von seinem Feuerle drang einem der Rauch in die Nase. Der Wagnermeister vom Oberdorf rollte ein neues Wagenrad den Berg herunter zur Schmiede, damit ihm ein eiserner Reifen aufgezogen werde. Frauen fuhren mit dem Handwägele ihre Teigkörbchen zum Bäcker, oder trugen, wie es beispielsweise meine Mutter machte, ein Körbchen auf dem Kopf, wofür sie extra einen Bausch hatte, und jeweils eines unter dem Arm. Dass fertiges Brot gekauft wurde, gab es nur ganz selten im Dorf. Das Mehl hatte man ja meistens selber daheim in der Mehltruhe, und Teigkneten zählte zu den Tätigkeiten der Hausfrauen.
Weil wir erst um zehn Uhr Schule hatten, war ich schon vorher mit meiner Mistkarre unterwegs, und hatte bereits eine Ladung gesammelt. Auch da gab's Konkurrenz, und wer als Erster da war, der fand am meisten.
Die Schule erlebten wir noch als etwas Neues, und voller Eifer fanden wir uns schon längere Zeit vorher im Schulhof ein. Aus dem unteren Klassenzimmer, in dem Oberlehrer Hardeger die Klassen sechs und sieben unterrichtete, drang laut, weil heute ein Fenster offen stand, ganz deutlich ein Grabgesang: „Himmelan nur Himmelan, soll der Wandel gehn...", auf den Schulhof.
Wir Abc-Schützen standen unterdessen wartend dort. Nebenan war Bauer Heilemann dabei, sein Güllenfass vollzupumpen, um es nachher mit dem Kuhgespann aufs Feld zu fahren. Wir Buben bildeten einen Haufen, und sahen zu, wie die braune Gülle schäumend von der Pumpe durch eine Holzrinne in das Fass floss.
Mit dem Korb am Arm kam nun seine Frau daher und sagte zu ihm: „Johannes, wenn fertig bischt mit Eipompa, bevor aufs Feld fährst, kommst rauf ond vesperst. I komm grad von's Käsers Luisle, ond hau en frischa Backstoikäs mitbrocht."
Nachdem das Güllefass voll war, nahm der Johannes die Rinne ab, legte über die Öffnung des Fasses einen alten Sack, und schloss den Deckel,

damit die Kostbarkeit nachher bei der Fahrt nicht hinausschwappte. Dann putzte er seine Hände an seinem Schaffschurz ab und begab sich hinauf zu seinem Vesper. Wir Buben standen derweil um den Wagen herum und hielten Maulaffen feil. Doch plötzlich hörte ich, wie es hinten am Fass, wo sich der Abflusshahn befand, rauschte, und eine breite Jauchefontäne, verursacht durch den Verteiler am Hahn, ergoss sich in den Schulhof.
Abrupt stoppte der Grabgesang: „... was die Frommen wünschen, kann dort...", und bevor wir richtig merkten, was geschah, sauste auch schon der alte, dickliche Oberlehrer mit dem Meerrohrstecken in der Hand um die Ecke, legte mit einer geradezu unglaublichen Gewandtheit meinen Schulkameraden Siegfried übers Knie und verdrosch ihn ganz ordentlich. Derweil sprengte die Gülle ungehindert in den Schulhof und bildete schon ein Rinnsal, den so genannten Schwarzen Graben, ein Gässchen hinunter.
Nachdem Siegfried das nötige Quantum Schläge erhalten hatte, machte sich der Oberlehrer daran, den Hahn zu schließen. Dabei wurde er ganz nass, denn er musste durch die Fontäne hindurchgreifen, sodass er erst die Kleider wechseln musste, bevor er in der Schule weitermachen konnte. Siegfried hatte den Hahn nicht mit böser Absicht geöffnet. Die Lust etwas zu probieren, verleitete ihn dazu. Er hatte sich dadurch die erste Tracht Hosenspannes eingehandelt.

Aber eines Tages ereilte auch mich dieses Schicksal. Nachdem ich im Diktat einmal acht Fehler gemacht hatte, bekam ich das erste Mal Hosenspannes. Mein Nebensitzer Karle begegnete auf dem Nachhauseweg meinem Vater, erzählte ihm das, und Vater ergänzte die Strafe daheim noch mit der Rute. Aber geholfen hat es nichts, Diktat blieb meine Schwäche.
Zwei Jahre verbrachten wir bei Lehrer Späth. Er verstand sich gut mit uns Kindern, und brachte uns etwas bei. Dann waren wir ein Jahr bei Junglehrer Feldmaier. Er musste damals schon der NSDAP nahe gestanden haben, denn er erzählte uns, dass ein SA-Mann bei einem Sonnwendfeuer auf dem Breitenstein tödlich abgestürzt wäre. Auch der Schulausflug hatte diese Stelle als Ziel.
In der vierten und fünften Klasse betreute uns Lehrer Rieker, der schon in gesetzten Jahren, aber noch Junggeselle war. Er hatte schon ein paar Marotten. In Naturkunde lehrte er recht gut. Er versuchte bei uns Verständnis und Mitgefühl für die Kreatur zu wecken, was ich ihm hoch anrechne. So schimpfte er gegen eine Unsitte, die damals im Dorf üblich war.

Jahrgang 1920/21

Maikäfer gab es in manchen Jahren so viele, dass sie eine regelrechte Plage waren. Sie wurden gesammelt, und als Hühnerfutter verwendet. Kam man nun vom Bergwald, führte der Weg an einer Heuhütte vorbei, deren Tor mit einem großen Vorhängeschloss gesichert wurde. Dieses Schloss hatte vor dem Schlüsselloch eine Federklappe. Es war nun schon immer üblich, dass man beim Vorbeigehen einen Maikäfer mit dem Kopf in das Schlüsselloch steckte, die Federklappe schnappen ließ, und dadurch den Maikäfer guillotinierte. Am Schluss der Maikäfersaison war dann das ganze Vorhängeschloss voller Maikäferköpfe.
Dagegen wetterte Herr Rieker, und hatte damit auch gleich seinen Spitznamen weg. Man nannte ihn „Moiakäafer".
Beim Rechnen und beim Aufsatz ging er immer durch die Bankreihen, um aufzupassen, dass niemand spickte (abschrieb) oder sprach. Dabei hatte er in seiner Hosentasche eine Anzahl Hosenknöpfe, die er mit der Hand in der Tasche durchschüttelte. Erwischte er nun einen Übeltäter oder eine -täterin, so musste der Betreffende die Nase zwischen seinen abgebogenen Zeige- und Mittelfinger stecken, zwischen die er noch einen seiner Hosenknöpfe legte, um dann zuzukneifen. Ergebnis: Ein eingeprägter Ring an der Nase.

Aber einmal wurde ihm das zum Verhängnis. Der Adolf, auf den er es besonders abgesehen hatte, putzte absichtlich seine Nase nicht, provozierte ihn, und dann hatte der Lehrer den Rotz an der Hand, sehr zur Belustigung aller, denn der Adolf hatte das vorher angekündigt.
In den Klassen sechs und sieben lehrte uns Herr Binder. Es war schon die Zeit, als Hitler an die Macht kam, und da stellte es sich heraus, dass er Stahlhelmer (die „SA" der Deutschnationalen) war. Das imponierte uns natürlich im anfänglichen Taumel sehr. Darüber wird dann später mehr zu berichten sein.

Eine dörfliche Beerdigung

Taufen, Hochzeiten und Beerdigungen gehörten zu den Ereignissen, an denen beinahe das ganze Dorf teilnahm.
Bei Beerdigungen hatten neben dem Aufgebot der Träger die älteren Schüler mitzuwirken. Wer einigermaßen singen konnte, zählte zum Leichenchor, und der Rest der Buben hatte Läutedienst. Das brachte dann immer auch ein paar Pfennige für die Mitwirkenden.
Die Gemeinde besaß damals weder ein Leichenhaus, noch einen Leichenwagen, was hieß, dass der Sarg von Trägern auf den Friedhof getragen wurde. Der Leichnam blieb im Haus bis zur Beerdigung und wurde nach Anlieferung des Sarges daheim aufgebahrt. Vier oder sechs Träger wurden je nach Gewicht der Leiche und Länge des Wegs aufgeboten. Zum letzten Weg erschienen vor dem Trauerhaus der Leichenchor und der Polizeidiener. Der hatte die Große Uniform mit Goldknöpfen und umgeschnalltem Säbel mit Messingknauf angelegt. Als Kopfzier trug er die Pickelhaube, einen Helm aus Leder, vorne drauf ein Wappen, oben eine Spitze, beides aus Messing.
Darin bestand also die Aufgabe meines Vaters, wobei ich schon früh auch beteiligt war, weil ich immer die Messingteile des Helms und Säbels mit Sidol polieren, und das Koppel wienern musste. Nach dem Choral vor dem aufgestellten Sarg am Trauerhaus setzte sich unter Glockengeläute der Zug in Bewegung, voran der Polizeidiener. Unterwegs machte man je nach Länge des Wegs ein paar mal Halt und sang einen Choral, damit die Träger verschnaufen konnten. Der Totengräber ging neben dem Sarg mit geschulterten schwarzen Abstellböcken, auf denen dann der Sarg abgestellt wurde. Das Geläute musste zu jedem Halt, wegen des Gesanges, unterbrochen werden. Deshalb war neben der Läuterotte noch ein Aufgebot von Winkern

tätig, so dass man rechtzeitig am Kirchturm Bescheid wusste, wann die Stelle des Halts erreicht wurde.
Alle drei Glocken wurden damals noch von Hand geläutet, und das war Aufgabe der Buben der zwei letzten Schulklassen. Je nach Anzahl der Mitschüler kam man alle zwei bis vier Wochen zum Läutedienst dran. Jede Rotte hatte sieben Mann, drei für die große, zwei für die mittlere und einen für die kleine Glocke, sowie einen Mann zum Horchen, wenn die Orgel einsetzte, oder wenn das Vaterunser gebetet wurde.
Zum schnellen Anhalten der Glocken hängte man sich ans Seil und wurde dabei vom Boden in die Höhe gehoben. Manche rühmten sich, dass sie bis zur Decke, zu den Holzröhren fürs Seil hochgezogen wurden. Diese Röhren hatten im Gassenjargon den schönen Namen „Scheißhäfen". Das musste schon eine alte Bezeichnung sein, denn unsere Väter kannten sie auch.
Kam dann der Leichenzug vor der Kirche an, war auf jeden Fall ein Halt mit Choral, und da gesellte sich auch der Pfarrer dazu, bevor es vollends den Buckel zum Friedhof hinaufging.
Soweit ich mich erinnern konnte, war es immer derselbe Choral, der vor der Kirche gesungen wurde, und den ich bereits erwähnt habe:

„Himmelan, nur himmelan, soll der Wandel gehn!
Was die Frommen wünschen, kann dort erst ganz geschehn,
auf Erden nicht, Freude wechselt hier mit Leid;
richt hinauf zur Herrlichkeit dein Angesicht."

Weil nun der Choral mit allen seinen Versen so das Oben betonte, und weil es von der Kirche an zum Friedhof den Berg hinaufging, so hatte ich damals den logischen Sinn, dass der Choral anzeigte, dass hier der Weg aufwärts in den Himmel beginne.
Es ging also vollends den Berg hinauf, dem Friedhof zu. Etwa hundert Meter vor der Friedhofspforte musste das Geläute endgültig gestoppt sein. Dann trat der Leichenchor in Aktion und sang im Gehen:

„Nun Tor des Friedens öffne dich,
Hinein hier schließt die Wallfahrt sich.
Ihr Schlafenden im Friedensreich, gönnt allzu gleich,
dem Schlafenden ein Räumlein neben euch."

Danach lief die Beerdigung etwa wie im heutigen Rahmen ab.

Dorforiginale

Vor einer „Leich" wirkte aber auch noch ein anderer wichtiger Mann mit, der Albert Hobler. Er arbeitete als Doppelfunktionär in der Gemeinde,

nämlich als Leichenschauer und Gemeindebockhalter. Für das Gemeindeleben war er nicht nur wichtig, sondern auch gewichtig, im wahrsten Sinne des Wortes. So einen dicken Mann habe ich in meinem Leben nicht oft gesehen. Sein Schaffschurz, den sein Weib, die Kätter, zum Trocknen immer neben den Hausstaffeln aufhängte, hatte die Breite eines Bettlakens und die Hosenbeine wie Mehlsäcke.
Sah man ihn mit Schaffschurz, so versah er sein Amt als Bockhalter. War er aber unterwegs mit schwarzer Krawatte, die schwarze Wachstuchtasche in der Hand, so fungierte er als Leichenschauer. Sein Sohn, der junge Albert, mein Nebensitzer in der Schule, hat mich über beide Funktionen seines Vaters aufgeklärt. Wurde der Leichenschauer gerufen, so stellte er bei dem Toten erst fest, ob der Puls aufgehört hatte. War das der Fall, hielt er ihm einen Spiegel unter die Nase und vor den Mund. Lief der Spiegel nicht an, so hatte die Atmung aufgehört. Als Letztes kam dann noch ein Daumendruck auf die Schläfe, und wenn der ohne Reaktion verlief, war der Weg „aufe“ zum Friedhof frei. „Lässt du diese Prozedur an dir als Toter nicht machen, kann es dir passieren, dass du im Sarg aufwachst, kein Mensch merkt's, und du stirbst einen jämmerlichen Tod im Sarg“, erklärte mir der Albert junior.
Auch über das Geschehen im Bockstall klärte mich der Albert auf, denn Aufklärung war absolut tabu, sowohl im Elternhaus als auch in der Schule.
Im Herbst, wenn die Ziegen zum Decken gebracht wurden, herrschte Hochsaison in ihrem Haus. Das bekam der Albert mit, von der Wiege an, und er wusste auch, dass es bei den Menschen so ähnlich herging.
Etwa alle zwei Jahre musste man wieder für frisches Blut im Bockstall sorgen. Da ging dann der Gemeindepfleger mit dem Albert auf den Markt, um einen neuen, jungen Zuchtbock zu kaufen. Das Geld reichte dann dem Albert einen Rausch auf Gemeindekosten, denn er war kein Kostverächter. Schwankend, den Bock am Seil, kam er dann nach Hause, wobei man nicht sehen konnte, zog der Albert den Bock, oder war's umgekehrt?
Einmal soll er auch wieder so schwankend heimgekommen sein, erzählte mir der Albert junior. Seine Kätter erwartete ihn schon, nichts Gutes ahnend: „Ja, was brengst denn do für en Scherba, du alter Saufbold?“ Was er am Seil hatte, war ein schwaches Geißlein. Der Albert hatte im Rausch in dem Wirtshaus, wo er eingekehrt war, seinen Bock mit der Ziege eines andern verwechselt. Er musste den Weg noch mal machen, aber diesmal ging's trocken heim.

Es gab im Flecken noch ein Original, und er, wie auch seine Frau, hatten die gleichen Vornamen, nämlich auch Albert und Katharine. Im Flecken hieß er „Aldett“ und seine Frau „Hatlee“, und zwar deshalb, weil das seine eigene komische Aussprache war. Doch erzähle ich von ihm im Zusammenhang mit der Schlierbacher Haarkultur.

Einen Friseursalon gab es noch nicht im Flecken. Deshalb schnitten zwei Männer nebenberuflich Haare. Das taten der „Aldett“, sowie Uhrmacher Bückle. Letzterer war unser Friseur.

Er machte das in seiner Stube, die gleichzeitig auch als Uhrmacherwerkstatt diente. Die Wände hingen voller Uhren aller Arten, und ihr verschiedenartiges Ticken wurde vom vielfältigen Stundenschlag während des Wartens und der Prozedur des Haarschneidens begleitet. In einer Ecke der Stube stand die Werkbank mit einer Mini-Drehbank, und auf ihr lagen ausgebaute Uhrwerke, sowie eine Menge Zahnrädchen, Bolzen und Federn. Für mich eine faszinierende Welt, bei deren Anblick mein Herz höher schlug. Am liebsten wäre ich da Uhrmacher geworden. Aber leben konnte Uhrmacher Bückle nicht von seinem Beruf. Deshalb schnitt er der männlichen Bevölkerung die Haare, und ein bisschen Landwirtschaft hatte er auch nebenbei.

Es gab im Großen und Ganzen zwei Schnittarten, einen Halbschnitt und eben den Totalen, der für uns Buben in Frage kam. Da kannte Vater kein Pardon, auch die schönen Rollenhaare meines Bruders mussten dran glauben. Bei mir hatte das mehr praktische Gründe, denn ich hatte neben dem normalen Wirbel in der Mitte noch einen zweiten, recht widerspenstigen, vorne an der Stirn. Die Haare dieses Wirbels standen immer in die Höhe, da half auch Kämmen oder Bürsten mit Wasser nichts. Immer kamen sie hoch und standen da wie der Kopfschmuck eines Indianers, wenn sie lang genug wachsen konnten. Sie eigneten sich außerordentlich gut, dass mich der Lehrer oder sonstige Autoritätspersonen dran packten, um mir den Kopf zu schütteln, wenn ich irgendeine Rüge bekam. Ich weinte also diesen Schnittlauchlocken nicht nach. Der Haarschneider hatte natürlich nur Handschneidmaschinen. Je schneller er damit über den Kopf fuhr, desto mehr zupfte es, und das fand ich nicht gerade angenehm. Wenn er das Zucken bemerkte, oder wenn man sich beschwerte, sagte er, dass sich da wahrscheinlich ein Härchen eingeklemmt hätte, setzte sein Uhrmachermonokel aufs Auge, beguckte sich die Maschine, um dann nach dem Reinigen mit einem Pinsel wieder weiterzumachen. Aber nachher hatten wir wieder schöne, glatt geschorene Köpfe.

Ein Schulkamerad, der Helmut, bekam immer einen Halbschnitt, und da stand dann immer noch ein Fleck zum Kämmen über der Stirn Er war stolz darauf, denn er war eitel, und auch seine Eltern hatten so viel Sinn für Ästhetik und freuten sich daran. Doch eines Tages kam er mit dem gleichen Schnitt wie wir in die Schule, und zeigte sich erbost, denn er kam sich wie eine gerupfte Henne vor. Er erzählte auch gleich, wie es geschah.
Sein Friseur war der Haarschneider „Aldett". Wie üblich war der Helmut zu ihm gegangen, um sich die Haare schneiden zu lassen. Der setzte ihn auf seinen Stuhl, nahm seine Maschine, setzte vorne über der Stirne in der Mitte an, und schnitt eine Bahn durch bis zum Nacken. Da erst fiel ihm ein, ihn zu fragen, wie er's wolle. Als Helmut sagte, Halbschnitt natürlich, fluchte der „Aldett": „Heldott-satlement, etzt hau i schau Thenigstloß na snitta!" (jetzt habe ich schon die Königstraße hinuntergeschnitten).
Da half nichts mehr, geschehen war geschehen, es reichte nur noch für einen Schnitt, wie die meisten ihn auch hatten, die Maschine hatte einen zu breiten Streifen für seinen Scheitel hinterlassen.

Kleine Freuden des Dorfes

Ein Dorfvergnügen war das Mitfahren auf der „Schnättere". Damit meinte man den nach hinten hinausreichenden Teil der Stange des landwirtschaftlichen Wagens, gewissermaßen das Rückgrat des Grundgestells. Auf ihr hatte man die Achsen des Wagens drehbar gelagert, zur Anpassung an unebenes Gelände, und sie hieß Ladwig.
Sich da draufzusetzen und mitzufahren, duldeten die meisten Bauern zumindest dann, wenn es nicht gerade den Schellingsberg hinaufging.
Es war aber ein holperiges Vergnügen, denn die Wagen hatten noch keine Gummiräder, und die Straßen und Wege hatten noch keinen so feinen Belag wie heutzutage.

Einmal kam ein Lumpensammlerehepaar mit einem Wagen ins Dorf. Sie führten als Attraktion einen etwa 80 cm großen Affen mit, mit dem sie allerhand Späße trieben. Im Nu sammelte sich eine ganze Menge schaulustiger Kinder, die dann aufgefordert wurden heimzugehen und Lumpen zu holen. Doch weil sich nur wenige dazu anschickten, und das Gedränge um den Karren so groß war, fütterten sie dem Affen Zwiebelröhren, worauf dieser anfing, auf die Köpfe der umstehenden Kinder herunterzupissen, was natürlich die Gaudi noch erhöhte.

Schlierbacher Rennwagenbauer

Gegen 1930 war es nun schon nicht mehr so selten, dass ein Auto durch Schlierbach fuhr, doch wurde es von uns Buben immer noch beachtet und bestaunt. Die Schüler der oberen Klassen wussten aber schon zu erzählen, dass Autorennen stattgefunden hätten, und dass Mercedes und Auto-Unionwagen mit Caracciola und Rosemaier als Rennfahrer gewonnen hätten.

Was lag näher, als dass es zwei Buben, die Brüder Wascher, die Söhne des Zimmermanns Wascher, wagten, auch einen Rennwagen zu bauen.

Sie verwendeten dazu alte Kinderwagenräder mit einem Durchmesser von etwa 70 cm, also leichte schmale Räder mit Drahtspeichen. Bretter fanden sie bei ihrem Vater, und die Lenkung bestand aus zwei Drähten, die von der Vorderachse mit hüben und drüben neben dem Fahrersitz angenagelten beweglichen Lattenstücken verbunden waren. Ein spitz auslaufendes Heck von etwa einem Meter Länge hatte der Rennwagen auch, also ein Vorgänger der Seifenkisten von heutzutage.

Der Startplatz befand sich gleich vor ihrem Haus im Oberdorf, wo angeschoben wurde, und die Rennbahn ging auf der Hauptstraße bis zum Gasthaus „Stern“ im Unterdorf.

Nach einigen Probefahrten ging die Fahrt so rasant und sicher, dass sie von da ab riskierten, die jeden Abend abzuliefernde Milch per Rennwagen in die Milchsammelstelle zu bringen.

So ereignete sich jeden Abend das gleiche Spektakel mit einem Auflauf von uns Buben.

Zeitereignisse

In den Zeitungen und in den Gesprächen der Leute ging die Nachricht um von dem so genannten „Düsseldorfer Mörder“, einem gefürchteten Massenmörder. Alle zeigten sich zutiefst davon bewegt, und in den Schulen war für das Pausenthema gesorgt. Mein Vater lag zu der Zeit im Krankenhaus, und von Mutter, aber auch von allen Seiten wurden wir ermahnt, ja immer die Türen zu schließen, denn Bettler und Landstreicher gab es genug zu der Zeit, und man konnte ja nie wissen...!

An einem Abend saßen wir daheim, Mutter und wir drei Geschwister. Draußen brach die Nacht an. Da ging die Haustüre, und jemand klopfte an die Stubentür. Erstaunt, ein bisschen ängstlich öffnete Mutter die Tür. In der Dunkelheit, denn wir hatten damals im Gang noch kein Licht, stand ein fremder Mann mit tief heruntergezogenem Hut. Es handelte sich um einen

Bettler, der um eine milde Gabe bat. Angstvoll suchte Mutter nach ein paar Pfennigen, um den Mann schnell wieder los zu werden, und gab sie ihm. Er bedankte sich und schickte sich an zu gehen. Bevor er sich recht zur Haustüre gewendet hatte, trat Bruder Christian, der kleine Knirps, der etwa fünf Jahre zählte, herbei und sagte laut und deutlich: „Gut' Nacht, Düsseldorfer Mörder!"

Mutter war davon so schockiert, dass sie kein Wort herausbrachte, und der Bettler nahm schleunigst Reißaus. Weil immer wieder neue Mordtaten vom Düsseldorfer Mörder bekannt wurden, bewegte dieses Ereignis noch lange die Gemüter.

Ein anderes tat es gleichermaßen. In einem Stuttgarter Hotel verzehrte eine Gesellschaft als besonderen Leckerbissen einen Bärenschinken, der mit Trichinen infiziert war. Eine große Anzahl der Gäste starb an den Folgen. Von da ab wurde in der Fleischbeschau zusätzlich die Trichinenschau eingeführt, und dieses betraf meinen Vater. Das lernte ich nun auch bei ihm, und oft habe ich das gemacht, so dass er es nur noch nachzusehen brauchte.

Das Autozeitalter beginnt

Gelegentlich fuhr mal ein Auto durch Schlierbach, und das wurde bestaunt, besonders von uns Kindern.

Dass nun das Autozeitalter auch bei uns einkehrte, dazu trug der Vater meines Schulfreundes Kurt bei. Er erstand sich das Chassis eines Kleinlastwagens, machte einen Aufbau drauf, was er als Schreiner konnte, und fing dann einen Personennahverkehr an, hauptsächlich für auswärts Arbeitende.

Mit Freund Kurt war ich mal daheim, wo wir durch einen Abstellraum kamen, in dem einige Kannen mit Benzin standen. „Da musst du mal dran riechen, das riecht einfach wunderbar!", sagte er zu mir. Wir öffneten den Deckel, rochen dran, und tatsächlich, uns kam dieser Geruch so köstlich vor, dass wir den Finger eintauchten und uns einen Tupfer auf die Nasenspitze machten, um ja recht lange in den Genuss dieses neuen, fremdartigen „Duftes" zu kommen. Dass das alles andere als gesund war, ist uns damals nicht ins Bewusstsein gekommen, auch konnten wir nicht ahnen, wie dieser „Saft" unser späteres Leben bestimmen, prägen, und uns abhängig machen sollte.

Noch konnte die Hauptstraße im Winter als Schlittenbahn benützt werden. Das war immer ein Lebtag, denn beinahe alle Kinder beteiligten sich beim Schlittenfahren, besonders an den Sonntagen. Das ging etwa bis zum Jahr

1930. Ab da hatten wir diese Möglichkeit nicht mehr, und es verlagerte sich auf die Wiesenhänge außerhalb des Ortes.

Der See

Zu einem besonderen Tummelplatz für uns Buben gehörte der See, der „Sai“ genannt. Wenn wir uns von daheim fortstehlen konnten, so konnte man uns dort finden. Im Sommer an warmen Tagen badete man, obwohl es eine arge Drecklache war, in der auch die Enten und Gänse der Anlieger herumschwammen, und der Grund tief mit Unrat und Schlamm bedeckt war.

Dass wir in einer solchen Pfütze überhaupt noch badeten, kann man, vom heutigen hygienischen Gesichtspunkt aus gesehen, kaum glauben. Aber was hat es doch früher schon alles gegeben? Krank geworden, oder gar gestorben ist meiner Ansicht nach niemand. Wahrscheinlich hatte man ein besseres Immunsystem als heutzutage. Fische, vornehmlich Karpfen, gab's auch im See, und das Fischwasser hatte der Lammwirt gepachtet. Das jährliche Abfischen erlebten wir als ein besonderes Ereignis, an dem wir lebhaft teilnahmen. Dazu wurde das Wasser abgelassen, und dann zappelten die Fische im Schlamm, wo sie dann mit den Käschern (Fangnetz) herausgefischt wurden.

Den Winter, wenn es keinen Schnee hatte, verbrachte die ganze Jugend auf dem Eis. Wer Schlittschuhe hatte, konnte sich damit vergnügen. Wer keine hatte, für den gab es die „Schleifeten“, und mit den Nagelschuhen, die wir alle trugen, kam man über den ganzen See. Manchmal wurden auch „Springeten“ gemacht, das heißt, es wurde getrampelt, bis das Eis nicht mehr standhielt und einbrach. Hin und wieder passierte es, dass einer bis zu Bauch oder Brust einsackte, so dass er triefendnass heim musste, wo er dann mindestens Schimpfe, wenn nicht Haue bekam.

Gab es viel Eis, wurde es von einer Brauerei zu Kühlzwecken abgeholt. Mit der Axt wurde es in Platten abgeschlagen, mit großen Zangen an Land gezogen und abtransportiert. Dabei konnten wir auf den Eisschollen manchmal Floß fahren.

Im Frühling gab es am See dann wieder eine Attraktion. Entlang des nebenfließenden Baches gab es eine Menge feuchter Wiesen. Die waren natürlich ein Eldorado für Frösche, die es damals in großen Mengen gab. Den ganzen Sommer über hörte man Froschkonzerte, dass einem die Ohren dröhnten, wenn man in der Nähe wohnte. Manchmal stimmte ein Frosch

an, dann fiel der hundert- oder tausendfache Chor ein, und ebenso abrupt konnte der ganze Chor wieder aufhören.
Kam dann der Frühling und damit die Laichzeit, so setzte eine massenhafte Froschwanderung zum See ein. Die war oft so dicht, dass man auf der Straße als Fußgänger auf sie trat, und der See wimmelte nur so von hochzeitmachenden Fröschen.
In Anbetracht dessen, dass wir daheim keine allzu üppige Kost hatten, waren wir praktisch genug, dieses Geschenk der Natur zu nützen, und unseren Anteil zu fangen, zur Zubereitung von Froschschenkeln. Das taten vorwiegend die weniger wohlhabenden Leute. Wer etwas auf sich hielt, ein Schwein im Stall hatte, hatte es nicht nötig, Frösche zu „fressen", so sagten und dachten manche.
Doch gab es auch solche, die waren dahintergekommen, dass das eine Delikatesse war. Die fingen sie dann heimlich, denn sie genierten sich vor den anderen Leuten.
Doch so viele auch gefangen wurden, am Bestand der Tiere machte das nichts aus, jedes Frühjahr stellte sich der Segen aufs Neue ein.

Häuslesbau in schwerster Zeit

Der Traum meiner Mutter, auf eigenem Boden zur eigenen Haustüre zu gelangen, erfüllte sich in wirtschaftlich schwerer Zeit, im Jahr 1930. Größte Sparsamkeit unter Ausnützung aller nur denkbaren Möglichkeiten brachte meine Eltern dazu, dass sie bauen konnten. Natürlich wurde so einfach wie möglich gebaut, und was man selber machen konnte, wurde selber ausgeführt. Auch unser altes Häuschen konnten wir verkaufen, und so reichte es gerade hin, dass wir einziehen konnten.
Wir Kinder waren natürlich in das Arbeitsprogramm einbezogen. Planierarbeiten machte Vater noch lange mit uns Kindern, nachdem wir schon längst in das Haus eingezogen waren. Es gehörte jeden Mittag nach dem Essen zu unserem ersten Geschäft vor den Hausaufgaben. Das ging so lange, bis der Glockenschlag vom Steuerglöckle des Rathauses mahnte, dass Vater auf dem Rathaus dringend gebraucht wurde. Erst dann konnten wir an die Hausaufgaben für die Schule gehen.

Das Kirchweihfest (Kirbe)

Die Kirbe war damals noch ein Fest, auf das man sich das ganze Jahr freute, denn da konnte man Kuchen essen nach Herzenslust. Fand keine Taufe oder Hochzeit statt, so gab es das ganze Jahr über keine Kuchen. Doch an der Kirbe wurde geradezu geprasst. Bei den Bäckern herrschte am Kirbesamstag vom frühen Morgen bis abends spät Hochbetrieb, denn zwischen vier und acht Kuchen gab es bestimmt in jeder Familie.

Der Sohn meines Dötle, der Christian, der bei mir in der Schule war, lud mich am Kirbesamstag zum Kuchenessen ein. „Kommst aber gleich nach dem Mittagessen, dann gehen wir zusammen mit meinen Freunden in den Wald“, sagte er. Wie schon gesagt war mein Dötle Maurer und Landwirt, und auch jetzt am Hausbau meines Vaters beteiligt.

Aus Passion hatte er sich in seinem Garten einen eigenen Backofen gebaut. Einmal im Jahr wurde er angeheizt, und das geschah zur Kirbe. Da wurden dann nach Herzenslust Kuchen gebacken. Weil nun seine Frau, die Dötlesbas, im Backen nicht so sehr bewandert war, so buk er selber einen ganzen Backofen voll Kuchen, die dann sehr herzhaft wurden. Als Maurer verstand er sich auf den Speis (Mörtel), und Teig schien ihm so etwas Ähnliches zu sein. Entsprechend fielen auch die Kuchen aus. Am Teig wurde nicht gespart, denn wenn ein Maurer schon am Speis sparen muss, wird auch die Mauer nichts! Diese Regel wendete er auch beim Kuchenbacken an, was zur Folge hatte, dass die Böden ganz schön dick wurden. Obendrauf kamen Traubenbeeren von seiner Kamerz, die mitgebacken wurden, und von denen dann nur noch die ausgetrockneten Häute auf dem Kuchen lagen. Mit so einem Kuchenstück hatte man den größten Kuchenappetit bald gestillt.

Nach dem Mittagessen am Kirbesonntag erschien ich bei Vetter Christian, und nachdem ich den Kuchen gekostet hatte, gingen wir gemeinsam zu seinen Freunden. Das war die „Dörflesbande“, so genannt, weil der Ortsteil Dörfle etwas abseits lag und in früheren Zeiten ein separater Ortsteil war.

Die Horde bestand aus etwa fünfzehn Jungen, zwischen acht und vierzehn Jahren, und man traf sich in einem Gässchen, das durch die Ortsgärten ging.

Mein Anblick schien den Anführer der Horde, den Oskar, nicht sehr zu entzücken, und er nahm zunächst den Vetter Christian auf die Seite zur Verhandlung. Dem gelang es offenbar, seine Bedenken zu zerstreuen, und dann wurde auch ich dazugerufen.

„Wenn du mit willst, musst du uns erst versprechen, dass du niemand etwas von uns, und was wir tun, sagst, auch deinem Vater, dem Polizeidiener, nicht.“
Ich versprach, dass ich schweigen werde wie ein Grab. „Falls ich höre, dass du uns verrätst, haue ich dich, dass du Baumöl saichst“, sagte Oskar, nahm mich auf die Seite und holte aus seiner Kitteltasche ein Stilett mit einem Rehfuß als Griff, zeigte es mir, und sagte: „Bis zur Hälfte der Klinge ist es bei mir Spaß. Sollte ich aber hören, dass du deine Gosche nicht hältst, mach ich Ernst und stech es dir durch den Ranzen (Leib), dass man hinten noch einen Hut hinhängen kann!“
Nachdem ich noch mal beteuert hatte, niemand etwas zu sagen, konnte ich mich der Horde anschließen. Noch wusste ich nicht, gingen wir etwas stehlen, oder Häuser anzünden, oder gar zu einem Raubüberfall, ich war vergattert (verpflichtet), und ich durfte mit.
Zunächst ging es durch Obstwiesen, die aber abgeerntet waren. Ab dem Kirchweihsonntag war aber das „Afterberglen“, das heißt die Nachlese, für jedermann gestattet. So füllten wir die Hosentaschen mit Äpfeln, die wir noch fanden. Nicht mehr weit, und wir hatten den Kräutwald erreicht, und hier entwickelte sich ein reges Sammeln von trockenen, gefallenen Buchen- und Eichenblättern, wobei man darauf bedacht war, auch ganz trockenes Material zu finden. An einer Stelle des Waldes, wo bereits abgeblühte, ausgetrocknete Stauden des Waldengelwurzes standen, wurden mit dem Taschenmesser deren hohle Stengel geschnitten.
Nun ahnte ich natürlich schon, dass das etwas mit dem Rauchen zu tun hatte. Ich hatte schon mal an Vaters Tabakspfeife einen Zug getan, wenn auch kalt, und hatte dabei festgestellt, dass es ekelhaft schmeckte. Aber jetzt in der Gesellschaft da reizte es mich, und ich war gespannt, wie es weitergehen würde. An einer Stelle des Waldes, wo sich die Wege kreuzten und man eine gute Übersicht hatte, ob sich jemand näherte, begann die eigentliche Arbeit. Die Stengel wurden in handlange, knotenfreie Stücke geschnitten, mit Hilfe eines Stäbchens mit dem gesammelten Laub gestopft, wobei darauf geachtet wurde, dass sie auch luftdurchlässig blieben.
Nachdem dies fertig war, gab es für jeden Teilnehmer Feuer, und es fing eine allgemeine Qualmerei an. Allerdings erwies es sich, dass es bei den meisten nicht richtig brennen wollte, denn das Material war frisch gesammelt und doch noch etwas zu feucht. Ausgerechnet ich hatte aber mit meinem Glimmstengel das größte Glück, denn er brannte vorbildlich. Es war natürlich ein fürchterliches Kraut, das wir da rauchten, und ich bekam da-

von einen schalen, beizenden Reiz in Mund und Gaumen. Aber ich zeigte mich trotzdem ausdauernd und rauchte weiter, das war Ehrensache.
Unser Anführer, der Oskar hatte sogar eine richtige Tabakspfeife und echten Tabak dabei, und da durfte jeder einen Zug tun, besonders die, deren Glimmstengel nicht brannte.
Nun, nachdem ich das alles mitgemacht hatte, als ob ich schon lange zu der Bande gehörte, fühlte ich mich ihnen gleichwertig, und war stolz, dass ich die Prüfung bestanden hatte. Auf dem Heimweg hatten wir nur die Sorge, dass wir uns durch den Geruch verraten könnten, und so verspeisten wir unsere gesammelten Äpfel, einander beschnuppernd, ob man noch etwas roch. Eine echte Kontrolle war das aber nicht, denn wir rochen ja alle nach Rauch. Als wir wieder beim Dötle ankamen zu weiterem Kuchenessen, bemerkte die Dötlesbas' gleich, dass wir so nach Rauch rochen. Wir sagten ihr, dass wir Kartoffelkraut gesammelt und verbrannt hätten.
Sonntags darauf wollte es der Zufall, dass ich wieder zum Rauchen kam. Ich war nämlich auf den Geschmack gekommen. Es ging weniger um den Genuss, sondern um das Abenteuer, weil es etwas Verbotenes war. Wieder beschäftigte ich mich in der Woche mit meiner Freizeitaufgabe, dem Mistsammeln. Drechsler König hatte vor seinem Haus eine Bandsäge, die aber nicht im Betrieb war, als ich dort sammelte. Auf dem Sägemehlhaufen entdeckte ich eine Zigarettenschachtel Marke „Salem“. Weil wir damals alles sammelten, beigelegte Bilder, Gutscheine und auch die goldenen Wappen zum Ausschneiden, entging die Packung meiner Aufmerksamkeit nicht. Es überraschte mich, dass sich noch fünf von den üblichen sechs Zigaretten in der Packung befanden. Sie sahen herrlich reizend aus, denn sie waren auch noch mit einem Goldmundstück versehen.
Sofort ließ ich die Packung hinter meinem Schaffschürzle verschwinden, und versteckte sie daheim, um sie am Sonntag zusammen mit meinen Freunden zu rauchen.
Da gab es noch das Problem, wie ich meinen Bruder, der jünger und kleiner war und zu Hause immer petzte, loswerden könnte. Zu der Zeit stand schon der Rohbau unseres neuen Hauses. Die Maurer und Zimmerleute waren fertig, weshalb keine Leitern mehr herumstanden. Die Treppen waren aber noch nicht eingebaut. Deshalb beschlossen wir Freunde, versehen mit Zündhölzern und den gefundenen Zigaretten, einander am Neubau hochzuhieven und einfach Christian draußen zu lassen. Gesagt, getan, und es schien auch wirklich zu klappen!

Doch als wir mitten in der Qualmerei gewesen sind, wer erschien? Natürlich mein Bruder! Es war ihm doch irgendwie gelungen, hinter uns herzuklettern.
„Hab ich mir doch gleich gedacht, dass ihr etwas bozgen (anstellen) wollt, und jetzt habe ich euch erwischt. Ihr habt geraucht und gezündelt, das riech ich genau, das werd ich heut Abend Vater sagen!"
Wir versprachen ihm alles, was man nur versprechen kann, wenn man selber nichts hat, wenn er nur den Mund halten wollte. Aber noch lange erpresste er mich in allen Lebenslagen, und ich hatte gehörig Schiss, denn immerhin drohten mir Schläge, unter Umständen sogar mit dem Polizeiknüppel, der bei Vaters Dienstpistole hing, und bei Bedarf auch angewendet wurde, denn nach Martin Luther gehören Apfel und Rute zusammen bei der Erziehung!
Die dörfliche Disziplin und Ordnung gestaltete sich damals sehr streng, besonders der Jugend gegenüber.
Nach dem Läuten der Betglocke hatte die schulpflichtige Jugend auf den Gassen nichts mehr zu suchen, und konnte von jedem Erwachsenen heimgeschickt werden.
Öffentlich rauchen oder zündeln unter 16 Jahren bedeutete ein Vergehen. Darauf hatte schon mein Vater als Polizeidiener zu achten. Jeder und jedes kannte sich im Dorf, und alles sprach per „Du" miteinander. Lediglich alte Leute wurden mit „Ihr" angesprochen. Aber auch alle Leute grüßten einander, wenn sie nicht gerade einen Pick aufeinander hatten.

Es spukt im Dorf

Etwa um diese Zeit kam ein Schulkamerad, der Theo, morgens in die Schule und berichtete, dass es in der Nacht in seines Nachbars Pferdestall gespukt habe. Die Pferde seien die ganze Nacht unruhig gewesen, und am Morgen hätten sie geflochtene Schwänze und Mähnen gehabt. Das hätten bestimmt Hexen oder böse Weiber gemacht. Dazu berichtete der Helmut, dass seinem Vater immer, wenn er frühmorgens von der Nachtschicht heimging, eine schwarze Katz' nachgelaufen sei, die ihm zwischen die Beine gesprungen sei. Darauf habe er einen kräftigen Holzprügel mitgenommen, und als sie ihm wieder lästig wurde, habe er ihr den Prügel über den Kopf gehauen, dass sie eine Schmarre davontrug. Am andern Tag, als er das Haus verließ, sei ihm eine alte Nachbarin begegnet, die dieselbe Verletzung aufwies. Die sei bestimmt bei der Nacht in die Katze gebannt

gewesen, habe so ihr Unwesen getrieben und nachher ein sichtbares Zeichen davon gehabt.
Wir waren tief beeindruckt, als wir solches vernahmen. Da konnte einem geradezu mulmig werden, besonders wenn man bei Nacht außer Haus musste. Und als dann noch der Karle, der in der Nähe des Friedhofs wohnte, schilderte, wie er bei Nacht auf der Friedhofsmauer herumfahrende Blitzkugeln gesehen habe, weshalb er bei Nacht keinen Blick mehr dahinauf wage, da war die Sensation perfekt. Aber dann erzählte er auch noch, dass seine alte verstorbene Nachbarin, deren Garten an die Friedhofsmauer grenzte, hexen konnte. Das hätte sie deswegen gekonnt, weil sie von den Zwetschgenbäumen die an der Friedhofsmauer wuchsen, die Zwetschgen erntete und aß. Die Bäume hätten ihre Wurzeln bis hinein in die Gräber, und nährten sich vom Saft der Toten. Daher hätte sie die Kraft zum Hexen gehabt, und das Geld sei ihr nie ausgegangen. Nach solcher Eröffnung guckten wir, der Otto, einer meiner Freunde und ich, einander betroffen an. Sein Vater hatte schon zeitweise den Totengräber vertreten. Wie nun mal an einem Sonntag eine Beerdigung stattfand, was damals noch vorkam, leisteten wir ihm nachher beim Zudecken des Grabes Gesellschaft. So zwischendurch erstiegen wir die Friedhofsmauer und sahen die Welt von oben an. Dabei entdeckten wir, dass es dort wunderbare Zwetschgen gab, die man von da oben recht gut pflücken konnte, und die mundeten uns köstlich. Aber von geheimen Kräften haben wir nichts gemerkt, und hexen konnten wir deshalb auch nicht.
Hexerei und Zauberei muss bei manchen Leuten im Flecken schon ein Thema gewesen sein, wenn auch in aller Heimlichkeit. Das erwähnte auch Pfarrer Fischer später im Konfirmandenunterricht, als es im Heidelberger Katechismus hieß: Ihr sollt nicht zaubern, lügen oder betrügen. Er warnte uns, dass wir ja von der Zauberei die Hände lassen sollten. Wer sich mit solchen Dingen befasse, bringe eine Unruhe in sein Leben hinein, aus der man sich nur schwer wieder lösen könne.
Es gebe da ein weit verbreitetes Buch, das „Siebte Buch Mose“. Von dem sollten wir auf jeden Fall die Finger lassen. Später, es war schon nach dem Krieg, war ich bei einem Freund. Bei einem Blick auf seinen Schreibtisch sah ich dort das besagte Buch liegen. Auf meine Frage, woher er denn dieses Buch habe, sagte er, er habe es von seiner Ahne, einer wohlhabenden Hofbäuerin, geerbt. Scheu und argwöhnisch machte ich einen Bogen drum herum, und war eigentlich sehr erstaunt, dieses Buch in diesem Haus anzutreffen. Ob er sich Ratschläge aus diesem Buch geholt hat, weiß ich nicht.

Die große Wirtschaftskrise

Ich war nun zehn Jahre alt und hatte auch schon begriffen, oder begreifen müssen, dass das Leben aus Arbeit bestand. Aber so ganz allmählich tauchte in der Umgebung auch das Problem auf, Arbeit zu finden. Für diejenigen, die allein von der Landwirtschaft lebten, schon zu allen Zeiten davon gelebt hatten, war das Problem nicht so drückend, aber dazu gehörten verhältnismäßig wenige. Auf einen Zuverdienst waren die meisten Familien angewiesen. Vor totaler Armut blieben aber auch sie verschont, denn sie erwirtschafteten immerhin einen Großteil ihres Essens selbst auf ihren Gütlein. Im Dorf gab es auch Arbeitslose, die jeden Tag auf dem Rathaus ihren Stempel abholen mussten, darunter junge Leute, die ihre Lehre beendet hatten, und die der Meister mit dem besten Willen nicht mehr weiter beschäftigen konnte. Ein halbes Jahr bekamen sie Arbeitslosengeld, doch dann waren sie ausgesteuert. Einige von denen sollten auf einem etwa zehn Kilometer entfernten Gutshof Kartoffeln hacken, von Hand versteht sich, für fünfundzwanzig Pfennig am Tag und eine warme Suppe. Einige taten es, andere sagten, dass sie dann lieber gleich betteln gehen wollten und gingen auf die Walz.

Bettler gab es jede Menge, jeden Tag, an der Haustüre, einer gab fast dem nächsten den Türgriff in die Hand. Viele Leute gaben nichts, konnten nichts geben, denn sie hatten selber nichts.

Die Geschäftsleute beklagten sich, dass die Bettler und Hausierer die paar Pfennige, die in der Gemeinde noch vorhanden wären, auch noch zum Ort hinaustrügen.

Darauf gab die Gemeinde Bettelgutscheine zu ein, zwei und fünf Pfennigen heraus, die auf dem Rathaus gekauft werden konnten. Sie galten als Zahlungsmittel im Dorf, und Alkohol durfte darauf nicht abgegeben werden.

Die Gemeinde führte Notstandsarbeiten ein: Drainagen im nassen Gemeindeland. Hier konnten die arbeiten, die „ausgesteuert“ waren.

Natürlich waren die Leute mit ihrem Schicksal nicht zufrieden, und schimpften auf alle, von denen sie glaubten, dass sie es besser hätten, als sie selber. Das galt natürlich besonders den Angestellten der Gemeinde, somit auch meinem Vater, dem Polizeidiener, dessen Stelle einigermaßen sicher schien.

Bettler kamen von auswärts. Denen sah man an, dass sie sich schämten, betteln zu müssen. Manche brachten auch den Tag über nicht so viel zusammen, dass sie sich abends eine Herberge leisten konnten. Die baten dann abends auf dem Rathaus um ein Asyl für die Nacht, was ihnen in der

Arrestzelle des Rathauses gewährt wurde. Sie befand sich hinter dem Wachlokal, dem Dienstraum meines Vaters. Am Morgen bekamen sie noch einen warmen Kaffee, und ein Stück Brot dazu, was meine Eltern stellen mussten. Natürlich keinen Bohnenkaffee, den hatten wir selber nicht, sondern „Kathreiners Malzkaffee". Als Bub musste ich hin und wieder dieses Frühstück bringen und durch die Öffnung in der Zellentür servieren.

Bettelte nun einer und führte sich schlecht auf, das heißt er schimpfte, wenn er wenig oder nichts bekam, beschwerten sich die Bürger auf dem Rathaus, so musste Vater ausrücken und ihn festnehmen, um ihn auf dem Oberamt abzuliefern. Das bedeutete für Vater dann ein echtes Spießrutenlaufen, denn er musste ihn zu Fuß zur Bahnstation bringen, sechs Kilometer weg, denn die Gemeinde wollte die Fahrkosten so klein wie möglich halten. Dabei ging es vorbei an den Notstandsarbeitern, und die sympathisierten mit dem Bettler, ermunterten ihn abzuhauen, und gaben ihm sogar Deckung. Von da an musste auch der Feldschütz als Begleitung mitgehen bis zur Markungsgrenze.

Es herrschte eine schlechte, kaum vorstellbar schlechte Zeit! Die Not schürte Neid und Zwietracht.

Politik

Auf solches Feld fiel natürlich jede Parole, von wem sie auch kam, auf fruchtbaren Boden. Kein Wunder, dass es eine Menge von Parteien gab, die alle das Heil versprachen, und die im Dorf auch ihre Anhänger hatten. Dadurch wurden auch die Gegensätze und Feindschaften stärker.

Vor den Roten warnten nicht nur die Konservativen, auch der Bauernverband und vor allen Dingen die kirchlich eingestellten Leute. Was in Russland und vor allem im Baltikum bei der Revolution mit den Kirchen und Besitzenden passiert war, das erzeugte Angst bei allen Frommen und denen, die etwas besaßen, und war es auch noch so wenig.

Von Politik verstanden wir Kinder noch nichts, sie wurde auch von uns ferngehalten, besonders in der Schule. Kritisch denken lernen, das wurde absolut nicht gefördert, und später im Dritten Reich erst recht nicht. Gehorchen und tun, was einem gesagt oder befohlen wurde, war die Haupttugend, zu der die Jugend erzogen wurde. Es tauchten natürlich manche Parolen aus den Elternhäusern bei uns auf, und dass Hindenburg Reichspräsident war, das wussten wir.

Eines Tages rannten um zwölf Uhr alle Kinder zum Kirchturm hinüber, wo eine Stunde lang die Glocken geläutet wurden, weil die Franzosen das Rheinland geräumt hatten.
Wahlen gab es natürlich auch hin und wieder. Da entzifferten und lernten wir die Parolen der Wahlplakate, und eine ist mir heute noch geläufig. Sie hieß: „Das Hakenkreuz, Hammer und Sichel, wählt nur der allerdümmste Michel!“ Das Plakat hing gleich gegenüber dem Schulhaus. Aber ein paar Tage später riss es der Heiner weg. Sein Vater, ein alter Kämpfer der NSDAP, hatte gesagt, dass so etwas nicht in unser Dorf gehöre.
Etwa 1932 fand eine Reichspräsidentenwahl statt. Da befand ich mich in einem Geschäftshaus, als gerade disputiert wurde. „Lieber wähl’ ich den Thälmann (Führer der KPD), als dass ich den Hindenburg nochmal wählen würde, denn bei dem wird es immer liderlicher“, sagte die Geschäftsfrau. Sie hat aber den Hitler gewählt, denn später triumphierte sie, als dieser immer mehr Stimmen bekam.
Mein Vater hielt sich mit politischen Äußerungen sehr zurück. Das musste er auch als Polizeidiener, denn da hatte er es mit allen Leuten im Ort zu tun, ganz gleich, welche politische Einstellung sie auch hatten.
Von meinem Großvater, dem Drexler her, war er schon aus Tradition zur SPD orientiert, gehörte doch Großvater als aktives Mitglied zum Arbeiterbildungsverein. Vaters politische Sympathie hatte der frühere Reichspräsident Ebert. Aber das Erbe, das die damalige SPD aus dem verlorenen Ersten Weltkrieg übernommen hatte, wuchs ihr über den Kopf. So stand er der Machtübernahme der NSDAP nicht ohne Sympathie gegenüber, dazu beigetragen hat aber auch, dass er sich bei der Ausübung seines Dienstes von der Staatsgewalt her allein gelassen fühlte.
Ein paar Mal kam es nämlich vor, dass ihn irgendwelche Rowdys in der Nacht überfielen, und einmal wollten sie ihn sogar in die Arrestzelle einsperren, wäre es ihm nicht gelungen, sich zu befreien, indem er noch sein Seitengewehr ziehen konnte, und einen der Kerle an der Backe verletzte.
Bei der nachfolgenden Gerichtsverhandlung kamen sie ganz glimpflich davon und feierten das mit einem Fass Bier. Als Hitler an der Macht war, hörten diese Scherereien mit einem Schlag auf. National, oder patriotisch waren die meisten Leute des Dorfes eingestellt. Dazu zählten auch die Vereine, ob es sich um den Gesangs-, Musik- oder Turnverein oder den CVJM handelte. National dachte man schon aus Tradition, aber auch durch die Notzeit, die der verlorene Krieg mit den Lasten des Versailler Vertrags mit sich brachte. Ein Engländer, nämlich Churchill selber, nannte den Ver-

sailler Vertrag, dieses Produkt der Siegerpolitik und anhaltender Bemühungen aller damaligen Spitzenpolitiker der Entente, einen „traurigen und komplizierten Schwachsinn".
In der Schule klärten uns die Lehrer schon bald darüber auf, was Deutschland an Reparationen zu bezahlen hatte. Gut erinnere ich mich noch daran, als der Young-Plan im Gespräch war, der die Zahlungen, die wir noch zu leisten hatten, regelte. In langen Zahlenreihen schrieb der Lehrer die Beträge, die wir noch zu leisten hatten, an die Tafel. Die Summe erschien uns gigantisch, und wir konnten uns gar nicht vorstellen, dass es so viel Geld überhaupt geben sollte, wo wir doch immer nur mit ein paar knappen Pfennigen in den Laden zum Einkaufen geschickt wurden.
Aber auch die Gebiete, die uns durch den Versailler Vertrag weggenommen wurden, waren ein Grund, die Niederlage als große Schmach zu empfinden, die unserem Volk angetan wurde. Mit großer Inbrunst lernten wir das Lied: „Deutsch ist die Saar, deutsch immerdar...". Als dann später die Abstimmung darüber stattfand, und sie zu unseren Gunsten ausfiel, wurde das allgemein als eine große Genugtuung betrachtet.
Dass es im Ort einige Strumpffabriken gab, hab ich schon angeführt. Sie gaben so mancher Frau und manchem Mann Arbeit und Brot, wenn auch ein sauer verdientes. Aber auch diese Firmen arbeiteten kurz, auch ihnen fehlten Aufträge, und damit natürlich auch das Geld.
Als Brötchengeber hatten sie großen Einfluss in der Gemeinde, auch in politischer Hinsicht, und sie hatten ihre Vertrauensleute in allen möglichen Gremien. Vor allem die größte und bedeutendste, die Firma Wirker, war in politischer, aber auch kirchlicher Hinsicht tonangend.
Sie waren konservativ, deutschnational, und ihre Söhne zählten teilweise zu den Mitgliedern des Stahlhelms, einer militärischen Organisation.

Die Kirche

Es gab noch einen Faktor in der Gemeinde, der ziemlich bedeutend war, die evangelische Kirchengemeinde, beziehungsweise die Christen, die es in allen Schattierungen gab und die das öffentliche Leben weitestgehend prägten.
Nur ein paar vereinzelte Katholiken, Eingeheiratete, lebten im Ort. Als einmal einer davon starb, gab es eine katholische Beerdigung, und das erregte damals großes Aufsehen. Lehrer oder Pfarrer hatten uns ermahnt, ja deswegen keinen Auflauf zu veranstalten. Trotzdem versammelte sich die Schuljugend in gebührendem Abstand, und es gab ein Gegaffe, das nicht

größer gewesen wäre, wenn Dr. Faust oder Belzebub selbst die Beerdigung gehalten hätte.
Es mutete uns schon etwas seltsam an, wie der katholische Priester mit seinen Ministranten, mit Vortragekreuz, Weihwasserkessel und Weihrauchfass anrückte und seine Zeremonien vor dem Sterbehaus ausführte. Aber das war kein Wunder, denn in einem evangelischen Dorf kannte man über Jahrhunderte weg so etwas kaum.
Die evangelische Freikirche war im Ort auch vertreten, und hatte ihren eigenen Saal. Schroffe Gegensätze, wie etwa zu den Sekten, gab es jedoch nicht.
Pfarrer Fischer, der zu meiner Jugendzeit die Pfarrstelle innehatte, erwies sich als ein sehr aktiver Mann, der viele Impulse in die Gemeinde brachte, und sie auch verwirklichte. Er hatte nur den Fehler, dass er anfangs imUnterricht schlug, was ihm manche Feindschaft einbrachte. Als er die Gemeinde wieder verließ, bedauerte er das. Er habe die Stelle nur erhalten mit der Zusage, Schlierbachs Jugend „streng und gottesfürchtig“ zu erziehen. Das war als Vorwurf an die damaligen Dorfgewaltigen zu verstehen. Während seiner Amtsperiode kam das „Dritte Reich“, damit ein Umbruch und die Erkenntnis, dass mit Methoden der Strenge und des Zwanges die Kirche diese Epoche nicht überleben würde. Er lieferte den Beweis, dass es auch anders ging in einer christlichen Gemeinde.
Den CVJM und den Jungfrauenverein förderte und betreute er zusammen mit seiner Frau unter persönlichem Einsatz und gründete den Posaunenchor, der das Dritte Reich beinahe unbeschadet überlebte.
Dass die Kinder zum Trinken nur Wasser, oder aber den üblichen Most bekamen, veranlasste ihn, eine Aktion für alkoholfreien Apfelsaft zu starten, so dass in vielen Häusern nun auch Fässchen mit diesem Getränk anzutreffen waren.
Es fanden auch laufend Evangelisationen statt. Eine regelrechte Bekehrungswelle setzte ein. Manche betrachteten die Endzeit als herbeigekommen, und zu dieser Ansicht trug die schlechte Zeit erheblich bei.
Mein Vater wurde zu der Zeit sehr krank. Als es mit zweimaligem Krankenhausaufenthalt nicht besser, eher schlechter wurde, obwohl der ganze Bekannten- und Verwandtenkreis, die Kollegen, und auch der Pfarrer Blut spendeten, kam er hoffnungslos wieder heim. Zu der Zeit reiste ein Wunderheiler, Vater Stanger, durch viele Gemeinden des Landes, und kam auch in unsere Gemeinde.

Viele redeten meinem Vater zu, er möge doch dahin gehen und sich gesund beten lassen; vornehmlich Dote Päule ermunterte ihn. Er wollte zuerst nicht, aber im Bekanntenkreis überredete man ihn, und so gab er nach. Es wurde aber nicht besser, im Gegenteil, es dauerte nicht lange, bis er wieder ins Krankenhaus musste. „Er hat halt nicht geglaubt", hörte man sagen. Als er wieder im Krankenhaus war, wurde in England ein neues Präparat erfunden, das bei ihm als Erstem angewandt wurde und es half. Das war unser Wunder, unser Vater blieb uns erhalten, und konnte seinen Dienst wieder voll erledigen, nur brauchte er hin und wieder eine Spritze. Wunder geschehen manchmal anders, als wir's denken.
Kinderkirche und Jungschar gab es natürlich auch, und das waren Angebote für meine Altersstufe, die ich wie viele andere auch wahrnahm. Der CVJM spielte nicht nur Hand- und Faustball, er trieb auch Wehrsport. Wer ein rechter Christ sein wollte, der hatte sein Vaterland zu lieben, und dazu gehörte nach damaligen Begriffen, dass man auch bereit war, dafür zu kämpfen, wenn es sich als nötig erwies. Neben geistlicher Betätigung gehörten Zeltlager, Geländespiele und Keulenwerfen dazu.
Ein Feindbild hatte man natürlich auch und das bezog sich auf die Roten, ob KPD oder Russland, aber auch auf die Siegermächte des Ersten Weltkriegs. Der CVJM war also, ohne Übertreibung gesagt, deutschnational geprägt. Hätte sich ein Mitglied zum Pazifismus, zur Internationale oder gar zu kommunistischen Idealen bekannt, hätte man dem erklärt, er habe als solcher hier nichts zu suchen, und er wäre als vaterlandsloser, atheistischer Geselle bezeichnet worden.
So fielen die Parolen Hitlers auf einen gut vorbereiteten Boden. Von ihm hatte ich mit meinen dreizehn Jahren natürlich schon gehört, und von Schulkameraden wusste ich, dass die einen und anderen im Ort Anhänger der Hitlerpartei waren.
Im Spätsommer 1932, als der Hafer noch auf den Feldern stand, trafen wir uns an einem Sonntagmittag auf der Spielwiese des CVJM. Als wir gerade eine Pause machten, ging einer von uns, Fritz G., der älter war als ich, nebenan in einen Getreideacker und holte ein paar Haferblätter, auf dem sich Getreiderost befand. Die Zeichnung darauf konnte man mit einiger Fantasie als den Buchstaben B deuten, was der Fritz auch verkündete, und das heiße entweder Besserung oder Bürgerkrieg.
Woher er die Idee hatte, weiß ich nicht, aber sicherlich hatte er das irgendwo gehört. Man sieht daraus, wie die Menschen damals psychologisch auf ein Ereignis warteten, sei's zum Guten, oder zum Schlechten.

Das Unheil kommt als Heil

„Hitler ist Reichskanzler geworden!" So hieß es eines Tages. Auch bisher unentschlossene, aber auch kirchlich eingestellte Leute sagten: „Endlich mal ein starker, energischer Mann, der hoffentlich mit diesem Parteienwirrwar aufräumt und eine starke Regierung bildet, die handlungsfähig ist."

Arbeit und Brot hatte er versprochen. Brot! Brot genug um satt zu werden, das wussten wir alle zu schätzen, denn in den wenigsten Familien gab es davon genug und Arbeit, soviel wussten wir mit unseren dreizehn Jahren, war die Voraussetzung dafür. Genau erinnere ich mich noch, wie ein Schulkamerad, der Richard, der aus einer kinderreichen Familie kam, in der es mit dem Essen immer sehr knapp herging, sich ereiferte und sagte: „Brot hat er uns versprochen, Brot, dass wir jeden Tag genug davon essen können!" („Wenn's a mol gnuag Brot geit, fress i, bis mir dr Ranza platzt!") Das meinte er wörtlich, und in Gedanken daran lief ihm schon das Wasser im Munde zusammen. Wen wundert's, dass er, als es tatsächlich eintraf, ein getreuer Gefolgsmann Hitlers wurde, begeistert in den Krieg zog, und sogar sein Leben opferte?

Sofort änderte sich die ganze Stimmung. Die große Niedergeschlagenheit und Hoffnungslosigkeit, die das ganze Leben der letzten Jahre beherrscht hatte, verlor sich innerhalb kurzer Zeit.

Es ging alles Schlag auf Schlag. Bald schon trat das Winterhilfswerk in Aktion, und so manche Familie spürte praktisch, dass ihr geholfen wurde. Eine Welle der Hilfsbereitschaft ging durch das Volk, die absolut bemerkenswert war. In der Schule lernten wir jetzt vorwiegend nationale Lieder, allen voran das Deutschland- und das Horst-Wessel-Lied. Aus den wenigen Radios, die es damals gab, kaum mehr als fünf im Flecken, hörte man nur Marschmusik. Das war ein Schmaus für unsere Ohren, denn Musik galt als etwas Rares.

Am Tag, als der Reichstag brannte, brachte Lehrer Binder sein Radio mit in die Schule. Den ganzen Tag kam Marschmusik und dazwischen Reportagen vom Reichstagsbrand, die er aber so leise einstellte, dass nur er sie verstehen konnte, denn das war Politik, und daher nichts für unsere Ohren.

Die letzte echte Wahl

Die verschiedenen Parteien existierten aber noch, und man hatte noch eine Wahl vor sich, an der sie teilnahmen. Aus diesem Anlass fanden am Sonntag zuvor Propagandamärsche aller möglichen Parteien statt, die sie vorher ankündigten. Das war natürlich ein richtiges Dorfereignis, und für meinen Vater eine heikle Sache als Büttel. Er gab uns den Rat, wir sollten uns zurückhalten, denn man könne nicht wissen, ob es nicht zu Ausschreitungen käme.

Wir hatten an dem Sonntag Christenlehre, die jeden zweiten Sonntagnachmittag von ein bis zwei Uhr in der Kirche für die Konfirmierten stattfand, und an der die beiden letzten Schuljahrgänge auch teilnehmen mussten.

Anschließend standen wir in Gruppen beieinander auf dem Platz zwischen Kirche und Rathaus und beobachteten die Parteiverbände der verschiedenen Parteien beim Durchmarsch.

Da gab es Grünhemden der Bauernpartei, SA, Stahlhelmer, Reichsbanner der SPD, und zuletzt noch Rotfrontmänner der KPD, die in Sprechchören irgendwelche Parolen riefen. Vom Hörensagen wussten wir, dass die Bösen die Kommunisten wären, und dass man sich vor denen besonders in Acht nehmen sollte.

Wir ließen sie alle an uns vorbeiziehen, ohne uns zu mucksen, und waren uns im Freundeskreis schnell einig, in Ottos Feldhäusle zu gehen, wo wir heimlich rauchen wollten. Einer stibitzte im elterlichen Laden Rauchwaren, ein anderer holte Vaters Tabakspfeife, und ich war dazu ausersehen, Zündhölzer zu beschaffen. Allerlei Knallereien, wie Pfropf- und Käpselespistolen, brachten auch einige, und so konnte es interessant und spannend werden. Kriegerlesspielen kam jetzt groß in Mode, und auf dem Weg zu Ottos Häusle kamen wir zuerst durch einen Tannenwald, wo wir erst eine zünftige Tannenzapfenschlacht veranstalten wollten. Jetzt aber teilten wir uns, und jeder ging heim, die nötigen Dinge zu besorgen. Dann wollten wir uns an der Bachbrücke treffen.

Weil ich am nächsten der Bachbrücke wohnte, traf ich auch als Erster ein. Als ich nun auf die anderen wartete, kam per Fahrrad ein Nachzügler der Rotfrontabteilung daher, also ein Kommunist. Er legte sich mächtig in die Pedale, und wie er an mir vorüberfuhr, dachte ich nicht mehr an die Ermahnung meines Vaters und begrüßte ihn mit „Heil Hitler". „Du dummer Bub, dafür musst du schon noch bezahlen!", rief er mir zu, eher mitleidig und bedauernd als aggressiv, und fuhr weiter. Er kam mir gar nicht so gefährlich vor, wie man sie uns immer darstellte. Nachher, als die anderen Freunde ankamen, erzählte ich ihnen mein Erlebnis und wurde von ihnen geradezu als ein Held hingestellt. Sie prahlten: „Wären wir da gewesen, den hätten wir vom Fahrrad heruntergezogen und verprügelt!"

Am Sonntag darauf fand dann die Wahl statt und brachte für Hitler einen großen Erfolg.

Die erste Hakenkreuzfahne

Es geschah an einem Samstagmittag dieser turbulenten Tage. Wir beschäftigten uns gerade damit, das Rathaus zu putzen, was damals zu den Obliegenheiten des Büttels gehörte. Wollte man es in drei bis vier Stunden schaffen, so mussten wir größeren Kinder mithelfen, so auch heute. Nachdem ich erst geholfen hatte, die Holzböden mit Ölspänen durchzubürsten, Zeitungen zu Klopapier klein zu schneiden, hatte ich noch mit dem Straßenbesen um das Rathaus zu kehren.

Wie ich noch beim Kehren war, marschierte eine Kolonne von etwa fünfzig SA-Männern, Marschlieder singend, vor das Rathaus, wo sie anhielten. Sie führten eine zusammengerollte Hakenkreuzfahne mit sich. Nachdem sie Front zum Rathaus gemacht hatten, begab sich ein Kommando mit der Fahne auf die Rathausbühne, die man über das Treppenhaus der Schule erreichte, und hisste oben durch eine Luke an dem kleinen Spitzgiebel, in dem auch das Steuerglöckle hing, die Hakenkreuzfahne. Nach Absingen des Deutschland- und Horst-Wessel-Liedes marschierten sie weiter.

Das war das erste Mal, dass über Schlierbach die Hakenkreuzfahne wehte, die so verhängnisvoll werden sollte, und es geschah eigentlich völlig überraschend. Vor allen Dingen passierte es ohne Anwesenheit von Schultheiß Lang, der aller Wahrscheinlichkeit nach vor vollendete Tatsachen gestellt wurde.

Lehrer Binder sagte uns hintendrein, das wäre der Beginn der nationalen Revolution gewesen, und später hing ein Bild dieses Ereignisses in unserem Klassenzimmer, auf dem ich auch war, im Schaffschürzle.

Um diese Zeit hieß es eines morgens, dass in der Nacht eine Anzahl von Männern, manche meinten die Gefährlichsten, weggeholt worden seien, auf den Heuberg ins KZ. Niemand wusste, was ein Konzentrationslager war, der Ausdruck war bis dahin nicht bekannt. Als die Männer später wiederkamen, schwiegen sie und erzählten niemand, was und wie das vorgegangen war. Man hatte sie wahrscheinlich mundtot gemacht.

Der Arbeiter- und Radfahrerverein „Solidarität“ war bekannt für seinen politischen Linksdrall. Der Vorstand des Vereins, Fritz Tröster, galt als ein solider, ehrenwerter Mann.

Die erste Hakenkreuzfahne

Den ersten Weltkrieg erlebte er zusammen mit unserem Nachbarn Karl Schleich bei der Fliegerei. Gegen Ende dieses Krieges ist er in Schlierbach mit einem Flugzeug gelandet und hat einen Besuch gemacht. An der Straße nach Albershausen, wo heute die Firma Kauffmann ihre Halle hat, standen einst zwei große Pappeln. Dort musste er gelandet und wieder gestartet sein. Ich selber habe damals noch nicht gelebt, aber die Geschichte war in meiner Jugendzeit noch lebendig. Eine Augenzeugin, geboren in Schlierbach, Klara Langbein, etwa zehn Jahre älter als ich, hat mir die Geschichte, die für Schlierbach eine Attraktion darstellte, erzählt. Dieser Fritz Tröster, der in den zwanziger Jahren als Vorstand den Radfahrerverein leitete, ist nach der Machtübernahme Hitlers zusammen mit unserem Nachbarn Karl Schleich und verschiedenen anderen Schlierbachern ins KZ auf den Heuberg gesteckt worden. Was ihnen dort widerfahren ist, darüber hat keiner auch nur ein Wort verloren. So hatte man sie mundtot gemacht.

„Wer die Jugend hat, der hat die Zukunft!"

Das war eine Parole der NSDAP, und die wurde jetzt vor allen Dingen in der Schule verwirklicht. Lehrer Binder verstand es, uns die Sache schmackhaft zu machen, und wir zeigten große Begeisterung dabei. Ihn gelegentlich in Stahlhelmuniform zu sehen, imponierte uns. In der Zeit saß er manchmal in der Schule am Harmonium und sang mit Hingabe ein Lied zum Gedächtnis an seinen Bruder, der in Langemarck gefallen war. Es hörte sich ganz schön schmalzig an und begann: „Drunten in Flandern, bei tausend andern, ist auch sein Grab; der drinnen lieget, hab ihn gewieget, ans Herz geschmieget,..." usw.

Solchermaßen berieselt war es kein Wunder, dass wir in eine heldentaumelige Stimmung hineinversetzt wurden. Es schienen aber nicht alle so hingerissen wie ich.

Einmal lernten wir das Lied: „O Deutschland hoch in Ehren ...". In dem Refrain heißt es: „Haltet aus im Sturmgebraus!" Einer der Schulkameraden, der Karl M., der nicht gerade eine Leuchte war, sang dabei aus voller Kehle: „Haltet aus im Hofbräuhaus!" Die Strafe dafür hatte er gleich weg. Vier Tatzen gleichmäßig verteilt in beide Hände. Zu viel, wenn man bedenkt, dass er das „Sturmgebraus" als Erster von all den vielen anderen Altersgenossen, die gefallen sind, mit dem Leben bezahlt hat.

Im Geschichtsunterricht wurde nun die jüngste Vergangenheit, voran der Erste Weltkrieg, behandelt. Natürlich hatten unsere Väter an allen Fronten gesiegt, nur mit dem Schönheitsfehler, dass eben der Krieg verloren ging. Ganz eindeutig wurde uns gesagt, daran sei nur der Dolchstoß von hinten schuld gewesen, das heißt, die Revolution von 1918.

In unserem Klassenzimmer gab es aus diesem Anlass eine Sammlung von allerlei Überbleibseln aus diesem Krieg. Dazu zählten Bajonette, Handgranaten, Granatringe, ja sogar ein echtes französisches Gewehr. Außer seinen Dienstwaffen hatte mein Vater aber nichts Derartiges daheim, -was ich sehr bedauerte-, obwohl er auch Kriegsteilnehmer, und bei Ypern sogar schwer verwundet worden war. Aber Vater sagte: „Krieg und das Kriegsklump, das ist nichts Gutes! Die anderen, die Feinde, die können auch schießen!"
Es gab in Schlierbach ein paar Familien, die schon längere Zeit als eifrige Anhänger der NSDAP galten. Aus solchen Familien kam mein Schulfreund Kurt, aber auch Ochsenwirts Emil. Sie waren stolz deshalb und kamen sich entsprechend wichtig vor. Das schien besonders ausgeprägt bei Emil. Er ging in eine Klasse vor mir in die Schule, und wurde demnächst konfirmiert, während wir, der Kurt und ich, als Zuhörer am Konfirmandenunterricht teilnahmen.

Der Tag von Potsdam

Der 21. März war herangekommen. Er ist als „Tag von Potsdam" in die Geschichte eingegangen.
Als wir um zwölf Uhr die Schule verließen, hieß es, am Abend werde ein Fackelzug mit anschließendem Freudenfeuer an der Schillerlinde stattfinden. Das galt für uns Buben natürlich als eine noch nie da gewesene Attraktion, auf die wir sehr gespannt warteten. Mittags aber hatten wir noch Konfirmandenunterricht, der um zwei Uhr begann, und an dem ich als Sechstklässler und somit als Zuhörer teilzunehmen hatte. Schon lange vor Beginn des Unterrichts fanden wir uns bei der Schule ein, trieben uns da herum, wohl um mehr zu hören, was da am Abend gespielt würde. Da kam der Ochsenwirts Emil mit einem funkelnagelneuen Damen-Fahrrad angefahren. Das hatte sich eine seiner älteren Schwestern angeschafft, und was sich im Haus befand, das machte auch er sich zu eigen. Ein neues Fahrrad, dazu noch eines wie dieses mit Vollballonreifen, war für uns etwas Einmaliges, das wir noch nicht gesehen, geschweige selbst besessen hatten. Als Krönung des Ganzen hing auch noch ein neues Hakenkreuzfähnchen an einer Schnur zwischen Gabel und Lenker. Bewundernd, auch ein bisschen neidisch, standen wir da und bestaunten seine Kunstvorführungen, denn darin war er schon damals ein Meister.
Nun kam er zu uns her und sagte: „Wenn heute Abend ein Höhenfeuer an der Schillerlinde gemacht wird, fahr ich vor dem Unterricht noch hinauf,

um zu sehen, wie weit die Vorbereitungen gediehen sind. Wer geht mit? Raufwärts müsst ihr laufen, aber auf dem Rückweg können zwei mit mir fahren, der eine auf dem Gepäckträger, der andere kann vor mir im Rahmen stehen!"

Kurt und ich, wir waren gleich dabei und keuchten den Berg hinauf hinter ihm drein, um nachher mit ihm den Berg herunterfahren zu dürfen.

Als wir nahe dem Ortsende am Haus des Bockhalters und Leichenschauers Albert vorbeikamen, schaute dieser gerade zum Fenster heraus, wobei er wegen seiner Körperfülle beide Flügel geöffnet hatte. Das Fenster befand sich gerade über der Türe zum Stall.

Der Emil, der als erster dort ankam, hielt an und provozierte den Albert, seinen Tonfall nachäffend, die Nase hochziehend: „Gnelt Gnalbert, do glotzscht, des ischt a neu's Pfahrrad, mit ema neua Pfähnele!" (Da schaust du, das ist ein neues Fahrrad mit einem neuen Fähnchen!) „Du Rotzbua, du elender, mach dass du weiterkommscht, sonst soich i uff die na (hinunter)!", rief darauf drohend der Albert. „Ja machs doch, du traust dich doch et", antwortete darauf der Emil, denn dass ein erwachsener Mann in einem so sittsamen Dorf wie Schlierbach am helllichten Tag so etwas tun würde, war einfach nicht denkbar. „Des glaubst wohl et, du liederlicher Fetz, aber warte no, i will mir bloß ebbes hola zom Naufstau (Hinaufstehen)!" Und damit verschwand der Albert für eine Weile. Gespannt wartete der Emil und auf Distanz wir natürlich auch, was wohl passieren würde. Tatsächlich, der Albert tauchte wieder am Fenster auf, und der Emil rief mit herausfordernder Geste abermals zu ihm hinauf: „Gnalbert, du traust di halt et", und um das zu betonen, stemmte er sein Fahrrad hoch über den Kopf und lief damit noch näher unter das Fenster des Albert.

Der jedoch machte blitzschnell eine Bewegung, hob mit beiden Händen ein Waschlavor aus dem Fenster heraus und schüttete den vollen Inhalt über Emil mit Fahrrad und Wimpel.

„So, du wärscht tauft, du frecher Rotzaff!", sagte der Albert, und machte sein Fenster zu.

Pudelnass von oben bis unten kam Emil zu uns her. Sogar das Hakenkreuzfähnchen triefte. Der Albert hatte aber auch gar keinen Respekt vor dem neuen Symbol!

„Du stinkst jetzt wia a Bock, dem Duft nach bischt jetzt et bloß mit Wasser täuft worda“, sagten wir ihm. „Tatsächlich, des stenkt wia em a Bockstall,

und jetzt muss i gleich en Unterricht. - Aber i woiß mir zu helfa! - Gschwend fahr i hoim, meine Schwestern hent ja Parfüm und Kölnisch Wasser, do schütt' i halt a Kölble voll über mi nonter, no merkt des neamer!" Gesagt, getan! Der Emil erschien zum Unterricht mit einer Duftwolke aus Parfüm und Urin, und wir fanden es lustig.
Das war die Taufe des Emil, und am selben Abend gab es einen Aufmarsch, den Ersten im Dritten Reich, mit Fackeln, Lampions und anschließendem Freudenfeuer. Woher die Fackeln und Lampions kamen, weiß ich nicht. Unsere Eltern hätten dafür kein Geld gehabt. Aber die beiden Dinge wurden verteilt, und es mussten ja irgendwelche Sponsoren vorhanden gewesen sein.

Bis jetzt gab es im Ort noch keine geschlossene Organisation der NSDAP, und so konnten wir bei dem Umzug und dem Feuer noch fast keine Uniformträger sehen. Alles lief singend und marschierend mit dem Zug, ganz besonders natürlich wir Buben. Beim Holzstoß angekommen, wurde ein Kreis gebildet, und unter dem Lied: „Flamme empor" das Feuer entzündet. Ansprachen wechselten mit patriotischen Liedern. Am Schluss sprach Schultheiß Lang und gedachte dabei der Gefallenen des Weltkrieges. Da zeigte sich der alte Föderalist, der er war, denn besonders betonte er den hohen Blutzoll, den speziell die Württemberger dargebracht hätten. Mit dem Lied: „Preisend mit viel schönen Reden...", dem Württembergerlied, das er mit der Versammlung anstimmte, setzte er den Schlusspunkt der Feier.
Sollte das ein Missklang am Schluss der Feier gewesen sein? Ich glaube ja, denn es war sein letzter Auftritt als Schultheiß; er wurde in den Ruhestand gegangen. Dass er nicht freiwillig ging, ersah ich daraus, dass er, als er einige Zeit später im Ort, von dem amtierenden Ratschreiber um eine Auskunft angesprochen wurde, barsch antwortete, sie sollten ihren Dreck alleine machen, er sei ja nicht mehr gut genug gewesen. Ein Schulaufsatz, den ich heute noch habe, bestätigt Datum und Anlass dieses Tages. Es fand die Begegnung Hindenburgs mit Hitler in Potsdam statt, und damit die Aussöhnung der Konservativen, die Hitler bis dahin noch reserviert gegenüberstanden. Und weil in Schlierbach die Konservativen, das heißt die Deutschnationalen und der Stahlhelm, das Sagen hatten, so geschah es gerade an dem Tag, an dem das erste Freudenfeuer stattfand.

Für Fabrikant Wirker muss dieser Tag ein ganz entscheidender gewesen sein, etwa so wie beim Apostel Paulus, als er vor Damaskus von einem Saulus zu einem Paulus wurde.
Es gab ein Bild, das man überall kannte. Es zeigte Hitler in Frack und Zylinder, sich vor Hindenburg mit Handschlag verneigend. Dieses Bild muss es Fabrikant Wirker so angetan haben, dass er es bei Arbeitsjubiläen seiner Betriebsangehörigen als Ehrengabe verwendete.
Dote Päule bekam aus diesem Anlass auch ein solches Bild verehrt. Sie hängte es über ihrem alten Ledersofa auf, in Gesellschaft der Familienbilder von Drehers-Ehle und Urgroßvater Wilhelm, die alle in ovalen Rahmen steckten. Als dann beim Einmarsch der Amerikaner 1945 das Nachbarhaus, mein Geburtshaus, in Flammen aufging, und Dotes Häusle im Dachstock und an der Bilderwand Feuer gefangen hatte, löschten die Nachbarn in Ermangelung von Wasser mit Jauche, und damit war alle Bilderherrlichkeit zerstört.

Ostermontagsausflug des CVJM 1933

Eine große Fußwanderung führte den CVJM am Ostermontag dieses Jahres zum Hohen Neuffen. Wir als Jüngste durften erstmals auch mit. Dieser Marsch war eine Leistung, die mich heute noch staunen lässt, zumal wir auf dem Rückweg auch noch über die Teck kamen und im Brotbeutel nur ein einfaches, bescheidenes Vesper hatten.
Die letzte Strecke des Weges schafften wir beinahe nicht mehr. Nur die Mundharmonikamusik unseres Freundes Richard hielt unsere Beine noch in Bewegung.
Etwas fiel uns bei dem Ausflug besonders auf. Es waren zahlreiche Gruppen der Hitlerjugend unterwegs. Sie hatten im Vergleich zu uns beeindruckende Uniformen an, während von uns nur ein paar einzelne eine Eichenkreuzkluft trugen. Dass die Hitlerjugend so reizende Uniformen hatte, gefiel uns recht gut und imponierte uns sehr.

Hitlerjugend

Nicht lange danach fragte mich mein Schulfreund Kurt, ob ich Lust hätte, mit ihm in Kirchheim, dem Nachbarort, zur Hitlerjugend zu gehen. Lust hatte ich schon, aber diese Entscheidung konnte ich nicht allein treffen. Ich fragte meinen Vater, und war hocherfreut, dass er nichts dagegen hatte.

So schlitterte ich auf naive Weise in die HJ und gehörte deshalb zu den ersten des Fleckens, die dabei waren. Der vorlaute und sich immer wichtig machende Ochsenwirts Emil war natürlich auch von der Partie.
Einmal in der Woche hatten wir im sechs Kilometer entfernten Kirchheim Dienst und kamen dann recht spät in der Nacht heim. Das konnte natürlich kein Dauerzustand sein, und so trafen wir uns dort nur bis zum Sommer, bis hier am Ort ein Jungvolk gegründet wurde.
Doch waren wir am 1. Mai in Kirchheim beim Umzug dabei. Zwischendurch hat es ordentlich gegossen, und wir wurden nass bis auf die Haut. Aber das machte uns neugeborenen Hitlerjungen nichts aus, „gelobt sei, was hart macht!"
An Pfingsten nahmen wir in Hepsisau an einem großen Treffen der HJ aus der ganzen Gegend teil. Der Anmarsch fand Samstagabend statt, zu Fuß, versteht sich. Geschlafen wurde im Heu, mit nur einer Decke, was am Morgen schon ein wenig kühl war. Auch gab es eine Feldküche, und das Essen schmeckte nach damaligen Begriffen recht gut. Da hab ich Griesbrei und Mischobst gegessen bis beinahe zum Platzen, das war damals etwas Besonderes.
Aber auch etwas anderes empfand ich als bemerkenswert. Für Pfingstsonntagmorgen organisierte man einen Feldgottesdienst, den der Ortspfarrer hielt. Bei der HJ geschah dies das erste und letzte Mal, dass ich das erlebte, denn später setzte eine starke Abneigung gegen Kirche und Christentum ein, die bis zur Feindschaft ausartete.
Doch nun wurde in Schlierbach ein Jungvolk gegründet, und das war die Organisation, zu der wir altersmäßig gehörten. Anfangs machten wir an Sonntagnachmittagen Geländespiele. Einmal spielten wir „Kriegerles". Als Wurfgeschosse verwendeten wir Tannenzapfen. Erwin, der dabei mitspielte, wurde getroffen, und rief: „Auwah, mich hat's getroffen!" Alle rannten zu ihm hin, aber es war nicht so schlimm, wie er tat. „Also, du bist unser Verwundeter, und wir tragen dich heim", sagten wir ihm. Aus zusammengelesenem Holz suchten wir geeignete Stecken und bastelten eine behelfsmäßige Tragbahre. Der Erwin legte sich drauf. „Das sieht ja überhaupt nicht echt aus!", sagte der übereifrige Ochsenwirts Emil. „Wenn ich den Verwundeten spielen darf, sorge ich dafür, dass ich echt aussehe!"
Nichts ahnend, wie er das machen wollte, waren wir damit einverstanden.
Er nahm eine Sicherheitsnadel, die er bei sich hatte, und stach sich damit in den Arm, sogar ziemlich tief. Aber es kam nur ein Tröpfchen Blut, und das brachte keinen Effekt, das war zu wenig. Daraufhin schlug er sich mit der

eigenen Faust so lange auf die eigene Nase, bis reichlich Blut floss, tupfte das mit seinem Taschentuch auf und verschmierte sich damit das Gesicht, die entblößte Schulter und den Arm. So als echt aussehender Verwundeter legte er sich auf die Bahre, und wir trugen ihn abwechselnd unter Hü und Hallo heimwärts. Wäre nicht die selbst gebastelte Tragbahre bei den ersten Häusern gebrochen, hätten wir den Blödsinn gemacht und ihn bis vor die elterliche Wirtschaft getragen. So standen wir um ihn herum, und lachten über uns selber.

Eine kleine lustige Episode hab ich auch noch in Erinnerung aus der ersten Zeit nach Hitlers Machtübernahme. Ich glaube, es war an irgendeinem Wahlsonntag oder einem Feiertag wie dem 1. Mai noch in der Zeit, als man erst ganz wenige braune oder schwarze Uniformträger sah. Warum sich der einzige mir bekannte SS-Mann und ein SA-Mann in Uniform auf dem Platz vor dem Brunnen unter dem Kriegerdenkmal aufhielten und sich zur Schau stellten, weiß ich nicht. Sie unterhielten sich. Wir Buben standen vor dem Rathaus gegenüber und hatten die beiden im Blickfeld. Nach einiger Zeit des Wartens bestieg der SS-Mann eine der beiden Steinbänke neben dem Brunnen, nahm zackig Haltung an und führte mehrmals den Hitlergruß aus wie ein Theaterspieler. Dann stieg er wieder herunter, und das gleiche Theater führte der SA-Mann aus. So machten sie es abwechselnd eine Zeit lang. Schließlich stellten sich beide auf die Bank und wiederholten es im gleichen Takt. Alle in der ganzen Umgebung konnten das Affentheater beobachten.

Man sieht daraus, wie dumme Aufschneiderei und Eitelkeit, wie bei den Pfauen, damals auch schon in Mode war, wobei es sich bei den Ausführenden um Männer von über 25 Jahren handelte.

Zum ersten Mal gab es in diesem Sommer eine Sonnwendfeier, an dem wir als Jungvolk teilnahmen.

Eine Hitlerjugend für Vierzehn- bis Achtzehnjährige gab es noch nicht, weshalb diese Altersgruppe als CVJM in Kluft und mit Eichenkreuzwimpel teilnahm. Sie trugen im Sprechchor den Tell-Schwur vor: „Ihr Sterne seid uns Zeugen, die schweigend niederschaun, wenn alle Menschen schweigen, und falschen Götzen traun!“ Diese Worte habe ich heute noch im Ohr… Damals habe ich freilich über falsche Götzen noch keine Vorstellung gehabt.

Kurz darauf formierte sich in Schlierbach eine HJ für Vierzehn- bis Achtzehnjährige. Der CVJM trat beinahe geschlossen dazu über. Es hieß, ein hoher HJ-Führer namens Wacha habe mit dem CVJM einen Eingliederungsvertrag geschlossen. Das vollzog sich so spontan, dass Pfarrer Fischer keinen mehr fand, der als Vertrauensmann zur Pflege der Verbindung zur HJ hätte dienen können. Die geistliche Betreuung sollte nach der neuen Abmachung der Kirche überlassen bleiben. Pfarrer Fischer stand jetzt mit seiner Jugendarbeit vor einem Scherbenhaufen; was er mit großer Liebe und Mühe aufgebaut und gepflegt hatte, war scheinbar dahin. Mit der Eingliederung des CVJM in die Hitlerjugend nahm man die Jugend aus den Händen erfahrener Führer und Betreuer, wie Pfarrer Fischer oder Eugen Roos, und gab sie in die „Obhut" von unreifen und unfertigen, fanatisierten, militaristisch angehauchten Jugendlichen, die nach damaligem Entwicklungs- und Bildungsstand gerade in der Pubertät standen.

Doch ein paar Getreue blieben Pfarrer Fischer noch, und die waren der Kern für eine neue Jugendarbeit in ganz anderer Form, und diese überlebte trotz der Beschränkung alles, was sich jetzt so großspurig bildete, auch das ganze „Tausendjährige Reich."

Eingeflochten

Die letzte, die siebte Klasse hatte nun für mich begonnen. Im Jungvolk, das Lehrer Hoß führte, war immer etwas los. Wir machten Geländespiele, spielten Theater, sangen mit ihm sehr viel, und gestalteten den Heldengedenktag mit.

Dabei hatten wir Konfirmandenunterricht, versahen alle paar Wochen den Läutedienst der Kirche, und jeden Sonntag besuchten wir den Kindergottesdienst.

Das lief alles harmonisch nebeneinander. Kirchlicherseits förderte man noch die neue Bewegung, und ich erinnere mich noch an eine Geschichte aus dem Jugendfreund, dem „Blättle" der Kinderkirche, die ich hier frei wiedergebe:

„Ein Junge durfte an einer patriotischen Veranstaltung, wie es zu der Zeit viele gab, teilnehmen. Eine Hakenkreuzarmbinde gehörte unbedingt dazu, und die wurde ihm angelegt. Sie war jedoch viel zu weit, und rutschte immer herunter, weshalb sie seine Mutter annähte. Als er abends den Kittel ausziehen sollte, stöhnte er. Es stellte sich heraus, dass ihm seine Mutter aus Versehen die Binde an die Haut genäht hatte, und er, ein Held der er war, hatte keinen Mucks gemacht."

Zu solchen Helden wurden wir damals erzogen, nicht nur von der Partei!

Das Dorf wird „braun“ gemacht

Nachdem man Schultheiß Lang abgesägt hatte, führte der Ratschreiber etliche Wochen die Geschäfte weiter. Er war SA-Mann, und wenn er allein war, besuchten ihn seine Freunde und Gesinnungsgenossen. Ich putzte ihm sein Fahrrad, machte Botengänge für ihn, und bekam dafür ein paar Pfennige.

Einmal kam ich dazu, wie sie sich ihre Pistolen vorführten und reinigten. Das imponierte mir natürlich gewaltig, denn alles was mit Schießen und Militär zu tun hatte, war groß in Mode. Doch nun kam ein neuer Chef, der Bürgermeister Möck, nicht mehr gewählt, sondern ernannt, wie auch der neue Gemeinderat. Als linientreuen Parteigenossen sah man ihn bei bestimmten Anlässen in brauner Uniform. Sein Bestreben bestand natürlich darin, seine Bediensteten und die Gemeinde nach den NS-Richtlinien auszurichten.

Der Hitlergruß wurde eingeführt. Unten an der Rathausmauer kam ein Schaukasten mit Streichers Antijudenblatt „Der Stürmer“. Oben drüber prangte, für jeden, der auf der Straße vorbeikam, gut lesbar der Spruch: „Die Juden sind unser Unglück!“

In Schlierbach gab es keine Juden. Gelegentlich kam ein Viehjude ins Dorf, und mit dem handelten die Bauern mindestens so gern wie mit jedem anderen Händler. Seine eigene Redewendung hatte der Jude als Spitznamen: „Garl, geh wäch, die Guh schaißt!“ Unter diesem Jargon kannte ihn jedes Kind.

Viele hatten eine Abneigung gegen Händler im Allgemeinen. Hieß es doch im Volksmund: Handslang gehandelt ist besser als armslang geschafft! Der Handel hatte ein Gschmäckle, und wer ehrbar sein wollte, verdiente sein Brot lieber mit der Hände Arbeit.

Was die Juden betraf, so scherte es die Leute wenig, wenn irgendwo jüdische Geschäfte oder Banken boykottiert wurden, sie hatten andere Sorgen. Ich hab auch nie einen Erwachsenen gesehen, der am Stürmerkasten gestanden und das Hetzblatt gelesen hätte. Ich habe aber auch die Redewendung gehört, dass die „arischen Juden“ auch nicht besser wären als die echten Juden.

Mein Vater bekam jetzt noch mehr Arbeit aufgehalst. Er hatte nun auch für die NS-Volkswohlfahrt zu arbeiten. Dafür bekam er jedes Jahr eine Urkunde, die er an der Wand hinter der Haustüre aufhängte. So sah sie niemand, und bei Bedarf konnte man sie trotzdem vorzeigen.

Der neue Bürgermeister wollte auch abends um acht Uhr noch die letzte Post in seine Privatwohnung gebracht bekommen, natürlich durch meinen Vater. Der musste alle Botengänge für eine Dreizehnhundert-Seelen-Gemeinde ausführen. Beinahe jeden Tag hatte er „auszuschellen", das heißt, alle Bekanntmachungen der Gemeinde, der Geschäftsleute und der Vereine mussten an etwa fünfzig Stellen im Ort ausgerufen werden. Dazu kam noch die Fleischbeschau und die Bedienung der beiden Gemeindewaagen. Zur neuen geistigen Ausrichtung legte ihm sein Chef Hitlers „Mein Kampf" zum Lesen aufs Wachlokal, denn er wollte auch parteipolitisch geschulte Leute auf dem Rathaus haben. Diesen Schmöker las nun mein Vater, aber mit dem Resultat, dass er jetzt ein Kritiker wurde, also gerade das Gegenteil von dem, was sein Chef erreichen wollte.
„Dieser Hitler arbeitet auf nichts anderes hin als auf einen Krieg, und den wird er vom Zaun brechen, so bald er sich stark genug fühlt. Wenn der von Frieden spricht, so ist das nur Heuchelei!" Das waren die Worte meines Vaters, schon sehr bald nach der Machtübernahme, daheim am Tisch.
Natürlich glaubte ich meinem Vater damals weniger als anderen und widersprach ihm. Da sagte er dann: „Das steht doch schwarz auf weiß in „Mein Kampf", ich hab's doch gelesen!" Aber ich ließ mich nicht überzeugen, und hielt ihn halt für einen „Nörgler und Miesmacher", gegen die ja schon damals die Nazipropaganda lief. Und wir sangen in Schule und Hitlerjugend: *„Und mögen die Alten auch schelten,*
so lass sie nur toben und schrei'n,
und stemmen sich gegen uns Welten,
wir werden doch Sieger sein!
Wir werden weiter marschieren,
wenn alles in Scherben fällt,
denn heute gehört uns Deutschland,
und morgen die ganze Welt!"

Wahrlich eine gigantische Verheißung, was wir da sangen, und später singen mussten, bis es uns zum Hals heraushing und es zu spät war. Aber erst Erfahrung macht klug! Das war schon früher so, und ist bis heute so geblieben.

Unser Ferienkind

In diesem Sommer lief zum ersten Mal, von der Partei organisiert, die Aktion, auslandsdeutsche Kinder zu Ferien ins Reich einzuladen. Bürgermeis-

ter Möck stellte einen Platz in seiner Familie zur Verfügung. Als es dann so weit war, brachte er alle möglichen Gründe vor, dass es ihm nicht passe, und so wimmelte er das Ferienkind auf meinen Vater ab, der schlecht nein sagen konnte, denn wir blieben in den Ferien ja daheim.
Ferien nutzten wir dazu, unsere kleine Landwirtschaft helfen zu betreiben, oder unseren Verwandten zu helfen, oder auf abgeernteten Feldern Ährenlesen zu gehen. Für unsere Eltern bedeutete diese Zeit: Arbeit von Tagesanbruch bis zur Nacht. Unser Leben war spartanisch einfach. Fleisch gab es nur sonntags, vielleicht mal Siedfleisch unter der Woche, aber so kleine Portionen, dass das kein Nahrungs-, sondern ein Genussmittel war. Gab's zum Vesper Butterbrot, war es so dünn geschmiert, dass gerade die Löcher im Brot überdeckt waren; Wurst oder Käse nur ein Rädle zum ganzen Brot. Das urschwäbische, übliche Gsälzbrot aßen wir oft, aber auch dabei wurde sparsam mit der Marmelade umgegangen, und wehe, wenn einer mit dem Löffel ins Glas langte, um sich nach Herzenslust zu bedienen!
Zum Abendessen hatten wir oft Bratkartoffeln. Da kam die ganze Pfanne auf den Tisch, und jedes aß den Teil vor ihm. Mutter gab immer den Rahm darauf, den sie an der Milch abgesahnt hatte. War das ein Glück, wenn man die Ecke vor sich hatte, an der der meiste Rahm lag.
Eine Ausnahme wurde beim Essen gemacht. Wenn wir schon früh auf den Wiesen zum Warpen waren (das gemähte Gras zerstreuen), gab's Butterbrot mit gesottenem Ei, Rauchfleisch oder Käse.
In dieses Milieu schneite also unser Ferienkind herein, das Mädchen Erna aus dem Lande Dänemark. Sie war zwei Jahre jünger, aber größer als ich, ein gepflegtes Kind, mit Bubikopf und guter Garderobe. Ihre ältere Schwester war mit ihr gefahren und landete in einem Café in der Kreisstadt.
Sie schwätzte nicht wie wir, sie schprach auch nicht, sie ssprach und erzählte, dass sie daheim in den Ferien zum Eis und Kuchenessen ins Café gingen. Wann wir das wohl machten? Das gab es für uns nur im Märchen vom Schlaraffenland. Im Café waren wir nie gewesen und Eis hatten wir bis dahin im Sommer noch nie gegessen, höchstens schlotzten (schleckten) wir im Winter mal an einem Eiszapfen, den wir irgendwo abgebrochen hatten.
Wenn wir viele Ähren gelesen hatten, machte Vater immer mit uns einen Ausflug, auf dem wir dann irgendwo einkehrten. Bei dieser Gelegenheit bekam jedes eine ganze Wurst und dazu süße Limonade, die in der Nase prickelte.

Wegen unserem Gast machte sich Mutter jetzt mehr Mühe, kochte besser, und auch das Vesper wurde aufwendiger. Trotz all unserer Anstrengung glaube ich aber, dass Erna daheim mehr geboten bekam.
Aber man musste es dem Dämchen Erna lassen, sie fand sich schnell in ihre neue Umgebung. Mit dem Rechen auf der Schulter, den Strohhut Mutters auf dem Kopf, zog sie mit uns auf die Wiesen, um Öhmt zu wenden, und ging mit auf die Äckerlein, um Garbenbänder zu legen. Aus Sympathie für uns lief sie sogar barfuss, denn wir trugen den ganzen Sommer über keine Schuhe, und waren so abgehärtet, dass wir mit bloßen Füßen über Stoppelfelder gehen konnten, ohne dass es uns etwas ausmachte.
Sie fing mit uns Heuschrecken, die wir Weitsprung machen ließen, oder wenn wir Dreck fanden, formten wir daraus Männchen und allerlei Viecher, oder bewarfen uns mit Lehmkügelchen. Wir hatten den Eindruck, sie fühlte sich wohl bei uns.
Da kam in der dritten Woche ihre Schwester aus der Kreisstadt zu Besuch und brachte einen Karton mit Tortenstücken mit, und in deren Genuss kamen natürlich auch wir. Sie war ein Jahr älter als ich und eine voll entwickelte Frau, ging in die achte Klasse, was bedeutete, dass sie in Dänemark schon acht Jahre in die Schule gingen und nicht so rückständig waren wie wir in Schlierbach mit unseren sieben Jahren.
Anscheinend war sie aber nicht zufrieden, dass ihre Schwester bei uns so eine „Landpomeranze" geworden war, denn sie sagte, sie käme in der nächsten, der letzten Woche nochmals vorbei. Das tat sie auch, lud die Erna zu einem Besuch bei ihren Gastgebern ein und nahm sie auch gleich mit. Zwar hatte sie gesagt, nur zu einem Besuch, aber Erna kam nicht mehr zurück, ließ lediglich ausrichten, sie könne die paar Tage vollends bleiben, man möge ihr ihren Koffer schicken.
Das süße Leben hatte bei Erna die Oberhand gewonnen, und Mutter zeigte sich darüber betrübt, wo sie sich doch extra so viel Mühe gemacht hatte. Sogar einen Kuchen aus frühen Äpfeln hatte sie in der Zeit an den Wochenenden gebacken.
Vater hatte geplant, zum Abschluss noch einen Ausflug zu machen, mit Einkehren versteht sich. Uns Buben berührte es weniger, wir machten uns noch nichts aus Mädchen. Wir blieben die Einzigen im ganzen Flecken, die ein Ferienkind hatten.

Konfirmation und Berufswahl

Die Sommer- und Herbstferien verstrichen schnell, und es ging mit Riesenschritten der Konfirmation, und damit dem Ende der Schulzeit entgegen. Mir gefiel es in der Schule, und zu gerne wäre ich noch länger geblieben.

Aber mein Vater sagte: „Heraus ins Leben, in einen Beruf, man kann nicht früh genug damit anfangen, du wirst Buchdrucker." Er hatte im Krankenhaus einen Zimmergenossen gehabt, der das auch gelernt hatte, und der ihm erzählte, wie gut er verdiente. Dazu kam, dass ich als kleiner Bub aus einem Haselstecken einen Stempel, ein H geschnitzt und damit den ganzen Wandkalender vollgestempelt hatte. Gefragt wurde damals nicht viel, ich konnte zufrieden sein, einen so guten Beruf zu bekommen. Andere wurden, wenn sie überhaupt einen Beruf lernen durften, Bäcker, Metzger, Schmied oder Schlosser. Den meisten Elternhäusern war daran gelegen, schnell einen Esser weniger am Tisch und dafür ein paar Mark mehr in der Familienkasse zu haben.

An einem Markttag im Herbst wurde ich im „Teckboten" in Kirchheim vorgestellt. Dass ich noch so klein war, darüber zeigte sich der Geschäftsführer, Herr Wirz, sichtlich enttäuscht, denn damals erwartete man von einem Lehrling, dass er auch ordentlich zupacken konnte. Zu meiner Mutter sagte er: „Hoffentlich wächst das Büble noch bis zum nächsten Frühjahr!" In dieser Hinsicht musste er sich jedoch noch einige Zeit gedulden. Auch eine Eignungsprüfung musste ich noch machen. Zu dem Zweck fuhr mein Vater mit mir im Frühjahr 1934 nach Stuttgart in die Hoppenlauschule. Als er mich dort bei der Gruppe der Prüfungskandidaten ablieferte, musste ihm das „Zäpfle hinuntergerutscht sein", wie man bei uns sagte. Ich war bei Weitem der Kleinste, verglichen mit diesen teils schon ausgewachsenen Männern. Da machte es sich beträchtlich bemerkbar, dass man bei uns nur sieben Jahre zur Schule ging, obwohl die meisten umliegenden Dörfer schon acht Schuljahre hatten.

Auf dem Weg von der Hoppenlauschule bis zum Bahnhof sah ich bei dieser Gelegenheit zum ersten Mal in meinem Leben einen Bagger, der eine Baugrube aushob. Das war für mich ein Wunderding, das von meinen Schulkameraden bestimmt noch keiner gesehen hatte. Noch vor der Konfirmation bekamen wir von Stuttgart Bescheid, dass ich die Prüfung bestanden hätte und weil ich die Lehrstelle auch schon hatte, was damals ein großes Problem war, so konnte ich der Schulentlassung beruhigt entgegensehen.

Zur Konfirmation hatten wir sehr viel gelernt, auswendig gelernt, zum Beispiel den Heidelberger Katechismus mit den vielen Fragen und Antworten. Pfarrer Fischer versuchte uns beizubringen, dass das Leben nicht nur aus Licht-, sondern auch aus Schattenseiten bestehe. In dieser Zeit, wo sich alles im Aufbruch und Aufschwung befand, wurde das gerne überhört, oder gar als Pessimismus ausgelegt. Wenn er uns lehrte: „Um einen ewigen Kranz, dies arme Leben ganz!“, so passte das nicht gut in unsere Vorstellungen vom Leben. Doch rückwärts betrachtet, zeugte es geradezu von Hellsicht, denn acht Jahre später lebte nur noch die Hälfte von uns Buben.
Der damalige Ritus der Konfirmation lief auch noch anders ab als heutzutage, wahrscheinlich pietistisch geprägt und davon ausgehend, dass alle die daran teilnahmen, reife und entschiedene Christen wären. Das Gelübde, das wir am Altar miteinander aufsagten, lautete: „Herr Jesu, dir leb ich, dir leid ich, dir sterb ich; dein bin ich tot und lebendig, mach mich, o Jesu ewig selig. Amen.“

Ich glaube, kaum ein anderes Versprechen wurde so leichtsinnig, gedankenlos und teilweise heuchlerisch, mit dem gleichzeitigen Vorsatz, der Gemeinde den Rücken zu kehren, gerade in der Zeit gegeben. Das Angebot, in die evangelischen Jugendkreise zu kommen, legte uns Pfarrer Fischer besonders nahe. Einige nahmen es an, darunter auch ich. Es entstand

dadurch kein Widerspruch zur Hitlerjugend, in die ich nun vom Deutschen Jungvolk überwechselte. Eine kleine Überwindung kostete es aber doch, denn man war dem Spott einzelner Kameraden ausgesetzt.
Auch die evangelische Jugend in neuer Form war durchaus national orientiert. Man versuchte auch hier, Christentum und Nationales unter einen Hut zu bekommen. Als Vorbild diente das deutsche Ordensrittertum, das im Mittelalter das Christentum in den Osten getragen hatte. Kreuz und Schwert zusammen waren durchaus salonfähig. Wir sangen unter anderem: „Das Balkenkreuz, das schwarze, fliegt voran auf weißem Grunde, verloren zwar, doch unbesiegt, so klingt uns seine Kunde."

Die Lehre

1934 wurde im Flecken der 1. Mai das erste Mal als offizieller Feiertag, genannt „Tag der nationalen Arbeit", gefeiert. Jetzt gab es auch schon alle mögliche Organisationen und Uniformträger, die im Festzug mitmarschierten. Anschließend auf der Festwiese wurde mit Lautsprechern die Radiorede Hitlers aus Berlin übertragen, und auch den greisen Reichspräsident Hindenburg mit seiner knarrigen Stimme konnte man hören.
Am anderen Tag fing für mich der Ernst des Lebens an, es begann mein erster Lehrtag.
Mit dem neuen Fahrrädle, noch in Bubengröße, das ich zur Konfirmation bekommen hatte, fuhr ich nach Kirchheim zum Teckboten, einer Zeitung, die damals schon über hundert Jahre bestand.
Die Mittagspause ging zwei Stunden, und ich hatte dadurch die Gelegenheit, zum Mittagessen heimzufahren. Die Strecke betrug dann etwa 25 Kilometer Radfahrt, zusätzlich zu der achtstündigen Arbeitszeit. Aber das war noch nicht alles. Nach Feierabend kam jeden Tag mindestens eine Stunde Budenreinigung dazu. Das Blei, das von den Setzmaschinen abfiel, musste in die Gießerei (Stereotypie) getragen und die Schnittabfälle der Buchbinderei im Keller in Säcke gestopft werden.
Der 2. Mai brachte mich das erste Mal mit der „Schwarzen Kunst" in Berührung.
Erst sollte ich Einblick in die Setzerei bekommen und wurde an einen Setzkasten gestellt. Aber man musste für mich zuerst eine Unterlage beschaffen, denn ich konnte in die oberen Buchstabenfächer weder hinauflangen, noch hinaufsehen.

Täglich hatte ich den Börsenbericht für die Zeitung von Hand zu setzen. Das war absolutes Neuland für mich, ein böhmisches Dorf, und ich machte jede Menge Fehler, für die ich vom Setzermeister Kopfnüsse bekam.
Zwischendurch musste ich Vesper holen, und Botengänge hatte ich auch zu besorgen. Überhaupt war der Jungstift Mädchen für alles, sei es Kohletragen zu den Öfen im ganzen Gebäude, Handwagenfahren in der Stadt, oder Aufputzen, wenn der Dackel des Chefs unter den Schreibtisch gekotzt hatte.
Um halb elf Uhr musste ich in den Rotationsraum zu Vorbereitung des Zeitungsdrucks. Waren die Rundstereoplatten gegossen, mussten sie ausgehobelt werden, damit sie die richtige Höhe bekamen. Dazu hatte man eigens eine Maschine, die aber von Hand gekurbelt werden musste. Das gleiche bei der Rotationsmaschine beim Einrichten. Das war eine ziemliche Schinderei, besonders, wenn der Stereotypeur eine Delle in die Platte gegossen hatte. Diese wurde dann mit Hammer und Durchschlag herausgeklopft und mit einem neuen Andruck kontrolliert, also noch eine Kurbeltour extra.
Kein Vergleich zum heutigen Offsetzeitalter! Handkurbelbetrieb durch Arbeitskräfte, vor allem von Stiften, war billiger als Motoren und Strom.
Lief dann die Zeitungsmaschine, hatte ich als noch nicht Sechzehnjähriger dort nichts mehr zu suchen. Mit den anderen Stiften musste ich dann beim Abtransport der Zeitungspakete für die Ortschaften helfen, die zum Lesebezirk gehörten. Mit dem Handwagen mussten sie zum Bahnhof, zu den in allen Richtungen abfahrenden Zügen gebracht werden.
Und weil eine Tageszeitung nie zu früh dran ist, war das jeden Tag ein Wettlauf mit der Zeit. Der rennende Teckbotenhandwagen, mit den Stiften als „Trabrennpferde“, gehörte um fünf vor Zwölf zum gewohnten Bild im Städtchen. Da hab ich das Laufen gelernt, im wahrsten Sinne des Wortes, denn meine Mitstifte waren ausgewachsene Männer, mit entsprechend langen Beinen, ich dagegen noch ein kleines Büble.
Hin und wieder kam es vor, dass wir am Zug ankamen, und er wurde schon abgepfiffen. Dann konnten wir in den vorbeifahrenden Zug auf jede Wagenplattform gerade noch ein oder zwei Pakete werfen, die von mitfahrenden Kollegen gesammelt, verstaut und ausgegeben wurden.
Wer nun glaubt, wir wären bei solcher Beanspruchung müde, abgeschaffte oder gar sauertöpfische Burschen gewesen, der irrt sich.

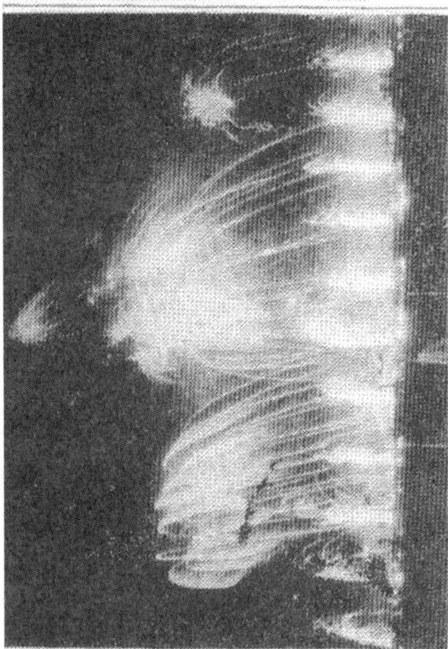

Wir waren nämlich trotzdem zu allen dummen Streichen aufgelegte Lausbuben. Wer uns ärgerte oder unnötig schikanierte, dem spritzten wir Schmieröl in die Tasche seines Arbeitsmantels, oder „salbten" ihn mit Druckfarbe. Beim Abfüllen der Rotationsfarbe in den Farbbunker machten wir uns den Spaß, einen Wettbewerb zu veranstalten, wer am schnellsten und täuschendsten, mit dem Finger am oberen Rand des Farbfasses entlangfahren und den Finger dann durch den Mund ziehend Aah! sagen konnte (als handle es sich dabei um Schlagsahne). Einmal hatte dann doch einer den Mund voller Druckfarbe.

Ein anderes Mal beschlossen wir: Heute wird kein Papier in den Keller getragen, das wird gleich an Ort und Stelle verbrannt! Obwohl keine Heizzeit war, machten wir ein Feuer im Ofen. Wir schürten Papier, die Rohre glühten, es entstand eine Hitze im Raum und es rauschte im Kamin wie ein Feuerwerk. Ich glaube, bei der Hitze entzündete sich der Glanzruß, den sonst immer der Kaminfeger ausbrennen musste. Wie wir eben fertig waren, ging die Tür auf, und vor uns stand Herr Wirz, der geschäftsführende Chef. „Ihr seid wohl von allen guten Geistern verlassen! Schaue ich da aus meinem Fenster zuhause, und sehe einen Qualm, dass ich meine, die ganze Bude brennt!" Er stauchte uns zusammen. Als er sich aber von uns abwandte, konnte er sich ein Schmunzeln doch nicht verkneifen. Ich denk heut noch mit Hochachtung und Dankbarkeit an ihn.

Politisch zeigte sich die große Mehrheit der Belegschaft, oder wie man neuerdings sagte, der Gefolgschaft, von der neuen Zeit, vom Dritten Reich, wie es sich entwickelte, begeistert, beinahe wie hypnotisiert. Und zwar von der Geschäftsleitung bis herab zum kleinsten Stift.

Die Arbeiter graphischer Berufe gehörten zwar vor der Nazizeit zu den ausgesprochen aktiven Gewerkschaftern, denen ihr Verband über alles ging. Jetzt aber hatte man sie alle in die „Deutsche: Arbeitsfront" eingegliedert; sie bekamen einen uniformartigen, dunkelblauen Anzug mit Schirmmütze, und hießen jetzt „Arbeiter der Stirn und der Faust".

Nur ganz wenige äußerten sich skeptisch zu der neuen Bewegung und ließen ihre Kritik merken. Zu den Wenigen zählte mein Meister, der Eugen. Ein Grund seiner Ablehnung war der Verlust einer Zusatzrente, die er vom Druckerverband zu erwarten gehabt hätte, die aber jetzt durch die Vereinheitlichung flöten ging.

In der Belegschaft gab es aber auch „hohe und sehr aktive Viecher" der Partei und ihrer Organisationen.

Dem Buchhalter, einem SA-Führer, hielt mein Meister, der Eugen, beim Röhmputsch bald nach Beginn meiner Lehre unter die Nase, dass es mit der Einigkeit unter den Nazis nicht so weit her sei. Das sagte er ihm deshalb, weil die SA, und damit natürlich auch der Kollege, von dem Putsch am meisten betroffen war.

Der Schriftsetzer, ein besonders aktiver Parteimann, wusste immer alles, was im Städtchen vor sich ging, und nach einem Wahlsonntag erzählte er, dass er dabei war, als der evangelische Stadtpfarrer Mörike, der in seiner Predigt kritische Bemerkungen zur Wahl gemacht hatte, am Wahlabend aus dem Pfarrhaus herausgezogen und unter Hohn von SA-Leuten und Parteigenossen in Zivil durch die Stadt geführt worden war. Die zertrümmerte Haustüre sah ich noch selber bei meinen Botengängen. Aber im Teckboten gab es darüber nichts zu lesen. Der Schriftsetzer wusste auch zu erzählen, wie man auf dem Heuberg den Oppositionellen einen neuen Geist beibrachte. Oder wie es gemacht wurde im Fall einer jüdischen Firma, auf deren Erzeugnisse man nicht verzichten konnte, die Aufträge bekam und behandelt wurde wie eine arische Firma. „Wer Jude ist, bestimmt der Führer!“, sagte er.

Das Dorf Schlierbach ändert sich

Ging man jetzt am Sonntagvormittag durch den Flecken, so merkte man, dass jetzt ein Wandel im dörflichen Leben vor sich ging.

Bisher war es so, dass am frühen Sonntag in den bäuerlichen Anwesen die Arbeit im Stall gemacht wurde. Dazu gehörten vor allen Dingen das Ausmisten und das Melken. Dann muste noch die Milch in der Molkerei abgeliefert werden, denn im Haus hatte man keine Möglichkeit, die Milch kühl zu halten.

Diese Arbeiten hatte man aber bis zum ersten Läuten zum Gottesdienst, also eine Stunde vor Beginn, abgeschlossen. Dann herrschte eine Stille im Dorf wie auf einem Friedhof. Allenfalls Hühner und Gänse tummelten sich auf den Straßen, oder scharrten irgendwo im Staub an einer sonnigen Hauswand. Autoverkehr gab es noch so gut wie nicht. Außer den Kirchgängern sah man fast niemand auf den Straßen.

Jetzt nach der Machtübernahme sah man am Sonntagmorgen auch Uniformierte aller möglichen NS-Organisationen. Bei der HJ war des öfteren Dienst am Sonntagmorgen, wobei Geländeübungen, oder aber Propagandamärsche gemacht wurden. Vor einer Wirtschaft, dem Ochsen, demonstrierten sie auf besondere Art, dass eine neue Zeit angebrochen war, der sie auf ihre Weise huldigten, indem sie sich gegen althergebrachte Sitten und Gepflogenheiten wandten. Vermutlich meinten sie, dadurch besonders progressive Nationalsozialisten zu sein.

Die beiden Söhne, der bereits in Erscheinung getretene Emil, und sein älterer Bruder, waren Fahrrad- und Motorradfans, und so putzten und montierten sie vor ihrem Haus, vor noch zahlreich vorbeikommenden Kirchgängern, ihre Maschinen. Später ging das sogar so weit, dass sie mit abmontiertem Auspuff demonstrativ während des Gottesdienstes um die Kirche kurvten, um mit dem Krach zu stören.

Früher hätte da mein Vater als Polizeidiener einschreiten müssen, aber ohne Anweisung vom Bürgermeister oder Landjäger hatte er keine Polizeibefugnisse mehr, was ihm sehr angenehm war.

Auch in der Kirche änderte sich etwas. Als die Sache mit den Deutschen Christen ins Rollen kam und sich nicht so entwickelte, wie sich die Parteihierarchie das wünschte, blieb die Honoratiorenbank in der Kirche leer. Fabrikant Wirker, der heimliche Ortsherr, ward von da ab mit seiner Familie nicht mehr gesehen. Auch Lehrer Binder, der seither sonntags die Orgel gespielt hatte, legte sein Amt als Organist nieder.

Das alles, weil Pfarrer Fischer ein „Wurmiger" war, das heißt, er stand hinter seinem Landesbischof Wurm, und der war einer der führenden Männer der Bekennenden Kirche.

Die Hitlerjugend profiliert sich

In der Hitlerjugend Schlierbachs fühlte ich mich nun voll integriert. Das war auch von meiner Lehrfirma erwünscht.

Der oberste Führer hieß Hartmut Wirker, der Fabrikantensohn. Bevor er HJ-Führer wurde, war er auch Mitglied des CVJM, aber in aller Heimlichkeit auch Angehöriger der Scharnhorstjugend, der Jugendorganisation des deutschnationalen Stahlhelm. Nun wirkte er als Gefolgschaftsführer, das heißt, ihm unterstanden noch ein paar der umliegenden Ortschaften, mit denen wir gelegentlich Geländespiele, Propagandamärsche und Kundgebungen machten. Der örtliche Führer war Adolf H. Er arbeitete im Büro der Strumpffabrik von Hartmuts Vater. Als begeisterter Anhänger der NSDAP füllte er schon länger allerlei Ämtchen bei der Partei aus, ganz im Sinne seines Arbeitgebers. So schrieb er auch die Berichte aus der Gemeinde für den Teckboten. Das hätte er nicht gekonnt, wenn er nicht überall das Süppchen helfen gerührt hätte.

Auf's Singen verstand er sich recht gut, und er spielte auch Klavier. So haben wir in den Heimabenden nicht nur Nazilieder, sondern auch Volkslieder bei ihm gelernt und gesungen. Das Heim der HJ befand sich in einer aufgelassenen Strumpffabrik, die Hartmuts Vater gekauft hatte, als einer seiner Konkurrenten den Ort verließ.

Exerzieren im Fabrikhöfle wurde ausgiebig gepflegt, und Hartmut ließ es sich nicht nehmen, immer anwesend zu sein. Dass man im Gleichschritt marschieren, bestimmte Kommandos geben und verstehen musste, sah ich ein. Dass man jetzt aber zu lernen hatte, stramme Haltung anzunehmen, was hieß, Beine anzuziehen mit neunzig Grad ausgestellten Fußspitzen, die Hände mit vorwärts gestellten Ellenbogen an die Hosennaht, die Knie durchgedrückt, die Arschbacken zusammengekniffen, die Brust heraus, das Kinn an die Binde, und eventuell das linke oder das rechte Ohr tiefer, oder gar, warum die HJ auch noch den Stechschritt üben sollte, die Fußspitzen in Nasenhöhe, das sah ich nicht ein. Das zielte schon auf Kadavergehorsam und Erniedrigung und Abstempelung zur Marionette.

„Du bist nichts, dein Volk ist alles!“ Das wurde uns gelehrt, und der Idealmensch war der Soldat.

Für Hartmut war das schon wie eine Schule, denn er wollte Berufsoffizier werden. Fehlte ihm nur noch das Gardemaß, denn nach damaligen Maßstäben war er zu klein gewachsen, um Offizier bei der Reichswehr zu werden. Aber er glaubte an seine Sendung als Soldat, und er versuchte, auch aus

uns Soldaten zu machen, schließlich brauchte er ja eine Knetmasse als zukünftiger Offizier!
Am Besten gefiel er sich offensichtlich in der Pose als Kommandeur mit abgeklapptem Sturmriemen der Mütze, Befehle gebend, und im Gefolge wir Jungen als Brüllaffen: „Juda verrecke!“ oder: „Es gibt nur eine Jugend, die HJ!“ schreiend.
Sprechchöre, die wir bei ihm lernten, will ich hier noch frei wiedergeben:

„Die einen sind vom Fressen fett,
und ernten fremde Saaten,
und haben Haus und Hof und Bett,
die andern sind Soldaten!“

Oder: „Besitz stirbt, Sippen sterben,
doch ewig bleibt der Toten Tatenruhm!“

Oder: „Nun lasst die Fahnen fliegen, in das große Morgenrot.
Das uns zu neuen Siegen, leuchtet oder brennt zu Tod.
Denn mögen wir auch fallen, wie ein Dom steht unser Staat,
Ein Volk hat hundert Ernten, und geht hundertmal zur Saat.
Deutschland sieh uns, wir weihen dir den Tod als kleinste Tat.
Grüßt er einst unsere Reihen, werden wir die große Saat.“

Die Ruinen des Doms, des „Tausendjährigen Reiches“, für das er, wie alle von unserer Generation, gekämpft und gelitten haben, die haben wir zur Genüge kennen gelernt!
Eine Gottesvorstellung hatte man auch in der HJ. Irgendwie hatte ich schon gehört, dass es keinen Hitlerjungen gäbe, der nicht an Gott glaube. Das war der markige, deutsche Gott, von dem Bismarck schon sagte, dass wir nur ihn fürchteten, sonst nichts in der Welt, der dem Hindenburg die Kraft gegeben hatte, vier Jahre gegen eine Welt von Feinden Stand zu halten, und der jetzt dem deutschen Volk einen neuen, starken Führer gab.
Der christliche Gott, der Gott der Juden, der passte jetzt nicht mehr. Offenbarungen und eine Lehre, die über das Judentum, -das Übelste, was für die Nazis auf dem Erdboden existierte-, zu uns kam, die konnten nicht richtig sein. Gott musste ein Arier sein, und die neue, die bessere Inkarnation war bestimmt Adolf Hitler, der Führer, wie er sich jetzt nach Hindenburgs Tod nennen ließ.
Führer zu sein, das hieß, der Göttlichkeit ein Stück näher zu sein, da war man Vorgesetzter, da konnte man die Puppen tanzen lassen!

Die evangelische Jugend mit neuem Gesicht

Als Gegenstück zur HJ, beileibe nicht als Opposition, gab es etwas anderes: die neue evangelische Gemeindejugend. Hier war man einander Mensch, nicht Vorgesetzter, Freund, nicht Untergebener. Hier wuchs eine Bruderschaft und Freundschaft, die die HJ nicht bieten konnte, und hier wurde auch eine Bildung geboten, an die die Hitlerjugend nicht herankam. Unser Leitspruch hieß:

> „Wir wollen nicht Hass, sondern Liebe,
> im Kreuze ruht unsere ganze Kraft,…“

Dazu kam noch die prägende These des evangelischen Jugendwarts Heiner Völker und die hieß: „Was nicht zur Tat wird, hat keinen Wert.“
Am Anfang des Jahres 1935 kam für die graphische Jugend eine neue Ferientabelle heraus. Danach bekam ich fürs erste Lehrjahr vier Wochen Urlaub. Man tat etwas für die Jugend im neuen Staat! Für mich kam das ziemlich überraschend, und so hatte ich noch keinen Plan, was ich tun könnte. Da bot sich an, mit der evangelischen Jungenschaft von Ebersbach unter der Leitung der Gebrüder Kübler, einer alten CVJM-Familie, ins Bibellager zu gehen. Bibellager musste diese Freizeit genannt werden, sonst hatte man keine Chance, sie durchzuführen, denn sie musste schon damals von den Behörden genehmigt werden.
Das Bibellager fand im Mainhardter Wald statt, und die Fahrt dorthin ging mit offenem Lastkraftwagen, mit samt der Verpflegung in einer Fuhre. Auch ein Vertreter der Hitlerjugend war dabei, der es jeden Morgen übernahm, die Hakenkreuzfahne feierlich zu hissen. Wandern ohne Gleichschritt sowie Frühgymnastik gehörten zu den einzigen körperlichen Betätigungen, die der Freizeit zugestanden wurden.

Unser Lagerlied!

„Du ew'ger Gott, dich rufen wir: Das deutsche Volk, wir bringen's dir; lass uns dein Heil erfahren! Wir sind von dir noch weit und fern, drum wollst du dich als unsern Herrn gar gnädig offenbaren.
Schick deine Boten aus geschwind: Gib Männer, die wie Sturmeswind, was offen schlecht, zerstören. Dein Brausen send vom Himmel her; lass, was so morsch und hohl und leer, uns länger nicht betören.
Dann send ein Beben hinterdrein und heiß es *gegen* Sturm und Stein das alten Feindes wüten; mach einem Neubau bei uns Platz, dass wir den edlen Gottesschatz, dein heil'ges Wort, drin hüten!

Und weiter zucke, Herr, dein Blitz von oben, und was Menschenwitz sich anmaßt, verdamme. Verbrenne allen falschen Wahn; in unsern Herzen zünde an die richtend heil'ge Flamme.
Doch endlich, Herr, sei selber da mit stillem Sausen tritt uns nah in einer lichten Wolke. Komm, Schöpfer Geist, vom höchsten Thron, mach unsre deutsche Nation zu deinem Gottesvolke!
Gib uns des rechten Glaubens Wehr, dass wir die Knie nimmermehr vor falschen Götzen beugen. Reich dar uns des Gehorsams Kraft, dass wir als Christi Bruderschaft der Welt dein Reich bezeugen!"

„Seid stark in dem Herrn"
Unsere Lagerlosung auf dem Ferienlager Neufürstenhütte.

Der tägliche Morgenappell

Der Dichter und Schriftsteller Karl Otto Horch schickte uns folgenden Gruß:

Kassel-Wilhelmshöhe 6. Aug. 1935.
An das Ferienlager der Ebersbächer in Neufürstenhütte.

Euch grüsse ich! Euch alle! Euch,
Wie seid Ihr doch so froh und reich,
Wie gern wär ich in Eurer Mitte,
Bei Euch dort in Neufürstenhütte!
Doch weil es leider nicht kann sein,
So schicke ich ein Brieflein ein
Und wünsche Euch viel gute Sonne,
Viel Kraft, viel Freude, Lust und Wonne,
Und auch auf allen Euren Wegen
Viel rechten, guten Gottessegen,
Dass Ihr nach Hause wiederkehrt
Ganz neu, wie Fürsten hoch geehrt,
Voll Stolz, voll Mut in jedem Schritte,
So kehrt Ihr dann zur heim'schen Hütte
Und zeigt der Welt: Ein junger Christ
Ein echter junger Deutscher ist,
Und Euer Wesen zeigt es klar:
Treu Gott und Deutschland immerdar
(Heil Hitler!) Heil Dir! Junge Schar!

Eurer Onkel Doktor K. 0. Horch.

Lagerbericht vom 7. Tag (Donnerstag 8. Aug.)

Landjäger! Landjäger! Landjäger! Ich wurde durch den unterdrückten Ruf eines meiner Stallgenossen aufgeweckt, aber ich war noch etwas benebelt und sprach noch halb im Schlaf: Haltst et dei Maul! Aber die Landjäger waren da. Sie durchsuchen das ganze Heim und in jedem Koffer nach grünen Hemden und verbotenen Uniformen und drgl. Ein jeder wird vielleicht ein wenig Herzklopfen gehabt haben, aber ich weiß es nicht, in heller Aufregung wussten einige bereits, dass nach gestreiften Hemden usw. gesucht wurde. Die Herren machten uns aber nur die Kleider untereinander und waren so höflich und ließen uns das Aufräumen allein machen. Nach dem Vorgefallenen wurde zur Gymnastik angetreten. Nachdem alles wieder in Ordnung war, ging's zum Frühstück und anschl. Morgenandacht. Nachdem wurde die Post erledigt und Tagebuch geschrieben. Zum Mittagessen gab es Fastnachtsküchle und Mischobst. Nach der Mittagsruhe und dem Tee gingen wir nach Mainhardt zum Töpfer, bei welchem wir sehen durften, wie man Töpfe herstellt. Es war sehr interessant. Um 7 Uhr waren wir wieder zurück zum Nachtessen, es gab Suppe und Pudding. Wir hörten noch von Missionar Nommensen. Den Schluss bildete die Andacht. Um 9 Uhr ging's in die Falle.

<u>Ferienbibellager des Evangelischen Jungendienstes Ebersbach-Fils</u>
<u>2. – 12. August 1935 in Neufürstenhütte</u>

Hat die evangelische Jugend heute überhaupt noch ein Recht Ferienlager abzuhalten? Soweit es sich um reine Erholungslager, Gelände- oder andere Sportlager handelt, nein! Wo sich heute aber Jugend freiwillig ums Wort Gottes sammelt, sei's im Heimatdorf zu regelmäßigen Bibelabenden, oder in den Ferien, weg von zu Hause an einem schönen Plätzchen Erde unseres Vaterlandes auf einem Bibellager, so sollte sie niemand daran hindern. Gerade auf einem Bibellager redet das Wort Gottes oft eindringlicher als sonst, denn diese Jugend hat dann nicht nur schöne und wertvolle Ferien, ja mancher hat dort schon Stunden erlebt, die er nie in seinem Leben missen möchte.

Als am 11. August zwei Lastautos besetzt mit Eltern ihre Jungen in Neufürstenhütte im Mainhardter Wald besuchten, so war es nicht zufällig, dass das Zusammentreffen von Eltern und Jungen mit dem Besuch des Gemeindegottesdienstes in Mainhardt gefeiert wurde.

Was gab es dann nicht alles den Eltern zu erzählen! Nicht nur von der reichlichen Kost, die uns unsere drei tüchtigen Köchinnen bereiteten, hatte doch Frau Wissner ihre fünf Jungen, Frau Ulmer und Frau Widmann je einen mit dabei, aber auch allen andern sind sie Mütter gewesen, und wo Mütter für ihre Jungen sorgen, leidet bestimmt keiner Hunger. Die feierliche Ehrung am Schlusstag unseres Lagers mit der Verteilung seltener Kochkunst-Orden an unsere Lagermütter, zeugt von Dankbarkeit und Hochachtung.

Weiter gab es zu erzählen von den herrlichen Wäldern und Schluchten, von der schönen Umgebung, von einer Fahrt nach Schwäbisch Hall usw. Wie mancher Junge staunte, als wir vor den vielen und großen Häusern der Haller Diakonissenanstalt standen und uns erzählt wurde von dem großen Elend, das in manchen dieser Häuser herrscht. Kaum vorher hatte einer gewusst, wo unsere Gemeindeschwestern herkommen und wie sie ausgebildet werden. Aber jetzt wissen wir's alle. Vieles gab es dann in Hall noch zu sehen: die Kirche Johannes Brenz, Comburg und anderes mehr. Als schließlich die Eltern sich selbst von unserem feinen Ferienheim überzeugen konnten und ihnen zu Ehren ein froher Lagernachmittag dargeboten

wurde, wussten sie, dass ihre Jungen Tage erlebt haben, die sie gerne mit ihnen geteilt hätten.
Sollten wir noch erzählen von den täglichen Stunden um die Bibel. Der große Apostel Petrus stand hier im Mittelpunkt. Gott mög es uns schenken, dass diese Kameradschaft ums Wort Gottes uns Frucht bringe. An den A-benden erzählte der Lagerführer von großen Männern im Reiche Gottes, so von den großen Missionaren Nommensen und Lars Olsen Crefsrud.
Vieles wird auch von diesen schönen Ferientagen vergessen werden, das eine aber soll uns unser Leben lang an unser Ferienbibellager 1935 erinnern, unsere Lagerlosung, die wir jeden Morgen gemeinsam zu Beginn des Tages sprachen: **„Seid stark in dem Herrn“**

Landjäger

Nadelstiche!
Trotz aller Formalitäten musste jeden Tag der Landjäger, der offizielle Polizist, bei uns vorbeischauen, wie er das nannte. Doch wir nahmen das auf die spaßige Schulter.
Mitten in der Freizeit fuhr morgens ein Auto vor. Unter Führung eines Zivilisten entstiegen mehrere Landjäger. Sofort mussten alle Jungens das Haus verlassen, und nur unsere beiden Leiter, der Walter und der Ernst, hatten zu bleiben. Alle Koffer und Gepäckstücke wurden nach verbotenen

Uniformen und Ausrüstungsstücken durchsucht. Nichts wurde gefunden, und so konnte die Freizeit bis zum Ende durchgeführt werden. Wir merkten jetzt zum ersten Mal nationalsozialistischen Terror, wenn auch nur vorsichtig als Nadelstich eingesetzt. Trotz dieser Schikanen erwanderten wir den Mainhardter Wald kreuz und quer. Steinknickle, die Ruine Maienfels, oder der Töpfer von Mainhardt gehören zu den Erlebnissen, die ich heute noch in Erinnerung habe. Auch eine Fahrt mit dem Lastwagen nach Schwäbisch Hall war dabei.

Doch auch an die Bibelarbeit kann ich mich noch erinnern. Es wurde ein Petrusbild erarbeitet, das ihn einmal als großen Helden, aber dann auch als schwachen Bekenner und Menschen zeichnete.

Im Bibellager hatte es mir so gut gefallen, dass ich vorhatte, auch im kommenden Jahr wieder mitzugehen.

Es war im Frühjahr 1936. Eine Wahl stand bevor, und die Hitlerjugend unterstützte sie mit einem Wahlpropagandamarsch, beginnend in Schlierbach. Von dort ging es weiter nach Bünzwangen, Ebersbach und zum Abschluss nach Reichenbach/Fils.

In Sprechchören wurden immer wieder Parolen gerufen, von denen ich zwei noch wörtlich in Erinnerung habe. Die erste lautete: „Juda verrecke!“. Die andere berührte mich aber besonders, denn sie lautete: „Es gibt nur eine Jugend, die HJ! Nun gab es ja praktisch zur HJ keine Konkurrenz mehr, seit die konfessionellen Vereinigungen in die HJ eingegliedert worden waren. Die HJ hatte von da an ein unbestrittenes Monopol für Jugendarbeit, und die Jugend war zum größten Teil so anspruchslos, dass ihnen Marschieren, Wehrausbildung und Naziphrasendreschen als geistige und körperliche Betätigung genügte.

Nachdem die evangelische Jugend durch Vertrag von der HJ übernommen war, sollte die geistige religiöse Bildung von der Kirche wahrgenommen werden.

Was man darunter verstand, darüber gab es nie eine genaue Information. Ich vermute, dass es darüber keine genaueren Abmachungen gab. Die HJ stellte sich zu gerne vor, dass Religionsunterricht und Christenlehre genügen sollte. Aber die allein hatten keinen besonderen Reiz für die Jugend, was die HJ wohl wusste und sich darüber freute, denn so hofften sie, der evangelischen Jugendarbeit den Garaus zu machen.

Evangelische Jugendleute sahen sich von solchen Vorstellungen beschränkt, denn ihre These lautete: „Ohne Gemeinschaft kein Christentum!“ Aber eine echte Gemeinschaft kann nur bestehen, wenn die Freizeit mit

gemeinsamen Unternehmungen wie Spiel, Ausflüge und Wanderungen gepflegt wird.
Ein scharfer Verfechter für die Beschränkung der evangelischen Jugendarbeit war der HJ-Führer Hartmut, wobei er noch einen Komplizen namens Weger, den Hakenkreuzfahnenhisser des Bibellagers, hatte. Er kam von der Nachbarortschaft Ebersbach, war in die evangelische Jugend eingeschleust worden und betätigte sich als Agent, denn er wollte sich damit Sporen für seine politische Laufbahn verdienen. Beide Nazis sind vom Krieg „gefressen" worden.

In dem Jahr erlebte ich auch das erste Mal das Bundestreffen des Evangelischen Jugendwerks und der Posaunenchöre in Stuttgart. An vielen Hausecken klebten vervielfältigte Zettel, darauf die Karikatur eines CVJMlers in Eichenkreuzkluft neben einem Fahnenhügel, bedeckt mit lauter Eichenkreuzwimpeln. Oben drüber stand: „Gruß zum Bundesfest!" Und unten auf Schwäbisch: „Fähnela hent mir, aber koine Jonge!", was absolut nicht stimmte. Von wem der Gruß stammte, konnte man sich denken. Die HJ brauchte doch ein Betätigungsfeld für ihre kämpferischen Ideen, und das Feindbild war die konfessionelle Jugend.
Den CVJM hatte man ja praktisch als Organisation zerschlagen. Er durfte als Verein nur noch für Erwachsene existieren. Der Kampf war unfair, denn der HJ stand die Staatsgewalt voll zur Verfügung. Wo auch nur die geringste Aktivität vermutet wurde, außer der rein kirchlichen, schalteten sie Polizei und SD (Sicherheitsdienst) ein.
Doch zurück zum Bundesfest. Schon gleich nach der Ankunft hieß es: Der Landesbischof hat Hausarrest, es ist fraglich, ob er bei der Schlusskundgebung sprechen darf. Er durfte tatsächlich in die Stadthalle kommen und sprechen. Die zahlreich mobilisierte Polizei, die anwesend war, konnte zusehen, wie sich beim Eintritt von Bischof Wurm spontan die ganze Versammlung erhob und ihn stillschweigend mit erhobenem Arm begrüßte.
Bei diesem Bundesfest sahen wir aber auch, wie in der Stadt jüdische Geschäfte mit großen Plakaten versehen waren, die zum Boykott aufriefen.
Gegen den Spott und die Behinderung, die wir erfuhren, sangen wir ein Lied: „Trifft uns auch Spott, treu unserem Gott!" Aber für die Juden hatten wir keines, Gott sei's geklagt!

Gezielte Nadelstiche gegen mich persönlich

Auch noch im Frühjahr 1936 hatten wir einmal wieder einen Heimabend der HJ. Beide Führer, der Adolf und der Hartmut waren anwesend, und nach dem üblichen Exerzieren im Fabrikhöfle nahmen wir im Heim Platz. Hartmut nahm aus seiner Kartentasche einen Schrieb heraus und las ihn vor. Aus ihm ging hervor, dass auch in diesem Jahr Hitlerjugend-Ferienlager stattfinden würden, sowie die entsprechenden Termine dazu. Zunächst herrschte betretenes Schweigen, denn das geschah absolut überraschend.

Als sich keine Reaktion zeigte, wurde Hartmut ungeduldig und wetterte: „Was ist denn los, ich höre gar keine Meldung!“ Dann wandte er sich an mich persönlich, nicht mal mit dem sonst üblichen Vornamen: „Du, Hummel, wie ist es mit dir, willst wohl wieder mit deinen Pfaffen ins Bibellager gehen wie voriges Jahr?“ Nach meinem heutigen Verständnis hätte ich mich nun eigentlich wehren und ihn fragen müssen, was ihn das eigentlich anginge. Aber die Hitlerjugend ist keine demokratische Organisation, es herrschte das Führerprinzip, und eine solche Frage wäre bestimmt eine Provokation gewesen. Auch als Evangelische Jugend wurden wir nicht gerade zur Gegenreaktion ermuntert. Es hieß eher, wir sollten für unseren Glauben auch bereit sein zu leiden. „Trifft uns auch Spott, treu unserm Gott!“ oder „Der Weg eines Christen unten durch ist immer frei“.

Diese gehässige Anschnauzerei brachte mich aber auch auf die Palme, und ich dachte: ‚Du kannst mich mal. Wenn schon, dann wartest du, bis ich von mir aus will, auf jeden Fall heute nicht, und ohne ein Wort ging ich nach Dienstschluss heim. Ich war mir aber gleich darüber im Klaren, dass ich darum nicht herumkommen würde, und gelegentlich wollte ich mich dann anmelden. So weit, so gut.

Ein paar Tage später klingelte in unserer Abteilung meines Lehrbetriebs das Haustelefon. Ich wurde aufgefordert, in die Redaktion zu kommen. Das war nichts Außergewöhnliches, denn oft musste ich für die Firma Besorgungen machen, die nichts mit meinem Beruf zu tun hatten.

Ich betrat die Redaktion, der Chefredakteur Dr. Gottlieb saß an seinem Schreibtisch, ein Schreiben vor sich, und fauchte mich an: „Was lese ich da! Du warst voriges Jahr im Bibellager, und dieses Jahr willst du nicht ins HJ-Lager! Was fällt dir ein? Da werden euch so großzügig Ferien gegeben, und was macht ihr damit? Dass du's weißt: Du hast ins HJ-Ferienlager zu gehen, sonst bekommst du keinen Urlaub. So hat das in einer NS-Zeitung

zu sein, und nicht anders. Und jetzt schickst du mir noch deinen Vater! Weg jetzt an die Arbeit!“
Ich ging an die Arbeit und schickte hernach meinen Vater. Der sagte ihm dann, ich hätte sowieso die Absicht gehabt, ins HJ-Lager zu gehen, und mich nur deshalb noch nicht angemeldet, weil ich mit den Eltern vorher Rücksprache halten wollte, denn das wäre bei uns üblich.
Frühling und Sommer kamen. Ostern verbrachte ich bei einer Rüstfreizeit der evangelischen Jugend in Stötten, an Pfingsten jedoch mit der HJ beim Zelten, wie das Heiner Völker, unser evangelischer Jugendwart, empfahl.
Das Zeltlager der HJ fand beim Otto Hofmeisterhaus auf der Alb statt. Mit dem Lieferwägele der Strumpffabrik wurden wir am Pfingstsamstagabend hingefahren und fingen auch gleich an, die Zelte zu bauen.
Wir stellten ein großes Zwölfer- und dazu ein Viererzelt auf. Als wir noch nicht ganz damit fertig waren, fing es an, in Strömen zu regnen. Nicht mal das Stroh für den Boden brachten wir trocken herein.
Die Zeltbahnen hatten wir von der Kirchengemeinde Schlierbach ausgeliehen; sie stammten aus ehemaligem Besitz des CVJM, und waren schon ziemlich alt, auch nicht mehr gerade die besten. Ursprünglich stammten sie aus ausgemusterten Beständen der Reichswehr, die damals billig von Vereinen erworben werden konnten. Jetzt aber machte sich das Alter der Zeltbahnen bemerkbar, und das Wasser rann nur so herein. Die ganze Nacht hatten wir zu tun, da und dort die Rinnsale mit den Fingern oder mit dem Taschentuch abzudichten und zuzuhalten. An Schlaf war also nicht zu denken! Als es anderntags, Pfingstsonntag, nicht aufhörte zu regnen, holte uns das Lieferwägele unverrichteter Dinge wieder ab. Daheim kamen wir dann an wie halbversoffene Mäuse! Aber das durfte uns natürlich nichts ausmachen. Wir waren ja „zäh wie Leder, hart wie Kruppstahl und flink wie Windhunde!“ Was wir hier erlebten, erwies sich ja nur als ein kleiner Vorgeschmack dessen, was uns einige Jahre später erwartete! Aber Petrus machte uns dadurch das Kornbergtreffen der Evangelischen Jugend am Pfingstmontag zum Geschenk.

Im Hitlerjugend-Ferienlager

Schnell kam die Zeit der Ferien heran. Zum HJ-Ferienlager hatte ich mich zwar nicht spontan, aber doch angemeldet. Es stellte sich dann heraus, dass noch zwei weitere HJ-Kameraden vom Flecken, der schon erwähnte Ochsenwirts Emil und Reinhold, ein lupenreiner, gläubiger Nazi, mitgingen. Das Lager fand in Büchenberg, zwischen Loßburg und Freudenstadt im

Schwarzwald statt. Mit vorschriftsmäßig gepacktem Tornister reisten wir per Zug an bis Loßburg und stapften von dort aus, beladen mit unserem Gepäck, ins Lager.
Auf einer Waldwiese bei Büchenberg war es aufgebaut, vorne mit einem präsentablen Lagertor. Über dem Lagertor stand der Spruch: „Unsere Ehre heißt Treue“, das mit einem Posten, wie beim Militär besetzt war.
Rings im Kreis standen die weißen großen Zelte und in der Mitte befand sich ein Versammlungsplatz mit Fahne. Weiter hinten stand ein Haus, bei dem die Feldküche, sowie die Tische und Bänke zum Essen untergebracht waren. Besonders originell fanden wir das Schild: „Zum Zwölfzylinder“. Es wies auf die Latrine nebenan im Wald hin. Sie bestand aus einer langen Kiste auf einem ausgehobenen Graben, und hatte zwölf kreisrunde Öffnungen. Eine Dunstwolke von Chlorkalk hing in der Luft und überdeckte alle Gerüche.
Nach unserer Anmeldung bekamen wir ein Zelt zugewiesen, das für jeweils zwölf Mann Platz bot. Als Ausstattung hatte es Strohlager auf dem Boden, das schon ein wenig meuchelte, denn es war vorher schlechtes Wetter gewesen. Außerdem gab es für jeden Mann einen Hocker, wie er später in jeder Kasernenstube stand.
Außer dem Wachdienst, der für alle in gleicher Weise ablief, hatten wir viel Freizeit, und konnten auch das Lager verlassen. Dadurch kam ich auch einige Male nach Freudenstadt, und konnte es noch in seinem damaligen Zustand kennen lernen. Das Wetter war nicht ausgesprochen gut, eher durchwachsen. Bei weichem Boden spielten wir Spickerles, das Spiel mit den spitzigen Stöcken. Manchmal regnete es auch so, dass wir das Essen im Zelt, in dem wir wohnten, einnehmen mussten. Vom Lautsprecher ertönte viel Marschmusik, aber es kamen auch Nachrichten durch, und deren gab es genug zu der Zeit, denn es war gerade die Olympiade in Berlin. Gab es Medaillen für Deutschland, so wurde das mit Sondermeldung und Olympiafanfaren durchgegeben, und dann fielen wir in einen Freudentaumel.
An einem schönen Nachmittag, der einem verregneten Vormittag folgte, wurden wir durch den Lautsprecher aufgefordert, uns mit unseren Hockern in der Platzmitte einzufinden. Wir setzten uns im Halbkreis, denn es sollte eine Schulung stattfinden. Der Referent, in der Uniform eines Amtswalters, traf auch schon ein. Ja, den kannte ich doch, das war Kreisleiter Wahler von Kirchheim. Bei dem hatte ich als Stift des Tälesboten schon des öfteren Manuskripte für die so genannten parteiamtlichen Nachrichten im Braunen Haus daselbst abgeholt. Natürlich war ich für ihn jetzt nur ein a-

nonymer Hitlerjunge wie jeder andere auch. Nach der Meldung begann er auch gleich mit seinem Vortrag.
Das Thema behandelte den schlechten Einfluss, den das Judentum auf die abendländische, insbesondere auf die germanische Kultur gehabt habe. Dieses Unheil habe seinen Weg nur finden können durch das Gedankengut der christlichen Kirchen. Die Stationen seiner Ausbreitung seien Palästina, der Mittelmeerraum und Rom gewesen, und von dort sei es mit dem Christentum über die Alpen, zum germanischen, also unserem Volk gekommen. Dem deutschen Volk aber würden jetzt die Augen geöffnet, durch unseren Führer und seine Männer. Er selber sei mitberufen, uns darüber aufzuklären und diesem semitischen Gedankengut den Kampf anzusagen. So weit, so gut. Nach seinem Vortrag trocknete er sich den Schweiß von der Stirn, denn die Sonne, die während des Vortrags auf den Platz brannte, hatte ihm ordentlich zugesetzt. Er setzte seine Mütze, die er neben sich ins Gras gelegt hatte, wieder auf, und verabschiedete sich mit einem „Heil Hitler".
Zweifellos zählte Fabrikant Wirker zu den Anhängern und Mitgliedern der Deutschen Christen in Kirchheim, denn sein Sohn Hartmut, Hitlerjugendführer und nachmaliger Ritterkreuzträger, wurde in Kirchheim in der Schlosskapelle getraut. Dass ausgerechnet Kreisleiter Wahler als Schulungsreferent im Hitlerjugendlager in Büchenberg bei Loßburg auftrat, wo mich ja Wirker wusste, hatte wohl auch mit den Beziehungen zwischen Wirker und Wahler zu tun, wie ich vermutete.
Wir gingen auseinander und vertrieben uns die Zeit mit dem Spickerlesspiel, denn der Platz hatte noch viele Pfützen und schmierige Stellen.
Anderntags herrschte wieder Regenwetter, und wir konnten das Zelt nicht verlassen. Nach anfänglichen Blödeleien und Kartenspiel widmete ich mich meinem Tagebuch, einem Kalender der christlichen Pfadfinderschaft, den es damals unter der Hand noch zu kaufen gab.
In den trug ich alle Begebenheiten ein wie Abfahrt, Fahrstrecke, Ankunft, aber auch die Medaillen, die Deutschland bei der Olympiade gewann. So notierte ich auch die gestrige Schulung, und in ein paar kurzen Sätzen deren Inhalt.
Als ich ein paar Tage später wieder beim Schreiben war, kam der Emil her und riss mir den Kalender aus der Hand mit den Worten: „Möchte' bloß wissen, was du da immer schreibst!" Trotz meiner Gegenwehr, oder vielleicht gerade deshalb, brachte er ihn zu Kamerad Reinhold, wo sie ihn miteinander lasen. Sie gebärdeten sich wie fündige Agenten, fühlten sich jetzt als ganz große Entdecker, Retter des Vaterlandes und des neuen Geistes,

denn sie hatten jetzt einen Spion, einen Vertreter der „Reaktion“ entdeckt, der nach ihren Worten nur mitgegangen war, um für den „Pfaffen“ und die Kirche zu spionieren! Den Kalender, das Corpus Delicti, eigneten sie sich an, der war bestimmt ein Pluspunkt, wenn sie ihn daheim bei der Meldung vorlegen konnten.

Sie deponierten den Kalender auf dem Bordbrett oben im Zelt, denn einen anderen Platz gab es nicht. Mich aber behandelten sie von da ab wie einen räudigen Hund. Natürlich fühlte ich mich sehr deprimiert. Erst hatte ich die Scherereien bei der Werbung und Anmeldung, und jetzt die Anschuldigung, die zu Unrecht geschah, denn ich hatte weder irgend einen Auftrag zum Spionieren, wie das von Seiten der HJ üblich war, noch hatte ich überhaupt die Absicht, irgendjemand meine persönliche Aufzeichnungen lesen zu lassen.

Zum guten Glück hatte ich nicht auch die Tischsprüche, die jeden Tag quasi als Tischgebetsersatz vor dem Essen serviert wurden, aufgeschrieben, denn wer weiß, wessen ich da noch beschuldigt worden wäre. Zwei besonders deftige weiß ich noch heute und geb sie frei wieder. „Warum koppet und furzet ihr nicht, hat es euch nicht geschmocket?“ der angeblich von Martin Luther sein soll, oder: „Fresset und saufet, dass der A... etwas zum Sch... hat!“

Am letzten Tag des Ferienlagers kam ich wieder zu meinem Kalender. Auf die Frage der beiden Schergen, wo er wäre, sagte ich: „Dahinten im Zwölfzylinder, wenn ihr ihn braucht, so grabt dort nach!“

Auf die Idee einer Leibesvisitation kamen sie nicht, aber ich war mir im Klaren, dass etwas auf mich zukommen würde. Ich hatte mich nicht getäuscht, das Schicksal nahm seinen Lauf.

Das große Strafgericht

Wieder daheim, ein paar Tage später fand ein Hitlerjugend-Dienst statt, und zwar ein Heimabend. Wiederum nahmen beide Führer, Adolf und Hartmut, teil. Schon während des Unterrichts sahen mich beide scheel an, und Hartmut zeigte mir eine verbissen drohende Visage. Mein Gefühl trog mich nicht, nachher würde ich drankommen. So geschah es. Eine wahre Schimpftirade prasselte auf mich nieder. Verräter und Spion wurde ich genannt, der nur zu dem Zweck mitgegangen sei, für den Pfaffen zu spionieren. Sie ließen mich dabei überhaupt nicht zu Wort kommen, und wie ein begossener Pudel ging ich heim. Aber ich hatte immer noch die leise Hoffnung, dass es damit sein Bewenden habe.

Schon am nächsten Tag wurde ich eines andern belehrt. Als ich zum Mittagessen heimkam, erwartete mich schon mein Vater. Er wusste schon, was passiert war, denn er musste am Vormittag bei seinem Chef, dem Bürgermeister, vorreiten, wo er eine Menge Vorwürfe wegen mir und meiner „bösen Tat“ einstecken musste.
In aller Offenheit berichtete ich meinem Vater den Hergang der Geschichte, insbesondere, dass ich keinerlei Absicht gehabt hätte, diese Notizen für irgendeinen Zweck zu verwenden, und eben allein die Lust am Schreiben mich dazu gebracht hätte. Mein Vater nahm den Kalender, das Corpus Delicti, an sich, und stellte dann auch fest, dass Pfarrer Fischer gar nicht wusste, dass ich im HJ-Ferienlager gewesen war.
Aber eines stellte sich bei der Gelegenheit auch gleich heraus, HJ-Scharführer Adolf, der Hansdampf in allen Gassen, war bei dem Nazitechtelmechtel von Gemeinde, Rathaus und Partei ein eifriger Mitrührer, und es geschah nichts in der Gemeinde, was nicht auch bei denen zur Sprache kam.
Das große Strafgericht sollte aber erst noch kommen. Ein paar Tage später klingelte im Geschäft wieder das Haustelefon, wie damals im Frühjahr, mit der Aufforderung, sofort in der Redaktion zu erscheinen.
Diesmal saß aber Dr. Gottlieb nicht allein da; zu seiner Rechten saß, in Goldfasanenuniform, den breiten Ledergurt um den Korpus, Kreisleiter Wahler, der Referent vom Ferienlager. Ich selber stand da, in einem „blauen Tone“, den mir meine Mutter neulich gekauft hatte und der zwei Nummern zu groß war, weil er beim Waschen eingehen würde, aber auch in der Erwartung, dass es bei mir einmal einen Schub täte mit dem Wachsen. So stand ich nun da als armer Sünder, der vom Chef verdonnert und verdammt, und mit dem gleichen Vokabular wie bei der HJ bedacht wurde. Der Kreisleiter saß wortlos dabei, hörte sich die Kanonade an, und als Dr. Gottlieb nun eine Pause machte, fragte er mich nur, ob ich von jemand einen Auftrag gehabt hätte, was ich wahrheitsgemäß verneinte. Hätte seine Schulungstätigkeit einen legalen Grund gehabt, brauchte er doch keine Befürchtung zu haben, wenn das jemand nachschrieb oder weitererzählte. Außerdem hatte er mit keiner Silbe erwähnt, dass die Schulung vertraulich wäre. Doch das gehört zu den Überlegungen im Nachhinein, damals fühlte ich mich so eingeschüchtert, dass ich mir nicht getraute, etwas zu sagen. Die Sache lief wie schon einmal: Dr. Gottlieb forderte mich auf, meinen Vater so schnell als möglich zu schicken.

Ich berichtete meinem Vater und bestellte ihm diese Aufforderung. Das Resultat seiner Vorsprache bestand darin, dass mir die Lehrstelle im Teckboten, um die wir uns seinerzeit so sehr bemüht hatten, gekündigt wurde. Er bekam dabei auch zu hören, dass ich bei der Zwischenprüfung ein Diktat mit saumäßig viel Fehlern geschrieben hätte. Zum guten Glück war mein Vater damals schon zu der Erkenntnis gekommen, dass man das bei mir eben in Kauf nehmen musste. Gerade konnte mein Vater noch erreichen, dass ich noch so lange bleiben durfte, bis ich eine neue Stelle hätte.
Heute weiß ich, dass damals die Existenz der Regionalzeitungen bedroht war, denn die Nazihierarchie in Stuttgart strebte fürs ganze Land den NS-Kurier an und wollte dessen Position stärken, und damit seine Auflage erhöhen. Zeigte sich Dr. Gottlieb also deshalb so bemüht, bei dem Kreisleiter gut Wetter zu machen, um in ihm einen Fürsprecher zu haben? In dem Fall hätte er aber die Existenz seiner Zeitung auf Kosten seines Lehrlings gesichert.

Ein Lichtblick

Vor diesem Vorfall hatte mein Vater schon graue Haare, aber jetzt wurden sie ihm mit einem Mal schlohweiß. Er bemühte sich sogleich, mir wieder eine Lehrstelle zu beschaffen. Aber auch andere, wie Pfarrer Fischer und Jugendwart Heiner Völker bemühten sich, und hätten Erfolg gehabt. Ordnungshalber wandte sich mein Vater an das Arbeitsamt Göppingen. Dort wurde er an einen Jugendsachbearbeiter verwiesen, dem er den ganzen Vorfall schilderte. „Das sind doch nichts anderes als Kindereien, man sollte nicht glauben, dass sich erwachsene Männer an so was beteiligen", sagte er zu meinem Vater. Er werde versuchen, dem Chef des Teckboten die Lehrstellenkündigung auszureden, wisse jedoch nicht, ob er gegen diese Herren von der Partei etwas ausrichten könne. Aber gehe es wie es wolle, eine Lehrstelle als Drucker bekäme ich auf jeden Fall wieder.
Vorerst sollte ich aber zur Arbeit gehen, so lange bis mir gesagt würde, ich bräuchte nicht mehr zu kommen. Also ging ich weiterhin zur Arbeit in den Teckboten. Von Zeit zu Zeit fragte mich Dr. Gottlieb, ob ich noch keine neue Stelle hätte. Ich antwortete dann immer, was mir mein Vater gesagt hatte, nämlich dass ich es nicht wisse, er müsse sich schon an meinen Vater wenden. Das ging über das laufende Jahr so weiter, doch dann verstummte er allmählich.
Im Betrieb hatte sich die Sache auch herumgesprochen. Es gab welche, die zählten zu den ganz fanatischen Nazis wie beispielsweise der zweite Re-

dakteur, Dr. Löffel, der kaum noch ein Wort mit mir redete. Aber es gab auch andere Kollegen, die mich ihre vermehrte Sympathie spüren ließen, besonders mein Meister, Eugen Held, aber auch Herr Wirz und einige andere, die jetzt bei aller Sympathie für die Nazis merkten, dass die Partei doch in alle Lebensbereiche eindrang und den Freiraum des Menschen immer mehr einengte.

In meiner Lehrstelle blieb ich, was der Grund war, konnte ich nicht feststellen, ich fragte auch nicht. War es der Fürsprache des Herrn vom Arbeitsamt zu verdanken, oder der Einsicht, dass es bei der ganzen Angelegenheit mehr um Wichtigmacherei und Strebertum als um sachliche Gründe ging.

Hitlerjugend ade!

Meine Mitgliedschaft in der HJ hängte ich an den Nagel. Am ersten Dienstabend nach diesem Ereignis fehlte ich unentschuldigt. Vor dem nächsten Dienst schickten sie einen in der Nähe wohnenden HJ-Kameraden vorbei, um mich abzuholen. Ich erklärte ihm aber, dass sie wohl auf einen „Verräter und Spion“ verzichten könnten und dass ich nicht die Absicht hätte, noch einmal hinzugehen. Meinen Ausweis gab ich ihm gleich mit.

Diese Ära war für mich vorbei, obwohl ich später von verschiedenen Seiten zu hören bekam, dass es ein Fehler war, diesen Schritt zu tun. Heiner Völker, der Ev. Jugendwart, war nicht gerade begeistert, als er das hörte, denn er war auf ein gutes Verhältnis zur Hitlerjugend angewiesen, hing doch die ganze evangelische Jugendarbeit von den braunen Machthabern ab. Aber auch ich bekam es zu spüren, als ich im nächsten Frühjahr von der Gewerbeschule entlassen wurde. Für mein Abschlusszeugnis hätte ich eine Belobigung bekommen, die mir aber wegen fehlender HJ-Mitgliedschaft versagt wurde.

Mein Gewerbelehrer, Herr Mayer, sagte mir, entgegen seiner sonstigen Gewohnheit, jeden mit Sie anzureden: „Mensch Kerle, tret' doch wieder ei! Pack schlägt sich, Pack verträgt sich!“ Er war über den Fall orientiert.

Bald darauf hörte ich, dass Hartmut Wirker, der Gefolgschaftsführer, als Offiziersanwärter zur deutschen Wehrmacht ging. Das entsprach seinen Idealen. Aber bei seinem Vater, dem Fabrikanten, hatte ich das „Häfele kräftig verschüttet“. Das merkte ich, obwohl ich eigentlich wenig Berührung mit ihm hatte.

Wenn ich Zeit hatte, nahm ich meinem Vater das abendliche Postholen ab. Weil der Ausläufer der Firma Wirker den gleichen Weg zu machen hatte, machte man das abwechslungsweise. Überbrachte ich nun bei der Gelegenheit dem alten Fabrikanten die Post, so gab ich mir Mühe und begrüßte ihn artig mit „Heil Hitler“. Er aber tat so, als existiere ich überhaupt nicht.
Das Tagebuchschreiben haben sie mir durch den Vorfall reichlich verdorben! Aber das konnten sie nicht verhindern, dass ich mit offenen Augen durch die Welt ging und beobachtete, was um mich her vor sich ging.
Der ganze Vorfall zeigt recht deutlich, wie unsere Generation ganz ohne es zu merken, in eine Diktatur hineinschlitterte. Die anfängliche Begeisterung für den nationalen Aufschwung, die die meisten erfasst hatte, wussten natürlich manche für sich auszunützen. „Man musste eben zusehen, dass man etwas wurde, dann besaß man Macht, und so wurde man auch Nutznießer des Systems.“
Bei der Hitlerjugend wurde ganz groß von Kameradschaft gesprochen. Es gab ein Gedicht, das wir damals bei Hartmut vortrugen, das ich aber leider nur noch in Fragmenten in Erinnerung habe. Es hieß etwa:
„Wenn einer von uns müde wird, der Andre für ihn wacht. Wenn einer von uns zweifeln will, der Andre gläubig lacht. Wenn einer von uns fällt, der Andre hilft ihm auf... Denn jedem Kämpfer gibt ein Gott den Kameraden bei!“
Hätte Hartmut mich nicht von oben herab vor den anderen angeschnauzt, wie beim Kommis nachher vielfach üblich, hätte er mich in einem kameradschaftlichen Ton angesprochen, so hätte ich wahrscheinlich ohne weiteres meine Bereitschaft für das Hitlerjugend-Ferienlager bekundet. Sein wahres Gesicht zeigte er jedoch, als er nichts Besseres wusste, als mir gleich die Daumenschraube durch meinen Lehrchef anzusetzen. Der besagte Brief, wie die nachfolgenden, wurden bestimmt im Büro seines Vaters geschrieben, wo nicht nur der Scharführer der HJ, sondern auch der Stützpunktleiter der NSDAP arbeitete.
Man sieht also: „Alles Hand in Hand“, in einer Hand beim „heimlichen Ortsherren“. Für ihn dürfte es auch ein Racheakt gegen Pfarrer Fischer gewesen sein, denn dem war es zu verdanken, dass niemals eine Hakenkreuzfahne in die Georgskirche Einzug hielt.
Vor der Machtübernahme gehörte der Fabrikant durchaus nicht zu den Nazis. Allein der „Batsch“ (Handschlag) von Potsdam zwischen Hitler und Hindenburg, der auch in evangelischen Kreisen als halber Heiliger verehrt wurde, bekehrte auch ihn und seinesgleichen.

Hartmut, der HJ-Führer, ging nun als Offiziersanwärter zur Wehrmacht, wo er sehr erfolgreich war und Ritterkreuzträger wurde. In Russland bin ich ihm nochmals begegnet.
Gefallen ist er erst ganz am Schluss des Krieges beim Rückzug, durch eigene Artillerie, weil sie in einen Hinterhalt gerieten. Von dem Augenzeugen, der mir berichtete, wurde er als kameradschaftlich und verantwortungsbewusst dargestellt. Blieb ihm ja schließlich nichts anderes übrig, denn den Wahnsinn und das katastrophale Ende des Krieges hat er bestimmt noch geahnt und mitbekommen.

Meines Vaters Reaktion

Mein Vater, der bisher schon kritisch und misstrauisch die braune Szene beobachtet hatte, wurde durch diesen Vorfall noch entschiedener gegen die Nazis. Zu mir sagte er: „Hätten die auf dem Rathaus nicht Dreck am Stecken, von dem ich Mitwisser bin, so hätten sie mich jetzt gefeuert, trotz meiner Kriegsbeschädigung. Einzelheiten sag ich dir aber nicht, denn mein Chef, der Bürgermeister, hat mich extra darauf aufmerksam gemacht, dass ich unter absolutem Schweigegebot stehe über Vorgänge auf dem Amt."
Erst später im Krieg, als die Niederlage sich immer deutlicher abzeichnete, erzählte er mir, wie ich mal auf Urlaub daheim war, was sich da abgespielt hatte.

Es ging um die Wahl im Frühjahr 1936. Gemeindeverwaltung und Nazigremium hatten den Ehrgeiz, ein möglichst hundertprozentiges Wahlergebnis zu erreichen. Außerdem war man auch neugierig, wie die bis dahin bekannten und vermuteten Oppositionellen abstimmen würden. Dazu gehörten die ehemaligen KZ-Insassen und unter anderem auch Pfarrer Fischer.
Dabei ging man folgendermaßen vor. Eine Anzahl Wahlumschläge wurde in der Weise gekennzeichnet, dass mit einer Schreibmaschine ohne Farbband Nummern eingeschlagen wurden. Wahlzettel und Umschläge bekamen die Wähler immer am Eingang zum Wahllokal ausgehändigt, wo mein Vater in Abwechslung mit dem Feldschütz Dienst hatte. Durch die offen stehende Tür mussten die beiden beobachten, wer durch den Gang entlangkam. Beim Erscheinen einer auf der vorliegenden Liste angeführten Person hatten sie einen dieser präparierten Umschläge auszugeben und auf der Liste die Nummer des Umschlags zu notieren. Beide, mein Vater und der

Feldschütz wurden bei der Aktion extra auf ihren Amtseid hingewiesen, dass sie ja zu schweigen hätten.
Voller Schadenfreude sagte mir aber mein Vater: „Eine Nein-Stimme ist ihnen aber doch hineingerutscht, und so naiv, wie sich der Polizeidiener manchmal angestellt hat, ist er nicht! Dem Pfarrer Fischer, wie auch dem KZler hab ich jeweils einen neutralen Umschlag gegeben und ihre Nummern den hundertprozentigen Nazis zugeteilt.

Und meine Reaktion
„Lass dir nicht rauben, Liebe und Glauben, zu unserm Land; es zu erhalten, und zu gestalten, sind wir gesandt!" Das war zwar ein Lied der Hitlerjugend, aber es bedeutete auch mir etwas. Hitler betrachtete ich, wie auch meine Freunde, als unseren Wohltäter. In der Tat, es ging uns jetzt recht gut, gemessen an den Verhältnissen vor der Machtübernahme. Zur Dankbarkeit hatte man uns schon immer erzogen, warum sollten wir es gegen Hitler nicht sein? Misstöne gab es da und dort, die betrachtete man aber als kleine Schönheitsfehler, die alles Menschliche aufwies.
Manches, was geschah, schrieb man den eifrigen Stellen zu. Unter vorgehaltener Hand sagte man: „Dr Adolf wear schau reacht -a b e r seine Adölfla!"
Im Vertrauen sagte man aber auch: „Wenn dei Gosch et hältst, no kommst nach Au-dach (Dachau)!"
Damit war das KZ Dachau gemeint. Was sich aber hinter einem KZ tatsächlich verbarg, das wusste die Allgemeinheit nicht. Amtlich wurde der Begriff Schutzhaft verwendet, und es wurde so dargestellt, als ob die Betroffenen vor dem Volkszorn geschützt werden müssten.
Übertriebene Hitlertümelei war natürlich das Steckenpferd mancher Leute. Aber es gab auch welche, die sich darüber lustig machten, und die begrüßten sich im vertrauten Kreis statt mit „Heil Hitler" mit „Drei Liter!" Das war besonders der Fall, als der Hitlergruß immer mehr zum Allgemeingruß wurde.
Es gab aber noch eine Gruppe von Leuten, die „Grüß Gottler". Auch die erschienen den Nazis so viel „wert", dass der Sicherheitsdienst auch sie im Auge behielt.

Der letzte gemeinsame Ausflug der Evangelischen Jungenschaft

Als Freunde der evangelischen Jungenschaft nahmen wir uns immer noch die Freiheit und machten allerlei Ausflüge, oder nahmen an überörtlichen Treffen teil.

An Pfingsten 1937 beschlossen wir, die nicht in der HJ waren, per Fahrrad einen Ausflug in den Mainhardter Wald zu machen.

Auch unser Leiter, der Eugen Roos ging mit. Pfarrer Fischer besorgte uns Quartier für die erste Nacht in einem Freizeitheim in Lutzenberg, das damals einer ev. Kirchengemeinde gehörte, und für die zweite Nacht gab er uns ein Empfehlungsschreiben an eine ältere Frau in Maienfels, die er noch aus seiner Vikarszeit her kannte.

Es war schon seltsam, in der damaligen Zeit mit einer Gruppe, die nicht uniformiert war, durchs Land zu fahren. Bei schönem Wetter radelten wir am Spätnachmittag des Pfingstsamstag los, denn früher waren Lehrlinge und sonstige junge Leute kaum fertig in den Betrieben. Aber bis zum Einbruch der Dunkelheit hatten wir unser erstes Ziel schon erreicht. Am andern Morgen, Pfingstsonntag, fuhren wir, nach der Morgenandacht im Hause, weiter über Backnang, das schöne Gerberstädtchen.

Als wir die Stadt bereits durchfahren hatten und uns dem Ortsausgang Richtung Sulzbach näherten, versperrte uns plötzlich eine Streife der HJ, ausgerüstet mit einer Winkerkelle, wie sie die Polizei auch hatte, den Weg. „Wer seid ihr, und wo wollt ihr hin?“, lautete ihre Frage. Wir antworteten: „Freunde, die miteinander einen Ausflug machen.“ - „Ihr seid evangelische Gemeindejugend, das sieht man euch an, das braucht ihr gar nicht erst zu verschleiern. Aber ihr könnt beruhigt sein, ich gehöre auch zu euch!“, sagte der Anführer der Streife. „Von Amtswegen seid ihr als Gruppe höchst unerwünscht auf den Straßen und euer Glück ist, dass ihr jetzt gerade uns in die Quere gekommen seid! Wir empfehlen euch, teilt euch auf in kleinere Gruppen und vermeidet jede größere Straße und Stadt.“ Sie gaben uns noch Tipps, wie wir am besten nach Löwenstein und von da nach Maienfels kommen könnten, und auch dass wir Pfingstmontag nichts mehr zu befürchten hätten. Das war ein Erlebnis! Es gab außer uns auch noch andere Gleichgesinnte im Land, wir waren nicht allein!

Wir befolgten den Rat der unbekannten Freunde, fuhren jeweils zu dritt, und trafen uns erst wieder in Löwenstein zur Besichtigung der Burgruine.

Wieder ging es getrennt weiter, bis wir uns am späten Nachmittag im Weiler Maienfels bei der Frau, die uns Quartier geben sollte, wieder trafen. Die Frau erinnerte sich noch gut an den ehemaligen Vikar Fischer, aber von

dessen Bitte, uns Quartier in ihrer Scheuer zu geben, zeigte sie sich nicht begeistert. Die Scheune war ein separates Gebäude, und sie befürchtete, wir könnten rauchen. Vor offenem Feuer hatte sie besonders Angst, denn Maienfels hatte damals noch keine Wasserleitung, und der rote Hahn in einem so eng gebauten Bergnest konnte schon ein Alptraum sein. Ihre Bedenken konnten wir aber zerstreuen, denn wir zählten allesamt zu den Nichtrauchern, eine Grundregel der evangelischen Jugend.
So ließ sie uns denn schweren Herzens in ihre Scheuer einziehen. Das Tor befand sich in einem erbarmungswürdigen Zustand. Es fiel beinahe aus den Angeln und hatte Ritzen zwischen den Brettern, dass man durchlangen konnte. Stroh oder Heu konnten wir zunächst überhaupt nicht sehen. Lediglich oben auf einem Absatz lag ein Rest, auf dem wir uns dann unsere Schlafplätze einrichteten.
Nach einer Stärkung gingen wir daran, die Burgruine zu besichtigen.
Als wir da vor der Brücke ankamen, trafen wir eine Gruppe Hitlerjugend an, die auf der Wiese nebenan schon ihre Zelte stehen hatte. Sie gaben sich aber recht unkompliziert, fragten nicht wer wir wären, wo wir herkämen, oder was wir vorhätten, sondern luden uns zu einem Fußballwetz nach der Besichtigung ein, was wir gleich annahmen. So tummelten wir bis zum Einbruch der Dunkelheit mit ihnen auf der Wiese umher, und zogen uns dann in unser Nachtquartier zurück. Zum guten Glück hatten wir eine Taschenlampe dabei, denn ohne Licht hätten wir unser Lager da oben nicht gefunden. Wir waren müde, und schliefen bald ein.
Doch plötzlich, in der Nacht, wurde einer von uns wach - er hatte Geräusche gehört. Da streckte sich doch tatsächlich eine Hand, nein ein ganzer Arm, zwischen den Fingern ein brennendes Zündholz, durch einen Spalt des Scheunentores. Ganz gespenstisch sah das aus. Dann tauchte noch ein zweiter Arm auf, die Innenseite des Tores abtastend, und offenbar nach einem Riegel suchend. Schnell begriffen wir, dass es höchste Zeit war hinabzusteigen, um uns zu wehren, denn nicht nur hatten wir da unten unsere Fahrräder stehen, sondern auch die Angst beflügelte uns, dass die Störer die Scheune anzünden könnten.
So fassten wir gleich entschlossen zu. Das Zündholz war inzwischen ausgegangen. Wir zerrten innen am Tor, und außen, das schien uns sogleich klar, unsere Fußballfreunde vom Abend. Die wollten uns einen Schabernack spielen, wie das so üblich war beim fahrenden Volk.
Nicht lange ging es so fort. Wir ließen die Arme unserer „Freunde“ los, und so schnell wie er kam, ging der Spuk wieder vorbei, und die nächtliche

Ruhe war wieder hergestellt. Den Rest der Nacht hatten wir Ruhe, blieben aber doch in Erwartung, ob nicht noch etwas käme. Die Heimfahrt verlief ohne Zwischenfälle. In Murrhard besuchten wir noch eine Sammlung mit ausgestopften Tieren, und dann ging es am Ebnisee vorbei der Heimat zu. Daheim angekommen meldeten wir uns bei Pfarrer Fischer zurück. Er empfing uns mit recht besorgter Miene und erklärte, das sei unsere letzte gemeinsame Fahrt gewesen. Unsere Unternehmung war ruchbar geworden, und man hatte ihm deshalb zugesetzt.
Nun wurde uns auch immer mehr klar, dass wir laufend beobachtet und bespitzelt wurden, und es galt doppelte Vorsicht walten zu lassen. Vielleicht hatte die HJ sogar einen Vertrauensmann in unseren eigenen Reihen. Das war nun gar nicht negativ für uns, denn wir gehörten nicht zu den Rebellen gegen den Staat, und ich bin heute noch der Ansicht, dass nirgends bessere Staatsbürger hervorgegangen sind, als aus unseren Reihen. Viel zu gute sogar, wenn man bedenkt, wie viel Argwohn und Schikanen wir von Seiten der Nazis und ihres Staatssicherheitsdienstes ausgesetzt waren.

Ende der Lehrzeit - Stellenwechsel

Meine Lehre ging zu Ende, und die Gehilfenprüfung machte ich an dem denkwürdigen Tag, als Hitler in Österreich einmarschierte. Kaum jemand habe ich gekannt, der sich nicht davon begeistert zeigte. Auch die „Ostmärker“, wie sie von da an genannt wurden, die ich später kennen gelernt habe, erlebte ich noch hingerissener und begeisterter als wir; und besonders stolz waren sie darauf, dass Hitler einer der Ihren war.
Entgegen meiner Erwartung wurde mir am Ende meiner Lehre nicht gekündigt. Ich hatte aber sowieso vor, in andere Betriebe hineinzuschnuppern, wollte aber doch nicht so abrupt aufhören.
Als aber in den Sommermonaten die Sauregurkenzeit kam, wir über Monate außer der Zeitung nur ein paar Hochzeits- und Trauerkarten oder Kranzschleifen zu drucken hatten, entschloss ich mich, anderweitig mein Glück zu versuchen. Ich bewarb mich in der Druckerei Kaißer in Salach, die mir früher angeboten hatte, die Lehre weiterzuführen, falls ich meine Lehrstelle verlieren sollte. Mit dem Fahrrad fuhr ich dort hin und meldete mich am Schalter für Besucher an. Oben an der Wand hing ein auffälliges Plakat mit der Aufschrift: „Der Deutsche grüßt mit Heil Hitler!“ Und als gar der Chef, Herr Kaißer, einen Kopf kleiner als ich, aber mit pfiffigen Augen und verschmitztem Gesichtsausdruck, eintrat, da prangte auf seinem Revers, dass es geradezu in die Augen stach, das Parteiabzeichen der NSDAP. Sogleich

ging es mir durch den Kopf: ‚Da landest du aber in einer echten Braunen Quetsche.'
Er war aber die Freundlichkeit und Zuvorkommendheit in Person, nahm mich mit in sein Privatbüro, bot mir zuerst Platz an, und wir waren uns schnell einig, dass ich so bald wie möglich bei ihm anfangen könnte. Dann erkundigte er sich noch über einige private Dinge, bekundete seine Teilnahme, wie ich den täglichen Weg meisterte, und bot mir an, dass ich an Wintertagen, wenn das Fahren mit dem Fahrrad nicht möglich wäre, bei ihm in seiner Villa übernachten könnte.
Beinahe am Schluss unseres Gesprächs fragte er so beiläufig: „Da war doch mal etwas bei Ihnen mit der HJ?" Als ich verlegen darauf antworten wollte, winkte er ab und sagte: „Sie brauchen mir das nicht zu erzählen. Was immer auch war, bei mir hat das nichts zu sagen. Bei mir gilt der Mensch, was er ist, was er kann und was er leistet." Das hat er auch gehalten. Seine Parteizugehörigkeit ging ihm nicht so tief zu Herzen, er bewahrte trotzdem gesunden Menschenverstand und einen kritischen Blick für die Geschehnisse und Entwicklungen. Das Parteiabzeichen benützte er mehr zur Dekoration beim Einsammeln von Aufträgen in Büros und Ämtern der Kundschaft. In ihm fand ich einen echten Förderer und so manches Mal kam er an meinem Arbeitsplatz vorbei und sagte: „Bringen Sie Ihr Sparbuch mit, ich habe Ihnen wieder etwas eingezahlt."
Mein Weg zum neuen Arbeitsplatz war erheblich länger, teils per Fahrrad, teils per Zug. Es gab aber in dem neuen Betrieb reichlich Gelegenheit, Überstunden zu machen, was ich oft wahrnahm, denn Geld hatte man noch nie ausreichend gehabt, und hier bot es sich jetzt an, den Verdienst aufzubessern. Arbeitete ich normal, so ergab es sich, dass ich den gleichen Weg zu gleicher Zeit hatte wie zwei ehemalige HJ-Kameraden. Sie machten sich den Spaß, mich zu belästigen, nachdem ich keiner der Ihrigen mehr war. Sie sperrten mir die Vorbeifahrt und drängten mich in den Straßengraben ab. Ein paar Mal ließ ich mir das gefallen, ich war der Rechtlose, und sie in der Überzahl. Aber immer konnte es ja nicht so weitergehen. Als ich wieder einmal in solche bedrängte Lage kam, platzte mir die Geduld. Ich riss meine Fahrradpumpe aus der Halterung und sagte: „Kommt einer in meine Reichweite, schlag ich ihm die Pumpe über den Schädel!" Das wirkte wie ein Wunder, fortan konnte ich an ihnen vorbeifahren, wenn ich wollte, ich hatte meine Ruhe vor ihnen.
An meiner neuen Arbeitsstelle gab es natürlich auch solche, die aktiv und dienstbeflissen in NS-Organisationen tätig waren. Ein Kollege, SA-Mann,

erzählte in der Pause, wie sie am Abend davor per Lastwagen ins vorwiegend katholische Gaißentäle eine Ausfahrt gemacht hätten. Mit wehender Fahne seien sie an einem brevierlesenden Priester vorbeigefahren, und der habe ihre Fahne nicht gegrüßt. Sogleich seien sie abgesessen und hätten ihm einen Denkzettel verpasst, den er sein Leben lang nicht vergessen werde. „Das ist doch eine Lausbuberei, und die sie gemacht haben, sind nichts anderes als dumme Rotzbuben!“, sagte darauf ein Kollege, der als Unteroffizier der Wehrmacht gerade auf Arbeitsurlaub da war. „Sollte ich einen solchen Burschen beim Militär als Rekruten in die Finger kriegen, den schleif ich, dass ihm das Wasser im Arsch kocht.“ Zivilcourage war bei Einzelnen schon noch vorhanden. Dem Erzähler wurde der Mund gestopft, der gab keine solche Geschichten von „Heldentaten“ mehr von sich.

Die „Reichskristallnacht“

An einem Morgen stieg im Bahnhof von Göppingen ein Kollege in den Zug und berichtete ganz aufgeregt, dass es in der Stadt brenne, und an verschiedenen jüdischen Geschäften, wo er vorbei gekommen sei, wären die Schaufenster zertrümmert und geplündert worden.

Das geschah in der Nacht, die als Reichskristallnacht in die Geschichte eingegangen ist. Die Allgemeinheit ließ darüber keinen Unmut aufkommen, so sehr war man schon von der Propaganda eingelullt, und die, die so etwas bedenklich fanden, trauten sich jetzt nichts mehr zu sagen.

Letztes Osterrüsttreffen der Ev. Jugend in Stötten vor dem Krieg

Ostern 1939, Landheim Stötten.

Das Osterrüsttreffen der Ev. Jugend auf Landesebene war angemeldet, und mit der HJ hatte man abgesprochen, dass sie ihren Angehörigen, die das betraf, Urlaub geben würde.

Das Heim war bis auf den letzten Platz belegt. Als der Ostergottesdienst zu Ende war und wir im Hof miteinander plauderten, fuhr plötzlich ein Motorrad mit Beiwagen vor, und in aller Eile entstieg ihm, unrasiert und ziemlich mitgenommen, Oberkirchenrat Dr. Manfred Müller, der Mann der Jugend in der Evangelischen Landeskirche. Schon im Gehen rief er: „Schnell, schnell, macht das Heim sauber und bringt alles in Ordnung, es kommt die Polizei!“ Sofort regten sich dienstbereite Hände und machten sich ans Werk, und Dr. Müller hatte kaum erzählt, dass er soeben aus dem Reutlinger Raum von einem gleichen Ostertreffen komme, das aber aufgelöst worden sei, weil auf der Toilette ein Blättchen Papier auf dem Boden gele-

gen habe, als auch schon ein Auto vorfuhr, dem vier Kripobeamte in Trenchcoat und Schlapphüten entstiegen.
Sofort hatte alles anzutreten, und der ganze Haufen wurde in drei Kategorien sortiert. Einmal die, die nicht der HJ angehörten. Dazu zählte auch ich, und wir konnten gleich wegtreten, von uns wollten sie nichts. Dann die Angehörigen der HJ in Gruppen mit und ohne Urlaubschein. Letztere wurden sofort heimgeschickt, während die anderen bleiben durften. Dann wurde das Heim von ihnen inspiziert. Wehe, hätte da auch nur ein Fetzen Papier auf der Toilette herumgelegen!
Als besondere Zugabe musterten die Herren noch die Schlafräume, wobei ihnen jeweils angegeben werden musste, wie viel Personen darin schliefen. Anhand der Raummaße berechneten sie, wie viel Kubikmeter Luft jedem der Schläfer zukam, und ob sie auch ausreichte. Diese „Fürsorge“ habe ich zwei Jahre später in Russland sehr vermisst!
Trotzdem lernten und sangen wir bei dieser Freizeit ein Lied von Hermann Löns, von dem ja auch das Engellandlied stammte, mit dem Kehrreim: „O grüner Klee, o weißer Schnee, o schöner Soldatentod!“ Das war eine unverdiente Loyalität gegenüber dem Staat, der ja schon Beispiele zeigte von Ungerechtigkeit und Gewalt. Doch das Lied war auch Ausdruck einer Schwärmerei, die in diese Zeit passte, und eine Kriegsahnung lag schon in der Luft. Wir sangen aber auch, und das entsprach unserer Situation:

Wir sind ein kleines, trutziges Heer,
die letzten von den allerletzten.
Uns lockt kein heller Hornruf mehr,
kein dumpfes Trommeln der Gehetzten.

Wir fahren hin durchs weite Land,
und suchen, werben will'ge Hände.
Der Kampf, der einmal war entbrannt,
der ist noch lange nicht zu Ende.

Drum schlagen zäh wir uns voran,
und lauter ruft das heiße Werben,
wir ringen hart um jeden Mann,
dass er die Krone mög erwerben,

Wir ziehen hin durchs weite Land,
verloren, wie die Menschen sagen,
und dennoch ziehn wir hin und her,
für den, der an das Kreuz geschlagen.

Ein Freund ist ein Geschenk!

Anderes lernte ich bei meinem Freund Hermann Fink aus Süßen kennen. Seine Familie zählte sich zu der altpietistischen Gemeinschaft, die im Ort sehr rege war. Kam ich zu Besuch zu ihm, dann ging ich mit ihm auch dahin. Ich finde es heute noch großartig, wie damals nicht gefragt wurde: Aus welcher Gemeinschaft kommst du, oder welche speziellen Glaubenserfahrungen vertrittst du, sondern man ging einfach dahin, wo der Glaube an Christus lebendig war und gelebt wurde.

Bei denen erfuhr ich auch, dass Niemöller im KZ saß und seine Schrift „Vom U-Boot zur Kanzel", die damals verboten war, ging bei ihnen von Haus zu Haus, von Hand zu Hand.

Eine jüdische Familie hatte bis dahin noch in dem Ort gelebt und war deportiert worden. Das waren keine reichen Leute, und weder sie, noch sonst jemand wussten, wo sie hinkamen. Aber die armen Leute wollten ihren Hausrat verkaufen, damit sie wenigstens noch ein paar Mark auf die Reise hätten.

Die deutschen Volksgenossen genierten sich, sie kauften einem Juden nichts ab, und mochte es auch noch so billig sein. Etwas Jüdisches hatte für sie ein „Gschmäckle". In der Hinsicht wollte niemand was riskieren.

Aber da sprangen die Altpietisten ein. Sie gehörten auch nicht zu den reichen Leuten, aber sie hatten erkannt, dass hier christliche Liebe gefragt war.

Der Krieg bahnt sich an

In Schlierbach festigte sich die Partei immer mehr. Man merkte auch am Kirchgang, dass er weniger wurde, aber ein bestimmter Stamm blieb der Kirche doch treu.

Auf dem Rathaus arbeitete jetzt ein neuer Ratschreiber, der Herr König. Er war zwar auch Parteigenosse wie jeder Beamte, der etwas auf sich hielt, aber kein so fanatischer. Ihn interessierten mehr die schönen Damen der NS-Frauenschaft, und das gehörte jetzt natürlich zum Dorfgeschwätz. Die Moralbegriffe einer christlichen, pietistisch orientierten Gemeinde waren noch nicht ausgelöscht, und so ereiferten sich nicht nur Fromme, sondern auch die Allgemeinheit.

Zu meinem Vater verhielt sich Herr König recht kollegial. Seine Liebhaberei, die Ahnen- und Geschichtsforschung, war damals sehr aktuell, und kam auch uns zugute, denn er fertigte auch für uns eine Ahnentafel an.

Auch in der Fotografie war er sehr bewandert und hat mir manchen Tipp gegeben.
Wirtschaftlich ging es uns jetzt recht gut, nicht zuletzt deshalb, weil auch wir Kinder verdienten. So brachte mein Vater jetzt seine Schulden weg, die er noch vom Hausbau her hatte. Wenn ich gelegentlich meinen Eltern beim samstäglichen Rathausputzen half, gab es nicht nur Brezeln, sondern auch Wurst dazu. Hätte das meine Ahne noch erlebt, hätte sie die Hände über dem Kopf zusammengeschlagen und gesagt: „So aufhausig lebt ihr, wo will das bloß hinführen?“ Aber die „Erzeugungsschlacht“, wie sie im Nazijargon genannt wurde, lief auf vollen Touren. Es herrschte absolute Vollbeschäftigung, und überall Ordnung. Keine Herumlungernden, keine Bettler und keine Zigeuner waren für uns Normalbürger mehr zu sehen. Kraft durch Freude sorgte für Urlaub und Erholung, und manche Volksgenossen kamen jetzt bis nach Norwegen und Madeira. Das konnten sich früher die kleinen Leute nicht im Traum vorstellen.
Kanonen hatte man jetzt auch und trotzdem noch Butter. Kaum mehr dachte jemand noch daran, dass Göring die Alternative gestellt hatte, „Kanonen <u>statt</u> Butter“. Der Mensch vergisst schnell, wenn es ihm gut geht!
Wenn der Reichsparteitag stattfand, war das ein Fest für die ganze Nation. Man war jetzt jemand, und die Schau, die abgezogen wurde, machte tiefen Eindruck. Die Uniform beherrschte immer mehr das öffentliche Leben, und für viele begann mit ihr erst das wahre Menschsein. Als junger Zivilist konnte man beinahe Komplexe gegenüber anderen bekommen.
Aber mein Vater traute dem Frieden und dem Wohlstand nicht, zumal es jetzt weiterging mit der Tschechoslowakei. „Der Lump macht so lange weiter, bis wir den größten Krieg haben, denn die andern schlafen auch nicht“, sagte er daheim bei uns. Wenn wir dann den Finger an den Mund legten und ihm sagten, er möge doch still sein, legte er los: „Wenigstens daheim an meinem Tisch will ich noch sagen, was ich denke. Den ganzen Tag muss ich die Gosche halten und schlucken!“ - „Dann mach wenigstens das Fenster zu, man weiß nicht, wer da draußen mithört, denn beim Nachbarn gehen immer Kunden aus und ein!“
Wie Hitler mit Verdunkelungsübungen und Probealarmen, traf auch mein Vater seine Kriegsvorbereitung in aller Stille, auf seine Art.
Wenn’s kracht, dann sind in erster Linie die kleinen Leute die Dummen, das wusste er aus Erfahrung vom Ersten Weltkrieg. Milch, das wusste er, gab es im Kriegsfall für Erwachsene nicht mehr, trotz großer Sprüche, die aus den Radios zu hören waren.

Was lag näher als die Ziegenhaltung, die wir beinahe fünfzehn Jahre nicht mehr betrieben hatten, wieder aufzunehmen? Deshalb kaufte er jetzt eine trächtige Geiß, die Kuh des kleinen Mannes. Als er sie am Kettchen eines Abends heimführte, begegnete er der Schwester meines Schulfreundes Kurt. Sonntags darauf, als ich bei ihnen zu Besuch war, begrüßte sie mich gleich lustig und fröhlich mit „Määh!". „Ja, das ist doch nicht euer Ernst, ihr wollt doch nicht etwa heutzutage anfangen und Geißenbäuerle werden, Määh!" - „So wie ich meinen Vater kenne, führt er die nicht nur zum Spaß durch den Flecken! S'ischt nicht bloß wegen der Milch, sondern auch wegen dem Mischt!", sagte ich. „Määh, s'ischt halt au a G'schmäckle dabei, - Määh!", führte sie an.
Wenn wir uns gelegentlich sahen, fragte sie: „Was macht die Geiß? Määh!" Als es aber dann so weit war, der Krieg, wie es mein Vater geahnt hatte, ausbrach, und auch die Milch für Erwachsene gleich gesperrt wurde, da fragte sie mich ganz kleinlaut, wie es mit einem Tässchen wäre jeden Tag, wenigstens zum Färben des Ersatzkaffees. Das musste ich ihr leider abschlagen, denn bei uns kaufte vom ersten Tag an eine kinderreiche Familie die übrige Milch, schon wegen des Preises, denn in großen Familien mit nur einem Verdienst waren die Lebensmittel eine Preisfrage.

Krieg! Krieg! Krieg!

Die Sommermonate gingen zur Neige, man hatte die Ernte beinahe eingebracht. Doch jetzt merkte man, es braute sich etwas zusammen. Das Jahr verging wie ein schöner Sommertag, der den Zenit überschritten hatte, und jetzt zogen Wolken auf, die sich immer mehr zu einer Gewitterfront verdichteten.
An der polnischen Grenze und im Korridor rumorte es. Was da tatsächlich geschah, und ob die Übergriffe echt waren, das konnte der kleine Mann nicht beurteilen. Er war auf die deutschen Nachrichten, und den deutschen Propagandaapparat angewiesen.
Man dachte: ‚Nur noch die Nordostecke des Reiches muss bereinigt werden, dann sind alle deutschen Volksgenossen daheim und der Traum von einem Großdeutschland ist erfüllt'. Doch in die Hirne der Großen konnte man nicht hineinsehen und auch die Stimmung im Ausland kannte man nicht, denn man war weitestgehend isoliert. Dass die Engländer und Franzosen das Abkommen von München als äußerstes Zugeständnis betrachteten, das auch an ihre Ehre ging, das empfand der kleine Mann nicht.

Und es kam, wie es kommen musste. Wir hatten Krieg und den gleich an zwei Fronten! Von Begeisterung konnte aber keine Rede sein. Zu viele lebten noch, die den Ersten Weltkrieg gut in Erinnerung hatten. Man hoffte zwar zuversichtlich, dass Hitler vorgesorgt habe, aber an eine Überwindung der Maginot-Linie in Frankreich glaubte man nicht, sie hatte einen viel zu großen Nimbus.
Viele mussten jetzt weg, an den so genannten Westwall zum Schanzen, besonders die von der Baubranche, aber auch solche, die keinen Beruf hatten. Die allgemeine Mobilmachung kam und als ich morgens in den Zug einstieg, war alles überfüllt von einrückenden Reservisten, darunter auch solche aus Schlierbach.

Es schlägt Dreizehn! Eine Turmgeschichte

1939. Der erste Kriegssonntag kam. Wie üblich, wenn ich daheim war, besuchte ich den sonntäglichen Gottesdienst. Und wie immer trafen wir Freunde von der evangelischen Jugend uns am Schluss des Gottesdienstes zu einem Plausch am hinteren Ausgang der Kirche. Einige von uns waren im wehrfähigen Alter, während unser Leiter Eugen Roos bereits als Reservist Dienst tat.
In Anbetracht des Kriegsausbruches drehte sich unser Gespräch natürlich nur um dieses Ereignis. Wir vermuteten, dass es nicht mehr lange dauern würde, bis auch wir zu den Waffen gerufen würden. Von wem die Idee kam, weiß ich heute nicht mehr, aber sie kam. Bevor wir in alle Winde zerstreut wurden, wollten wir miteinander den Kirchturm besteigen und unser Heimatdorf noch einmal von oben ansehen. Jetzt war die beste Gelegenheit dazu.
Es war schon kurz vor zwölf Uhr. Der Gottesdienst hatte erst um halb elf angefangen, weil die Pfarrstelle zu der Zeit vakant war und somit ein auswärtiger Pfarrer die Vertretung hatte.
Ich war früher schon einmal auf dem Kirchturm gewesen. Das war mit Lehrer Waldenmaier in der dritten Klasse. Von daher hatte ich noch in Erinnerung, dass ich damals auf der Treppe zur Glockenstube gestanden hatte, über mir die große Glocke, als das Elfuhrläuten einsetzte, das der Mesner natürlich noch per Seil tätigte. Die schwingende, dröhnende Glocke so direkt über mir, dass mich der Schall fast betäubte, hinterließ einen bleibenden Eindruck bei mir.

Und nun stiegen wir also wieder hinauf wie einstens. Alles war staubig und voller Vogelkot da oben im Turm, aber wir ließen uns nicht abhalten und stiegen trotzdem weiter.
Als wir dann oben in der Glockenstube standen und durch die Schallöffnungen aufs Dorf hinuntersahen, ging am Uhrwerk weiter unten ein Gerassel los, und es wurde das Zwölfuhrschlagen ausgelöst.
Erst vier Schläge auf die Kleinste, dann zwölf Schläge auf die mittlere Glocke. Als krönenden Abschluss noch einmal zwölf Schläge auf die große Glocke. Während diesen letzten Glockenschlägen ergriff Freund Karl Schönhard von einem dastehenden Stapel Schieferplatten der Dachdeckung des Turmes eine und versetzte nach dem zwölften Schlag der Glocke mit der Schieferplatte einen dreizehnten Schlag, der zwar nicht so voll klang, aber doch sehr gut hörbar war. Es hatte wirklich Dreizehn geschlagen, und das gerade an diesem Tag!
Betroffen schauten wir einander an. Als Christen waren wir doch nicht abergläubisch, oder? Der Jux entpuppte sich als schlechtes Omen, denn bald ging die Not und das Sterben los. Auch Karl Schönhard und verschiedene andere, die dabei waren, haben den Krieg nicht überlebt.

Der erste Kriegssonntag kam. Ich befand mich gerade auf dem Heimweg am Nachmittag und wechselte mit einem Nachbarn ein paar Worte, da kam in brauner Uniform der Blockwalter, ein Nazi aus der Nachbarschaft, unterm Arm einen Stapel Lebensmittelkarten, die er in den Haushalten ausgab. Die Zuteilungen waren aber am Anfang noch so reichlich bemessen, dass man die Rationierung noch nicht als Einschränkung empfand. Lediglich Schokolade, Südfrüchte und Süßigkeiten gab es schlagartig nicht mehr. Das bedauerte ich besonders, denn seit ich selber Geld verdiente, leistete ich mir jeden Freitag, wenn es Zahltag gab, eine Tafel Schokolade.
Dass nun der Zeitpunkt zu baldiger Musterung und zum Einrücken käme, das vermutete ich schon. Vorsorglich nahm ich deshalb meinen Jahresurlaub. Vorgehabt hatte ich, mit einem Kollegen eine große Radtour nach Österreich zu machen, aber an ein Verreisen war unter diesen Umständen nicht mehr zu denken. Darum kauften wir Farben und strichen unser Haus, solange das noch möglich war. Vater tröstete mich ein wenig ironisch: „Wirst noch weit genug fort kommen, wer weiß, was der Hitler mit euch anfängt."

In der Zeit kam dann auch der erste Fliegeralarm (Probealarm), der meine Mutter sehr aufregte, denn sie meinte, es wäre schon Ernst, und rannte in heller Verzweiflung heim vom Flecken.

Musterung

Noch während des Polenfeldzugs fand die Musterung in der Schule zu Schlierbach statt. Das ergab dann noch einen zusätzlichen Ferientag. In Friedenszeit war das immer ein Fest mit Rekrutenbändel und ausgelassener Stimmung. In Anbetracht des bereits begonnenen Krieges nun freilich nicht mehr so.

Zu befohlener Zeit am Morgen fanden wir uns im Schulhaus ein, das wir seit unserer Schulzeit nicht mehr betreten hatten. Nach Aufnahme unserer Personalien und der Belehrung, dass wir an diesem Tage der Militärgerichtsbarkeit unterstünden, hatten wir die Kleider abzulegen. Splitternackt ging es dann zur Untersuchung, wenn man das so nennen wollte. Zuerst wurden unsere Körpermaße aufgenommen. Dann hatte man hinter der Türe in ein Glas zu pinkeln, der Arzt horchte die Brust ab, nahm den Hintern in Augenschein, und dann war man tauglich. Von den etwa vierzig Kandidaten galt keiner als untauglich, aber bestimmt auch keiner als zu fett. Draußen im Flur hatte man dann zu warten, um sich einzeln bei der Musterungskommission vorzustellen. Nachdem man mich aufgerufen hatte, betrat ich das Zimmer, in dem sich die Prominenz befand. Hinter einer Tischreihe saßen der Musterungsoffizier und sein Schreiber, Bürgermeister Möck und der Ortsgruppenleiter der Partei. Die Herren waren bei der Zigarre angekommen.

Ich meldete mich, wie es das Gesetz befahl, im Adamskostüm, und hatte mit angelegten Händen ein „Männchen“ zu machen. Auf die Frage, ob ich den Wunsch hätte, zu einer bestimmten Waffengattung zu kommen, antwortete ich, dass ich zur Panzerabwehr möchte. Ein Freund, der bei dieser Waffengattung gedient hatte, empfahl mir das, weil sie vollmotorisiert wäre. Er meinte, dass man bei der Infanterie, den „Sandhasen“, marschieren müsse, bis man auf dem Unterkiefer daherkäme. Nach meiner Wunschäußerung sagte der Offizier zu mir: „Das sind aber Kerle wie der Teufel!“, und um zu beweisen, dass ich ihrer würdig wäre, ließ er mich zum Gaudium aller über einen nebenstehenden Tisch und unten durch wieder zurückspringen. Dann konnte ich abtreten, denn nun hatte ich die Qualifizierung als „Kanonenfutter“ vorerst bestanden. Weshalb wir uns bei den Herren im Adamskostüm vorstellen mussten, ist mir bis heute nicht klar. Die Zeit war nicht mehr so ärmlich, dass wir keine Sport- oder Badehose gehabt hätten. Ich kann nur vermuten, dass man damit zeigen wollte, dass wir alle Rechte als Menschen, alle Ansprüche auf Menschenwürde abgetreten hatten, dass wir jetzt nur noch Kadaver waren, über die der Staat verfügen konnte. Draußen standen wir Gemusterten dann noch zusammen, und das war das letzte Mal, dass alle Klassenkameraden beieinander sein konnten. Viele sollten das Abenteuer Krieg nicht überleben, und es war gut, dass keiner sein Schicksal kannte.

Die Musterungskommission verließ nun auch den Schauplatz ihres Wirkens. Bürgermeister Möck konnte es sich nicht verkneifen, den Karl, dem es besser im Hofbräuhaus als im Sturmgebraus gefallen hätte, und dessen Schicksal es war, als Erster dran glauben zu müssen, zur Ordnung und Enthaltsamkeit zu ermahnen, denn er befürchtete, er könnte sich besaufen.

Der Polenfeldzug war bald vorbei. Im Westen, wo man die Süddeutschen hauptsächlich einsetzte, zeigte sich die Front starr und beschränkte sich vorerst auf Ausbau und Abwehr am Westwall.

Vorerst blieb mein Jahrgang noch daheim, und wir gingen unserer Arbeit nach. Vom Krieg war noch wenig zu spüren, lediglich Freunde und Bekannte aus älteren Jahrgängen fehlten und kamen nur gelegentlich auf Urlaub. Aber am Arbeitsplatz gab es beträchtliche Lücken.

Das Leben in der Evangelischen Jugend ging jetzt stark zurück, denn die Leiter wurden allerorts gleich einberufen. Aber die Freundschaften untereinander blieben bestehen. So hatte ich, als ich Ende Februar 1940 zum RAD einrücken musste, bei meinem Abschiedsfest die ganze Stube daheim voll, und als ich mit dem Zug abfuhr, hatten sich noch einige auf dem Bahnsteig versammelt, um mich zu verabschieden.

Reichsarbeitsdienst, „Schule der Nation“

Der RAD galt offiziell als Schule der Nation. Jeder Deutsche sollte einmal in seinem Leben praktische Handarbeit kennen lernen. Außerdem sollte man mit der militärischen Disziplin bekannt werden.

Das Stammpersonal bestand einesteils aus patriotischen Idealisten, Überbleibseln ehemaliger Freicorps, aber teilweise auch aus gestrandeten Existenzen oder ehemaligen Arbeitslosen, die den militärischen Schliff als die Krone menschlichen Tuns ansahen.

Als junger Wehrpflichtiger wusste man schon, dass einen nun eine herbe Zeit erwartete.

So kam ich zunächst für zwei Monate zur Grundausbildung nach Sigmaringen. Was ich erwartet hatte, Schweiß und Kasernenhofton, sowie Überheblichkeit jeglicher Arten von Vorgesetzten, traf ich dort an, und raffinierte Schikanen gehörten zur Tagesordnung. Mein Truppführer war besonders als Schleifer und Menschenverächter bekannt. Zivilisten galten in seinen Augen nichts, waren noch keine richtige Menschen, obgleich die meisten von uns schon eine abgeschlossene Berufsausbildung hatten und im Leben ihren Mann stellten.

Zur Demütigung bediente er sich einer speziellen „Feinheit". Er sagte nicht: „Sie sind ein Depp!", sondern ließ uns irgendwo hinlaufen und rufen: „Ich bin ein Knalldepp!" Mit dem Essen durfte nicht eher angefangen werden, bis einer von den Gemeinen einen nationalsozialistischen Spruch oder ein Zitat gesprochen hatte, wobei eine Wiederholung nicht anerkannt wurde.

Das änderte sich erst, nachdem der Frankreichfeldzug begann, und wir zum Kriegseinsatz kamen. Im Unterland bauten wir so genannte Scheinanlagen zur Täuschung und Irreführung feindlicher Bomber.

Ergriffen hörten wir in der Zeit aus dem Radio, wie Frankreich überrannt, Paris und Straßburg besetzt, und der Waffenstillstand geschlossen wurde. Ein Ziel, das man uns seit unserer Schulzeit gepredigt hatte, war erreicht.

Doch hatte das für uns Folgen. Es sollte ein Reichsparteitag des „Sieges" in Nürnberg stattfinden, wozu wir als marschierende Marionetten ausersehen waren. Das hieß für uns: Die schöne Zeit im Unterland war vorbei, und es ging nach Ludwigsburg in die Kaserne.

Als Arbeitsmann mit Dr. Manfred Müller, Oberkirchenrat, auf dem Gaffenberg/Heilbronn

Nun wurden wir zu Parademarschierern gedrillt. Stundenlang mussten wir mit auf dem Rücken unter den Armen durchgestecktem Spaten mit Streckschritt im Kreis herum marschieren. Etwas Stupideres und Blöderes konnte ich mir nicht vorstellen. Der „Siegesparteitag“ konnte mir gestohlen bleiben!

Eines Tages erschien ein ganz „hohes Vieh“, der Gauführer des RAD. Er hatte ein Holzbein, und sein besonderer Ehrgeiz schien darin zu bestehen, lauter zackige Stechschrittklopfer zu züchten. Noch als Zivilist hatte ich dem schon mal beim RAD in Kirchheim beim Exerzieren zugeschaut, da gab es nur Schweiß und Dreck und Kritik. Ihm waren wir jetzt in die Hände gefallen, und jeder hatte einzeln an ihm vorbeizumarschieren. Mit mir war der Holzbeinige gar nicht zufrieden, dreimal jagte er mich zurück, und stellte dann fest, dass ich zum Vorbeimarsch am „größten Feldherrn aller Zeiten“ absolut ungeeignet wäre, somit nur zur griffeklopfenden Abteilung auf dem Zeppelinfeld in Frage käme. Darüber war ich absolut nicht traurig, hatte auch keinerlei Komplexe deshalb, denn denen hatte ich schon bewiesen, dass ich zu den schnellsten Läufern der Abteilung zählte.

Doch dieser Abschnitt dauerte nicht lange. Das Gerede vom Reichsparteitag des Sieges, wie ein Spuk aufgetaucht, verstummte, und über Nacht wurden wir nach Hailfingen bei Rottenburg in Marsch gesetzt. Dort sollten wir beim Bau eines Feldflugplatzes für die Luftschlacht gegen England eingesetzt werden. Hier hieß es jeden Tag schippen und in Loren Erde fahren, denn was heute Baumaschinen machen, musste damals alles per Schaufel von Hand erledigt werden. Aber auch hier war unser Bleiben nicht von langer Dauer, denn nach kaum zwei Wochen hieß es ganz überraschend: „Je schneller ihr eure Zivilkleider besorgt, desto früher werdet ihr entlassen“. Da legten wir natürlich einen besonderen Eifer an den Tag, es gab keinen, der nicht innerhalb von drei Tagen seine Zivilkleidung hatte. Die „Schule der Nation“ erwies sich als nichts anderes als eine Institution zur Züchtung hirn- und willenloser Marionetten, nur vergleichbar einem Ameisen- oder Termitenstaat! Nur mit solchen Produkten konnte man noch fünf Jahre Krieg führen, bis zur absoluten Selbstvernichtung!

Für mich gehörte diese Episode der Vergangenheit an, meinen Glauben und meinen Eifer für Hitlerdeutschland hat sie nicht gefördert!

Noch eine „Galgenfrist“ daheim

Wieder ging’s heim, zu Arbeit und Beruf. Dass es nur von kurzer Dauer sein würde, darüber war ich mir im Klaren. Jetzt, nach dem erfolgreichen

Ausgang des Frankreichfeldzugs, fühlten sich die Leute zwar nicht siegestrunken, aber immerhin zuversichtlich im Hoffen auf einen glücklichen Ausgang des Krieges.
Es gab natürlich Leute, die noch als Zivilisten lebten, die glaubten, sie versäumten jetzt zu Hause etwas. Vom Sieg über Frankreich schienen solche Leute doch irgendwie berauscht. Es gingen die tollsten Gerüchte um, was da alles an Beute gemacht worden sei, wie sich Einzelne bereichert hätten, und wie die Landser dort ein Leben führen könnten in Saus und Braus. Von ganzen Lastwagenladungen voller Pelzmäntel, Radios, Wein, Sekt und Schnaps wurde erzählt.

„Heil und Sieg und fette Beute“, war so eine Redensart, die jetzt umging. Komischerweise kannte ich aber niemand in meinem Bekanntenkreis, bei dem das zutraf.
Bei Moralisten und manchen Frommen hieß es: „Ein böses Land, dieses Frankreich! Da malen die Frauen sich sogar an und rauchen Zigaretten wie die Männer.“ Manche meinten, ganz Frankreich sei ein einziges Bordell, und das ganze Land schwimme im Alkohol. Zum Saufen gebe es für unsere Soldaten, was sie wollten, und die Löhnung reiche jeden Tag für einen Rausch. Weh o weh! Da werden unsere Soldaten verdorben!
Dass der Krieg ein Leid- und Notbringer wäre, hörte man in diesen Tagen kaum, man schwelgte in Siegeseuphorie und träumte vom Endsieg.
In Schlierbach tauchten jetzt die ersten französischen Kriegsgefangenen auf und wurden den Landwirten als Arbeitskräfte zugeteilt. Auch mein Onkel Karl bekam einen zugeteilt. Allerdings nicht, damit er es jetzt besser haben sollte, sondern damit man auf ihn bald als Soldat zurückgreifen könnte, was man ihm natürlich nicht auf die Nase band. Der Theo, der Franzos, war der Älteste der Gruppe, sprach gut deutsch, arbeitete wie daheim, und mein Vater, der für die Gefangenen mit verantwortlich war und sie zeitweise einschließen musste, hatte ein recht gutes Verhältnis zu ihm.

Eine „denkwürdige Aussage!“

An einem Sonntag, den ich noch daheim genoss, holte mich mein Freund Hermann zu einer Radtour ins Lenninger Tal ab, wo wir den Bruder Gottlieb (Gottlieb Lauxmann aus Dettingen/Teck), den Stundenhalter der Altpietistischen Gemeinschaft, besuchten. Er war landauf, landab, ja sogar bis in die Schweiz hinein bekannt, denn er hielt vor der Nazizeit in vielen Orten Evangelisationen, die die Kirchen bis auf den letzten Platz füllten.

Als wir eben im Begriff waren, uns bei ihm zu verabschieden, kamen wir noch ins Gespräch über die politische Lage. Da sagte Gottlieb zu uns Worte, die man sonst nicht gleich zu hören bekam, und die ich ein Leben lang nicht vergessen habe:
„Diese Regierung wird ihren Weg in den Untergang gehen, trotz aller Siege. Frankreich ist geschlagen, England gibt nicht nach, aber der nächste Kriegsschauplatz wird Russland sein, und ich befürchte, dass ihr dahin müsst. Fragt ihr mich, woher ich das weiß? Das steht in meiner Bibel, und die Bestätigung lese ich zwischen den Zeilen in der Presse. Es wird so ruhig um Russland in unseren Zeitungen, und das verheißt nichts Gutes. Zwei solche gottlosen Mächte vertragen sich nicht, sie müssen einander zerreißen!"
Das waren denkwürdige, schicksalsträchtige Worte. Zum ersten Mal stand das Wort „Russland" wie ein schlechtes Omen vor mir. Mein Vater hatte ein Buch, welches ich heute noch besitze, mit dem Titel: „Die Württemberger im russischen Feldzug 1812", in dem es hieß: „Mit Mann und Ross und Wagen, hat sie der Herr geschlagen." Diese Worte begleiteten mich von da an. Sie standen zwar nicht immer in meinem Bewusstsein, denn Jugend vergisst leicht, aber Erfahrung prägt!
Es war der letzte Sonntag als Zivilist. Das Briefchen, das man Stellungsbefehl nannte, musste schon geschrieben gewesen sein, denn es erreichte mich bereits die Woche darauf.
Als ich mich von meinem Chef, Herrn Kaißer, verabschiedete, nahm er mich wieder mit in sein Privatbüro. Nachdem ich ihm erklärt hatte, wo ich hinkäme, sagte er zu mir: „Der Krieg ist eine ungute Sache, den hätten wir wahrhaftig nicht gebraucht! Nehmen Sie deshalb den Rat eines Mannes zu Herzen, der weiß, was Krieg ist, und sehen Sie zu, dass Sie nicht bei den Vordersten sind. Überleben ist wichtiger!" Dann öffnete er seine Schreibtischschublade, in der unter anderem auch seine Orden aus dem Ersten Weltkrieg lagen, entnahm einer Schatulle zehn silberne Fünfmarkstücke und überreichte sie mir mit dem Rat, sie auf keine Bank zu bringen, denn nach jedem Krieg bleibe nur noch wertloses Papiergeld übrig. Ich besitze sie noch heute als Andenken an einen Mann, der mit wachen Augen gesehen hat. Er wusste, dass für Machtträume, wie sie die Nazis entwickelten, die Risiken zu groß waren. Realität war gefragt!
Mein Stellungsbefehl war nicht der Einzige, und es stellte sich heraus, dass mein Schulkamerad Robert mit mir zu den Panzerjägern einrücken musste. Als das mein Vater hörte, war er sehr misstrauisch und meinte, dass mir

der nur als Aufpasser mitgeschickt werde. „Lass dich ja zu keinen spontanen Äußerungen hinreißen, denn sein Vater ist ein waschechter Parteigenosse.“ Diese Warnung nahm ich nicht sehr ernst, denn ich wollte diesen Weg ohne Vorurteil mit meinem Schulkameraden und Landsmann gehen. Die Erfahrung sollte mich dann freilich eines anderen belehren.

„Es ist so schön, Soldat zu sein!“

Das gehörte zu den damals oft gesungenen Liedern, dessen erste Zeile trügerisch war. Aber schon die zweite Zeile kam der Wirklichkeit näher, und die hieß: „Nicht jeder Tag bringt Sonnenschein!“

Robert, mein Schulkamerad, und ich rückten also ein. Zuerst ging es nach Karlsruhe zum Ersatztruppenteil, wo wir erst mal das „Gehen“ lernen sollten, wie es in der Soldatensprache hieß. Der Korporal merkte aber gleich, wer Schliff und Drill schon genossen hatte. Zu denen zählte auch ich, und so behandelte er mich eigentlich recht gut.

Das ging so lange gut, bis an einem Sonntagmorgen ein Spintappell stattfand, den der Korporal selber abhielt. Wie er vor unserem Spint stand, entdeckte er das Büchlein „Waffen des Worts“, das jeder Angehörige des Ev. Jugendwerks von Dr. Manfred Müller zugeschickt bekommen hatte. Der Korporal nahm das Büchlein heraus, blätterte es durch und fragte dann, wem es gehöre. Ich meldete mich, er klappte es zu, und steckte es wieder an seinen Platz zurück, ohne ein Wort. Von da an gehörte ich nicht mehr zu seinen Auserlesenen, und hab das mit manchem zusätzlichen Schweißtropfen bezahlt. Doch lange ging das nicht. Wir wurden zu unserem Feldtruppenteil nach Frankreich verlegt. Ich war den Schleifer los.

Es ging in eine sehr schöne Gegend Frankreichs, in den Gexer Zipfel am östlichen Abhang des Französischen Jura, dem Genfer See zu. Die Zugfahrt endete in Morez, und dann ging es per Lkw über den Faucil-Pass, der in Richtung Genf über den Jura führte. Ein wunderschöner Frühherbsttag mit Bilderbuchwetter eröffnete uns auf der Passhöhe einen Anblick von überwältigender Schönheit. Unter uns der Genfer See und darüber das Panorama der Schweizer Westalpen, bis zum Montblanc. So etwas hatte ich bis jetzt noch nie gesehen, und es ging mir wie auch einigen anderen Kameraden, die einen Blick dafür hatten, dass wir des Staunens voll waren von so viel Schönheit. Dass wir in der Gegend sein sollten, nahmen wir als ein besonderes Geschenk, und das ließ uns bevorstehende Strapazen vergessen.

Hinunter ging's, in den Gexer Zipfel, das Land um den Genfer See. Dort, vor dem Schloss in Fernay-Voltaire, wurden wir auf unsere neuen Einheiten verteilt. Am Abend, gerade als die Dämmerung begann, fuhren wir unserer neuen Einheit in Thoiry entgegen. Ringsum strahlten die Lichter der Ortschaften, denn es brauchte wegen der Nähe zu der Stadt Genf, die nicht am Krieg beteiligt war, nicht verdunkelt zu werden. Es wurde uns zumute wie am Weihnachtsabend im Frieden, so sehr waren wir schon das kriegsmäßige Verdunkeln gewöhnt. In Thoiry angekommen, fanden wir eine recht primitive Unterkunft vor. Es war ein altes Klösterle, und hatte zunächst nur doppelstöckige Betten. Es hieß, am Sonntag ginge es in eine abseits gelegene Villa, die einem Emigranten gehört habe, und da könnten wir, so weit wir noch vorfänden, weiteres Inventar beschaffen. So kam es auch, wir fanden aber eine zum großen Teil ausgeräumte Villa vor, in der auf schwäbisch gesagt: „nur noch der Kruscht, den die anderen dagelassen hatten, zu finden war". Aber uns genügte das, wir befanden uns ja schließlich nicht auf Luxusreise. Bei der Gelegenheit konnte ich auch einmal einen Blick in die Behausung wohlsituierter Kreise tun. Was da noch so als Überbleibsel herumstand und hing, das war kein Vergleich zu dem, was wir von daheim kannten. Ich selber besaß zu der Zeit schon beinahe fünfzig eigene Bücher, aber was wir hier an Büchern, Porzellan, Nippes, Spielen und Sportgeräten sahen, stellten für die meisten von uns unerhörte Luxusgüter dar. Auch die Hausangestelltenwohnung über dem Hof drüben wies einen Wohlstand auf, der für uns ohne Beispiel war. Schon damals fragte ich mich: ‚Konnte man das Wohlstandsgefälle zwischen uns und den Franzosen dem verlorenen Krieg zuschreiben, oder wirkte sich hier die Nähe der reichen Stadt Genf und der Schweiz aus?

„Friede ernährt, Unfriede verzehrt." Dieser Spruch gab mir schon damals eine Antwort darauf. Aus Haufen von Textilien, die als Putzlappen vorgesehen waren, lasen Ältere von uns, die daheim Babys und Kinder hatten, Stücke heraus für Windeln, und schickten sie heim, wo sie sicher Freude auslösten.

Am ersten Sonntagmittag, den wir zu unserer freien Verfügung hatten, taten sich einige von uns zusammen, um den Jura und dessen höchste Erhebung, den Mont Regulé, der über uns lag, zu besteigen. Um 13.30 Uhr konnten wir gehen, mussten aber um 19 Uhr wieder zurück sein. 1.200 Höhenmeter galt es zu überwinden, aber wir schafften es, und unsere Anstrengung hatte sich wirklich gelohnt. Ab 1.500 m lag Schnee, und als wir gar das Gipfelkreuz erreichten, war dieses wie seine Umgebung dick mit

Raureif und Eiskristallen überzogen. Wie sich die Sonnenstrahlen darin brachen, erstrahlte alles in Regenbogenfarben. Dazu kam noch die Kulisse der Schweizer Alpen, die in ihrer Majestät vor uns lagen. Dass es so etwas Schönes gab! Wir waren tief gerührt!

Das Essen nahmen wir im Speisesaal des gegenüberliegenden Hotels ein, und abends konnten wir uns dann von der Hotelküche noch ein Zusatzessen zu unserer Portion leisten. Das erste Mal in meinem Leben bekam ich da Pommes frites zu Gesicht und zum Kosten; wahrlich ein gutes Essen, das es verdient hat, so populär zu werden.

Im Saal hing auch ein Bild mit Widmung des ehemaligen deutschen Ministers Stresemann, dessen Begegnung mit dem französischen Außenminister Briand hier im Hause stattgefunden hatte.

Um was es bei dem Treffen ging, wussten die wenigsten von uns. So etwas wurde im Geschichtsunterricht des Dritten Reiches absolut ignoriert. Wie hätte doch die Welt damals anders aussehen können, wären die beiden Staatsmänner nicht von ihren eigenen Ländern torpediert worden.

Es kam Weihnachten 1940, die zweite Kriegsweihnacht. Das wurde bei der Wehrmacht immer besonders feierlich gestaltet als das „Deutscheste aller Feste“, das nur die Deutschen mit der Inbrunst des deutschen Seelenlebens so hinbrachten. An dem Tag schien dann immer alles eitel Sonnenschein,

und Betrachter der Wochenschauen konnten den Eindruck bekommen, als wären ihre eingerückten Männer in einer wunderbar funktionierenden Familie.
Auch bei uns liefen die Vorbereitungen, und damit auch eine schöne Stimmung aufkam, wurden im Chor vorher Weihnachtslieder geübt. Feldwebel Scholl veranstaltete mit uns Chorproben. Doch das Lied: „Stille Nacht, heilige Nacht,...“ fand er, passe nicht mehr in diese Zeit. „Christ der Retter ist da“, das stimme nicht, wir hätten jetzt einen anderen Retter, und das wäre Adolf Hitler.
Als Ersatz hätten wir jetzt ein ebenso schönes Lied, das sage besser aus, was die deutsche Seele fühle. Es hieß: „Hohe Nacht der klaren Sterne“, und „Heut muss sich die Welt erneuern wie ein neugeborenes Kind.“ Da hatte ich, da hatten wir alle, auch die katholischen Kameraden aus dem Schwarzwald, nichts zu sagen. Der Vorgesetzte bestimmte, und damit basta.
Bei der Verteilung auf die neuen Truppenteile bemühten Robert und ich uns, immer beieinander zu bleiben, und so landeten wir nicht nur in der gleichen Kompanie, sondern sogar in der gleichen Korporalschaft. Bei der Ausbildung stellte sich heraus, dass wir beide recht gute Schützen waren, und als solche wurden wir sogar in der Kompanie bekannt. Etliche Tage verbrachten wir beim Sonderschießen, was uns einen gemütlichen Dienst einbrachte. Wir malten uns schon aus, wie wir das erste Mal in Urlaub fahren würden. Hätten wir Munition, so könnten wir auf der heimatlichen Schießbahn des Schützenvereins, dessen Vorstand Roberts Vater war, mit meines Vaters Dienstkarabiner schießen.
Aber mit dem Urlaub wurde es vorerst nichts. Wir waren ja schließlich nicht Soldat geworden, um Urlaub zu machen! Vorerst standen wir immer noch in der Ausbildung. Als die vorbei war, wurden wir gefechtsmäßig eingeteilt. Dass Robert und ich an dasselbe Geschütz kamen, Robert als Schütze eins und ich als Schütze zwei und Ersatzfahrer, dazu brauchten wir nichts zu tun, das besorgten unsere Zug- und Geschützführer, die uns ja von der Ausbildung her kannten. Mir war diese Einteilung nicht sehr angenehm, denn in der Zwischenzeit hatte ich gemerkt, wenn ich ein besseres Schießergebnis als Robert hatte, wurde er stinksauer, denn er erwies sich als ein rigoroser Streber. Klugerweise hätte ich gut daran getan, immer einen Ring weniger zu schießen als er. Aber ich hatte eben auch meinen Ehrgeiz! Ich schenkte aber der Sache weiter keine Beachtung.

Als wir nun in das Städtchen Gex verlegt wurden, musste Robert beim Verladen der Munition helfen. Dabei „organisierte“ er, wie man Stehlen in der Landsersprache ausdrückte, ein Päckchen mit fünfzehn Schuss Karabinermunition, die wir beim eventuellen Heimaturlaub verböllern wollten. Komischerweise übergab er sie mir, und ich nichts denkend verstaute sie in meinem Gepäck.
Leider wurde ich deshalb kein bisschen argwöhnisch, was ich mir bis heute nicht verzeihen kann, und naiv und vertraulich pflegte ich die Kameradschaft oder beinahe Freundschaft weiter, was mir dann zum Verhängnis werden sollte. Als wir Pistolenschießen auf Pappkameraden übten, erzielte ich mit 8 Schuss 8 Treffer, und Robert nur einen einzigen. Samstags hatten wir immer Kompaniedienst, was hieß, dass der Kompanie-Chef diesen selbst durchführte. Im Verlauf eines solchen Dienstes bestimmte er 10 Unteroffiziere, die er jeden einzeln zu bestimmten Zielen ausschickte, um die Distanz genau abzuschreiten. Nachher versammelte er die ganze Kompanie und jeder musste die Entfernung der Ziele abschätzen, notieren und addieren. Jeder Kompanie-Angehörige musste nun sein Ergebnis bekannt geben, und dabei stellte sich heraus, dass mein Ergebnis das beste der ganzen Kompanie war, denn es war so genau, als hätte ich es beim Kompanie-Chef selbst abgeschrieben. Das brachte mir eine besondere Anerkennung ein, aber leider auch Neid und Missgunst meines Kameraden und Landsmannes Robert.

Es war immer noch Krieg, und es mussten noch Schlachten geschlagen werden. Manche fragten schon ungeduldig, wenn es denn weitergehe und vor allen Dingen wo? Es lief das Gerücht, wir würden zusammen mit dem Regiment „Großdeutschland“, einem damaligen Eliteregiment, durch Spanien geschickt, um Gibraltar zu erobern. Aber es sollte anders kommen.

<u>Frankreich ade!</u>

Fast über Nacht kam der Befehl zur Verlegung in ein neues Einsatzgebiet. Wir packten unsere Ausrüstung zusammen, wie wir das schon öfters geprobt hatten, bekamen aber diesmal den Hinweis, dass es nun endgültig aus Frankreich hinausgehe. Jegliche Mitnahme von privaten Waren, wie Weine und Spirituosen, wurde strengstens untersagt, und der Kompaniechef machte sogar Stichproben.
Es kam ein wehmütiger Abschied; hier ging es uns gut, hier herrschte noch ein Stück Friede. Die ganze Gegend mit ihrer Schönheit hatte uns verzau-

bert, und wenn wir nicht unter dem Zwang des Soldatseins gestanden hätten, hätten wir den Grund unseres Hierseins, den Krieg, vergessen können. Im Gexer Zipfel brach schon der Vorfrühling an, die Tage waren warm, und es blühten die ersten Blumen. Nur auf den Bergen lag noch Schnee, als wir zur Stadt Dole fuhren, wo wir in den Zug verladen wurden.

Für Fahrzeuge und Geschütze hatte der Zug offene Loren, am Ende aber einen Viehwagen, in dem man Verpflegung unterbrachte. Die Mannschaften aber sollten die Personenwagen gleich hinter der Lokomotive belegen. Jede Geschützbedienung bekam ein Coupé zugeteilt, und mit unseren Fahrzeugpolstern richteten wir uns bequem ein, auch zum Schlafen, denn die Fahrt sollte länger dauern. Nach dem Verladen legten wir uns schlafen, und irgendwann in der Nacht fuhr der Zug dann auch ab. Als wir morgens den Tag erblickten, waren wir schon an Metz vorbei, und es ging der deutschen Grenze zu, die wir bald erreichten. Beim Lokwechsel an der deutschen Grenze gab es einen längeren Aufenthalt. Kaum kam der Zug zum Stehen, wurden die Türen an den Waggons aufgerissen, und herein kam deutsches Bahnpersonal. Sie klapperten alles ab, um uns nach Waren aus Frankreich zu fragen. Als niemand von uns etwas anzubieten hatte, sagten sie zu uns: „Ihr kommt aus Frankreich, da gibt es doch alles, was das Herz begehrt, da geht man doch nicht leer heraus! Ihr müsst ja schön blöd sein, denn die andern machen das ja auch!" Wir waren deswegen sauer, denn erstens war es uns verboten, und zum andern hatten wir gar nicht so viel Geld, um uns alles Mögliche zu kaufen. Als ich mal meinen Eltern um Geld heimschrieb (denn ich hatte immerhin ein Sparkonto), um mir eventuell einen Anzugstoff zu kaufen, antwortete mir mein Vater persönlich, dass wir das nicht brauchten. Erst solle ich selber vom Krieg heimkommen, dann werde sich zum Anziehen schon etwas finden. Wir seien vorher nicht nackt herumgelaufen und brauchten keinen Krieg, um uns vornehm kleiden zu können.

Wir erlebten einen wunderschönen sonnigen Sonntagmorgen an der Grenzstation. Verpflegung wurde ausgegeben, und nachdem wir gefrühstückt hatten, genossen wir den Ausblick auf das Betriebsgelände des Bahnhofs. Den Zug entlang streiften diejenigen, die zur Wache eingeteilt waren. Doch auch der Unteroffizier vom Dienst (UvD) Knopp, ein lustiger Vogel, den wir sehr gerne mochten, schlenderte den Zug entlang. Er trug den Stahlhelm, die Krönung des Dienst- und Paradeanzugs, als Zeichen seiner Würde, und bewegte sich scheinbar gleichgültig, wie spazieren gehend auf unseren Wagen zu. Nichts Böses ahnend sahen wir ihm zu. Doch da schwenkte er direkt auf uns zu und sagte: „Ihr habt so schöne Gesichter, ihr

kommt mir gerade recht! Bewaffnet euch mit einem guten Messer und kommt mit. Ungläubig schauten wir ihn an, denn wir fassten das als Scherz auf. Doch er erklärte uns, es sei wirklich ernst gemeint, und so mussten wir ihm folgen. Er führte uns den ganzen Zug entlang zu dem schon erwähnten Vieh- bzw. Verpflegungswagen. Galant und zuvorkommend öffnete er uns die Tür, als wolle er uns ein Weltwunder vorführen: Da lag ein schöner Haufen Kartoffeln. Die „durften" wir schälen. Und er wünschte und viel Vergnügen. Die Schiebetür machte er von außen bis auf einen handbreiten Spalt zu, damit wir von niemandem gestört würden, und dann konnten wir uns unserer Aufgabe widmen. Wir öffneten noch die beiden Fensterklappen, setzten uns im Kreis auf Kisten und machten uns mit Fleiß an die Arbeit, denn wir wollten ja so schnell wie möglich wieder in unseren bequemen Wagen zurück. Eine gute Stunde etwa brauchten wir, dann hatten wir es geschafft, und weil der Zug immer noch keine Fahrt aufnahm, so hofften wir auf unsere baldige Erlösung. Die Wachen des Zuges waren eingezogen worden, und auch den UvD konnten wir nicht mehr sehen, und das hieß, der Zug war abfahrbereit. Es schien, man hatte uns verdonnert, die nächste Etappe in diesem fahrenden Käfig zu machen. Wir fanden uns mit unserem Schicksal ab und begannen zunächst, den Wagen auf seinen Inhalt zu untersuchen. Neben Kartoffeln und Brot waren an der hinteren Wand eine Menge Säcke, Kisten und Kartons verstaut. Sie enthielten Verpflegung, aber auch allerlei Kostbarkeiten wie Wein, Sekt, Liköre und Schnäpse, Kekse und auch Schokolade, lauter Dinge, die man nicht mehr kaufen konnte, und die zur Mitnahme aus Frankreich für uns verboten waren. Schokolade, das war ein Zauberwort! Seit Beginn des Krieges hatte keiner von uns auch nur ein Rippchen gesehen, geschweige denn gegessen.
„Du sollst dem Ochsen, der da drischt, nicht das Maul verbinden." 5. Mose 25, 4, dieses Gebot kannten wir alle, wenn auch biblische Sprüche zu der Zeit nicht gefragt waren. Für die Einhaltung dieses Gebotes stimmten alle, da gab's einhellige Zustimmung, und so bediente sich jeder mit einer Tafel Schokolade, und wenn in jedem Karton eine fehlte, so fiel das nicht auf. Dazu gab es Biskuits, und als Musik dazu ließen wir die Sektkorken knallen.
So in der Schwelgerei vergaßen wir unser Pech, wurden lustig und fidel und kamen ins Singen. Wir fühlten, wie sich der Zug ruckweise bewegte, was hier hinten am Zugende besonders stark wahrnehmbar war, und waren guter Dinge. Nach einigem Rangieren stand der Zug auf dem richtigen Gleis, fuhr gen Osten, hinein in unser liebes Heimatland. Zuerst erblickten

wir hüben und drüben Felder, auf denen man noch die Bunker sehen konnte, die vor einem Jahr eine große Rolle gespielt hatten. An den Bahnschranken standen, weil's heute Sonntag war, viele Leute, die uns begeistert zuwinkten. Doch bei uns machte sich jetzt ein menschliches Bedürfnis bemerkbar. In den Personenwagen war das kein Problem, da gab es Toiletten. Das Pinkeln war auch hier kein Problem, das konnte man durch den Spalt in der Tür. Aber häng mal den Hintern zu einem holpernden Viehwagen hinaus!

Doch wir waren natürlich nicht so dumm, dass wir uns nicht zu helfen gewusst hätten, denn es gab ja genug Kartons. Wir leerten einen, den wir dann als Toilette benutzten. Nachdem wir uns erleichtert hatten, schlossen wir den Deckel. Doch was tun mit der Schatzkiste? Spontan hatten wir die Idee, das könnte ein Geschenk werden. Dass wir vom Großteil der Bevölkerung für Nabobs aus dem Schlaraffenland Frankreich gehalten wurden, steckte uns vom Morgen noch im Kopf, und darüber waren wir erbost. Die sollten von uns ein Geschenk bekommen, das unserer Situation entsprach! Wir begaben uns zur Beobachtung an unsere Luken und warteten, bis eine Gelegenheit, ein beschrankter Bahnübergang, in Sicht kam. Der Zug war sehr lang, und an den vielen Krümmungen des Flusstals verschwand der vordere Teil des Zuges schon hinter Bäumen und Häusern. Da kam wieder so ein geeigneter Bahnübergang. Die Leute hinter den Schranken winkten schon eifrig. Also heraus mit der Schatzkiste! Beim Visieren etwas vorhalten, ein Schubs, - und sie lag richtig, genau mitten auf der Fahrbahn! Und gleich hinter unserem Waggon gingen die Schranken hoch. Wir konnten gerade noch sehen, wie sich eine Menge Leute auf den Karton stürzte. Guten Appetit!

Das Tal wurde enger, steile Rebhänge reichten bis zu den Gleisen herab und die schmucken Weinorte hatten kaum Platz im Tal. Die Schleifen wurden eng, dass die Räder knirschten, und oft kamen Tunnels. Es war das Moseltal. Aber der Zug fuhr und fuhr, kam ans Deutsche Eck, schwenkte rheinaufwärts, um nach einiger Zeit ins Maintal einzufahren. In der Abenddämmerung hielt er in Frankfurt an, wo wir in unsere Personenwagen umsteigen und warmes Essen fassen konnten. Diese Tagesreise erlebte ich als einen Blick in das Bilderbuch-Deutschland. Es war gut, dass wir nicht wussten, was uns erwartete, und als der Zug in Frankfurt die Reise fortsetzte, wurde mir bewusst, dass es nach Osten ging. Noch ein paar Orte am Main sahen wir in der Dämmerung, doch dann hüllte die Nacht unseren fahrenden Zug ein, und wir schliefen dem neuen Tag entgegen. Als wir am

Morgen wieder zu uns kamen, hatte sich die Welt verändert. Die lieblichen Täler mit ihren heimeligen Orten waren verschwunden, triste, grau und nebelverhangen, teilweise mit leichtem Neuschnee bedeckt, zeigte sich die Gegend. Der Ausblick aus dem Fenster lohnte kaum noch, und die meiste Zeit verbrachten wir mit Kartenspielen. Ein altes Grammophon mit zehn Platten hatten wir doch heimlich aus Frankreich mitgeschmuggelt und unterwegs ins Zugabteil geholt. Es lief schon in den letzten Touren, und musste zum Abspielen einer Seite zwischendurch aufgezogen werden, sonst ging ihm die Puste aus. Die Nadeln hatten wir schon immer im Betrieb und immer wieder gewendet, und so gehörte einige Fantasie dazu, das Gekrächze als Musik zu definieren. Als wir dann am Morgen wieder eine neue Platte auflegen wollten, stellten wir fest, dass sie sich auf der Heizung krumm gebogen hatten. Lief nun der Tonabnehmer auf dem aufsteigenden Teil der Platte, so verlangsamte sich das Tempo, und das wurde wieder eingeholt, als der absteigende Teil dran war. So entschlossen wir uns, dass wir dieses letzte Andenken an das „Paradies“ beim Ausladen im Zuge lassen wollten. Doch immer wieder versuchte ich, von der vorbeifliegenden Landschaft etwas zu erhaschen. So saß ich auch am Fenster, als es über die Weichsel ging und sah bei der Gelegenheit die Marienburg, das Symbol der deutschen Ordensritterschaft des Mittelalters, in deren Nähe wir über die Nogat kamen. Das erlebte ich als den letzten Höhepunkt der Fahrt, denn nun gab es nichts mehr als endlose, eintönige Wälder, die als einzige Abwechslung Brandschneisen hatten. Außerdem begleiteten den Zug nur noch die Telegrafenleitungen mit ihren Masten, deren durchhängende Drähte im Rahmen der Fenster auf und nieder gingen, und eine richtige Monotonie erzeugten. Die dritte Nacht fing an, und wir dösten wieder ein, wie in den vorhergehenden Nächten. Mitten in der Nacht kam plötzlich Bewegung in den Zug. Es hieß Vorbereiten zum Ausladen, und zwar unter gefechtsmäßigen Bedingungen, das hieß, es durfte kein Licht gemacht werden. Der Zug hielt an einer Rampe. Wir mussten gleich die Kanonen abladen, während die Kraftfahrer die Zugmaschinen flott machten. Dabei trat ich aus Versehen neben die Rampe und versank bis zum Knie im Schnee. Das war deprimierend, der Frühling des Westens war vorbei, mir grauste.

Die Fahrt ging nun auf eigenen Achsen weiter, und noch in der Nacht kamen wir in ein Barackenlager ohne Strom und ohne Wasser. Beim Schein von Hindenburglichtern bezogen wir die primitive Unterkunft; sie sollte für die nächste Zeit unsere Bleibe sein. Am Morgen sahen wir dann unsere

Umgebung, eine ebene, sandige Gegend ohne Bäume und sonstige Vegetation. Nur im fernen Dunst konnte man ein Gehöft erkennen. Bei besserem Wetter konnte man in der Ferne eine Windmühle erkennen. Waschen konnten wir uns im Freien an einer Holzrinne, wobei immer einer pumpen musste. Wasser für die Feldküche musste einige hundert Meter weit in Wassersäcken hergetragen werden. Das gehörte dann immer zu unserer Freizeitbeschäftigung nach Dienstschluss. Natürlich ging der Dienstbetrieb weiter, jetzt mit Übungen unter erschwerten Bedingungen. Die Kanonen wurden nur im Mannschaftszug bewegt, manchmal auf weite Strecken. Da kam man dann zu den polnischen Gehöften, alles Holzhäuser mit Strohdächern.
Eines Abends bei der Befehlsausgabe wurde ich zum Führerscheinlehrgang für Zugmaschinen beordert. Das versprach eine Abwechslung, wenn auch ein rechtes Provisorium, denn weder Anschauungsmaterial noch Literatur waren vorhanden. Höchstens bekam man ein Buch ausgeliehen, um den bekannten Verkehrsparagraphen zu lernen. Ansonsten kam es nur darauf an, Schalten und Fahren zu lernen, und gefahren wurde nur ganz wenig, weil Treibstoff gespart werden musste.

Unser Geschützführer

Unteroffizier Wolfram, den wir schon als Korporal bei der Ausbildung genossen hatten, war jetzt auch unser Geschützführer. Er erwies sich als ein Karrierestreber von ungeheurer Zackigkeit. Ich kann mir vorstellen, dass er sich abends vor dem Einschlafen noch selbst „Rührt euch" kommandierte. Obwohl ich über ein Jahr mit ihm zu tun hatte, kannte ich nur seinen Namen, aber sonst überhaupt nichts Persönliches. Erst lange nach dem Krieg erfuhr ich, dass er aus dem Schwarzwald stammte. Als ich nun nach der ersten Fahrschulfahrt zurückkam, erschien er in unserer Unterkunft. Mich und Robert nahm er sich vor und verdonnerte uns, weil ihm keiner Meldung gemacht hätte, dass ich Fahrschule machte. Wir konnten das nicht verstehen, denn er war ja auch bei der Befehlsausgabe dabei gewesen wie wir. Doch jetzt wollte er uns Mores lehren und fing sogleich mit den üblichen Barrasschikanen an, indem er uns gleich zum Bekleidungsappell antreten ließ. Natürlich fand er überall etwas zu beanstanden, und so ging das Putzen und Schrubben auch am Abend nach Dienstschluss weiter. Immer wieder mussten wir die geputzten Gegenstände auf der Unteroffiziersbude vorzeigen, wo seine Kollegen dazu schmunzelten. Doch war das mit diesem Tag nicht erledigt. Seine gekränkte Eitelkeit dauerte an, und er machte

die ganze Woche mit den Schikanen weiter. Ich amüsierte mich darüber und veräppelte ihn, indem ich die Gegenstände unverändert vorzeigte. Beanstandete er beispielsweise meine Mütze, ging ich weg, tauchte sie ins Wasser, und zeigte sie als gewaschen vor.
Doch meinem Kameraden Robert, dem ging der Gaul durch, wie man auf schwäbisch sagt. Er verlor die Nerven. Als wir gerade wieder von unserem Quälgeist kamen, schrie er voller Entrüstung mit einer Lautstärke, die durch die dünne Bretterwand zur Unteroffiziersbude wie ein Lautsprecher tönen musste: „Den leg ich jetzt um! Hummel, gib mir die Munition!"
Darauf herrschte hüben und drüben Grabesstille. Doch später ging bei uns die Tür auf. Es erschien Unteroffizier Stern, unser Zugtruppführer. Immer wenn ein Vorgesetzter die Bude betrat, musste Achtung gerufen und vom Stubenältesten Meldung gemacht werden. So auch jetzt. Aber der Stern verzichtete auf alle Förmlichkeiten, ging geradewegs auf meine Falle zu, hob den Strohsack, griff die Muni-Packung, die mir Robert gegeben hatte, und verließ wieder schnurstracks den Raum. Augenblicklich hatten wir unsere Ruhe. Doch andern Tages bei der Befehlsausgabe sagte der Spieß: „Hummel, nachher zum Rapport beim Kompaniechef". Ich musste erst fragen, was das wäre, denn das Wort gehörte nicht zu meinem Wortschatz, und wir hatten bis dahin auch noch keinen Unterricht darüber gehabt. Das hieß also, ich hatte den besten Sonntagsanzug anzulegen, Schuhe und Koppel gewienert, und auf den Kopf den Festtagshut, den Stahlhelm, zu stülpen. So herausgeputzt schritt ich feierlich durch die im Drillichzeug im Hof herumlungernden Kameraden, dem Sitz des „Allmächtigen" zu, wo ich mich mit einem zackigen „Männchen" meldete. Ich musste Rede und Antwort stehen, wo ich die Munition her hätte. Es gehörte für mich zu einer Selbstverständlichkeit, dass ich meinen Landsmann nicht in die Affäre hineinzog, obwohl er mich eigentlich denunziert hatte, und ich nahm ihn noch in Schutz. Ich sagte, dass ich die Munition in der Unterkunft in Frankreich gefunden hätte, und in der Annahme, dass wir eines Tages doch zum Einsatz kämen, sie dafür vorgesehen hätte. Das nahm mir der Hauptmann ab, und sagte, dass ich jetzt normalerweise drei Tage Arrest bekommen müsste, denn scharfe Munition zu besitzen, sei absolut verboten. Weil ich aber bis jetzt ein tadelloser Soldat gewesen sei, wolle er es bei einer Verwarnung belassen. Ich konnte wegtreten, der Fall war soweit erledigt.
Das geschah ein paar Tage vor dem 20. April, Hitlers Geburtstag, an welchem immer auch die Beförderungen stattfanden. Der Tag kam, und aus diesem Anlass begann die Befehlsausgabe früher und anschließend die Be-

förderungen. Alle Schützen eins und zwei wurden Oberschützen, nur ich nicht. Ich rechnete auch gar nicht damit, nach der Rüge, die ich mir ein paar Tage vorher eingehandelt hatte. Robert zählte zu den Glücklichen und freute sich echt darüber, besonders, weil er mich jetzt überrundet hatte. Das zeigte er auch gleich in aller Deutlichkeit. Doch er versicherte mir auch, dass er mir ein jovialer Vorgesetzter sein wollte. Vor so viel Gunst verschmolz ich beinahe! Was doch so ein Stern am Arm für eine Wirkung hatte, wenn er auch sonst nichts einbrachte! Am Nachmittag dieses Tages wurde gefeiert, es gab Wein und ein besseres Essen als sonst. Einer unserer Kompanie hatte eine Ziehharmonika dabei und machte Musik, und einige begleiteten ihn mit allerlei improvisierten Instrumenten wie Kochtopfdeckeln oder Axtstielen, während wir dazu sangen. Der Wein regte unsere Sangeslust gewaltig an, und als gar Robert, der neugebackene Oberschütze, genug gesoffen hatte, stieg er vor lauter Freude mit zwei Wasserkrügen auf einen Tisch und legte zur Musik einen Solotanz hin. Dann hielt er eine Rede, in der er sagte, er sei jetzt auf dem besten Weg, beim Kommis Karriere zu machen. Er wandle in den Fußstapfen seines Vaters, der Unteroffizier und EK-Träger (Eisernes Kreuz) gewesen sei. Wann endlich käme unser Einsatz, denn hier im Lager wäre kein EK zu holen. Als er wieder an unserem Tisch saß, sagte ich zu ihm: „Reiß doch deine Gosch nicht so weit auf, wir werden uns schon noch blutige Köpfe holen!" Daraufhin hieß er mich einen Scheißkerl, der ihm nichts gönne. Von da ab verlief unser Verhältnis deutlich distanzierter. Seine Einbildung war gewaltig gestiegen, und er fühlte sich mir gegenüber als der Ranghöhere. Besonders machte sich das bemerkbar, wenn wir zusammen am Tisch saßen, um heimzuschreiben. Da schrieb er immer zuerst groß den Absender: Obersoldat Robert, legte den Brief vor mich hin, dass ich ihn nicht übersehen konnte, und wenn seine Eltern genau so blöd waren wie er, -und das waren sie,- dann betonten sie meinem Vater gegenüber sicher, dass ihr Robert jetzt befördert worden sei. Mit dieser Erfahrung erinnerte ich mich der Worte meines Vaters, ich solle ihm gegenüber vorsichtig sein, und so stellte ich mich auf eine Beobachterrolle ein. Er selber fungierte bei unserer Geschützmannschaft als Verpflegungsverteiler. In dieser Hinsicht verhielt er sich großzügig, denn ich bekam immer die nächst größere Portion nach ihm, was ich ablehnte, und jetzt natürlich erst recht. Jeder von uns hatte den gleichen Hunger, aber auch das gleiche Recht und den gleichen Anspruch auf die gleiche Portion, und darauf legte ich jetzt mein besonderes Augenmerk. Es konnte einfach nicht angehen, dass für ihn größere Portionen heraussprangen als für die anderen Kameraden. Eine Geschützbedienungs-Mannschaft stellte ich mir als ein Team vor, das auf Leben und Tod zusammengehörte, in dem es keine solche Benachteiligungen geben durfte.

Eine beschämende Erinnerung

Einmal hatten wir von dort aus eine größere Übung. Dabei kamen wir aus einer Einöde heraus in eine andere. Die ganze Gegend hier schien gleich trostlos zu sein. Unsere Kolonne machte gerade an einer Straßenbaustelle halt. Da waren unter Aufsicht von Wachposten einer SS-Einheit Gruppen von Juden im Arbeitseinsatz. Das war das erste Mal in meinem Leben, dass ich außer dem Viehjuden, der immer in Schlierbach handelte, leibhaftige Kaftanjuden sah. Ihre Arbeitsmoral war schlecht, das sahen wir auf den ersten Blick, und das entsprach genau dem Bild, das die damalige Propaganda uns vorgegaukelt hatte. Die Männer trugen nie mehr als einen Pflasterstein und bewegten sich nur im Schneckentempo. Neben ihrem Gewehr waren die Posten oder Aufseher auch mit Knüppeln bewaffnet und machten auch Gebrauch davon. Beschämt denke ich heute noch an die Szenen, die wir da sahen und erlebten. Wir wussten damals natürlich noch nicht, was wir heute wissen, dass das alles todgeweihte Menschen waren, deren letzte Lebenskraft noch von ihren Peinigern zum Straßenbau ausgenützt wurde.
Das berührte uns aber damals nicht besonders, leider. Wir waren vom Arbeitsdienst und vom Kommis her einen rüden Ton und raue Sitten gewöhnt, bekamen sie auch täglich selbst zu spüren. Klappte etwa beim Marschieren ein gesungenes Lied nicht so, wie es die Vorgesetzten gern hören wollten, so ging es gleich rund. Eine Möglichkeit, dem zu entrinnen, sahen viele darin, möglichst schnell den Weg nach „oben" zu beschreiten. Das Rezept hieß: „Nach oben beten, nach unten treten", mit großen, ausgestellten Ellenbogen schreiten, oder einem Konkurrenten ein Bein stellen.

Der Aufmarsch gegen Russland

Wann und wo kommen wir zum Einsatz? Das war bei vielen die ungeduldige Frage und das Thema, und sie glaubten, sie kämen zu spät. Da kursierten Gerüchte, wir würden durch Russland gefahren und kämen über Persien nach Palästina. Dass es gegen Russland gehen würde, glaubten die Wenigsten. Ich hätte es ja wissen müssen, wenn mir die Prophezeiung des Bruder Gottlieb so gegenwärtig gewesen wäre, wie sie wahr war. Aber ich konnte mir einfach nicht vorstellen, dass der „Größte Feldherr aller Zeiten" mitsamt seinen Ratgebern so dumm sein würde, einen Zweifrontenkrieg von solchen Ausmaßen anzufangen.

Mitte Mai, als der Aufmarsch in die Bereitstellungsräume begann, hatte ich keinen Zweifel mehr: Es ging gegen Russland. Als an dem polnischen Gehöft, das wir von uns aus sehen konnten, ein paar blühende Kirschbäume zu sehen waren, hieß es wieder packen, zum Aufmarsch gegen Russland. Die Fahrt ging nur eine kleine Strecke auf polnischem Gebiet und führte dann durch das südliche Ostpreußen. Als wir die Grenze passierten, gab es einen Kontrast. Drüben in Polen die verkommenen Gehöfte, nackt, vielfach ohne Bäume und Grün, und hier diesseits der Grenze begrünt wie eine Oase in der Wüste. Wir meinten in einen Park gekommen zu sein. Durch Masuren ging's, und überall blinkten die Wasserflächen der Seen durch die Stämme der Wälder. Beinahe vier Wochen waren wir unterwegs, bis wir unseren Bereitstellungsraum im Suvalkigebiet erreicht hatten. Immer nachts wurde gefahren und tags untergezogen, denn es musste ja alles mit größter Heimlichkeit vor sich gehen.

Das Suvalkigebiet war schöner als die Gegend, aus der wir kamen, um Mlawa. Es gab Hügel, die mir vorkamen wie riesige Sanddünen, und in den Mulden lagen Seen, so blau, als wären sie gemalt. Auch die Gehöfte waren ansehnlich und sauber. Wir befanden uns nun in unmittelbarer Nähe der Grenze zu Russland, bzw. zu Litauen, das die Russen noch nicht allzu lange annektiert hatten. In einem Gehöft, das in einer Niederung lag, nahmen wir Quartier. Parallel zur Grenze erstreckte sich vor uns ein Hügelzug, auf dessen Grat auch ein paar Bauernhöfe lagen, von denen aus man einen umfassenden Blick hinein ins russische Hoheitsgebiet hatte, das durch Wachtürme gesichert war. Von hier aus hatten wir Wachdienst zur Grenze, der aber ganz unauffällig durchgeführt werden musste. Am Sonntag vor dem Angriff auf Russland hatten wir Wache an dem Gehöft auf der Höhe. Wir durften das Gewehr an die Hauswand stellen und uns selbst auf einen Stuhl vor das Gehöft setzen. So konnten wir das Leben und Treiben auf dem Hof miterleben. Das Wetter war sonnig und warm, die Kinder spielten im Freien, und auch eine Menge Hühner bevölkerte den Hof. Die Erwachsenen, und deren gab es eine ganze Anzahl, verließen das Haus nicht, und nur der Pan, der Hausherr, kam gelegentlich heraus und kauderwelschte mit uns. Er erklärte uns, dass es denen drüben über der Grenze schlecht ginge.

„Sie war das allerschönste Kind, das man in Polen find't, aber nein..."
Als ich das zweite Mal am Nachmittag auf Posten war, kam ein Mädchen, etwa siebzehn, achtzehn Jahre alt, von einem Nachbarhof zu Besuch. Sie war auffallend schön, blondes Haar, die Augen blau wie die umliegenden Seen, eine echte Naturschönheit. Natürlich fiel das nicht nur mir auf, sondern auch den anderen Kameraden, die jetzt gerade wachfrei hatten. Es erschienen nun alle der Reihe nach, denn es hatte sich in Windeseile herumgesprochen, was da für ein Stern aufgetaucht war. Mein Landsmann Robert hatte sich gleich so hinreißen lassen, dass er meinte, von ihr sollte ich nachher unbedingt noch ein Bild knipsen. Er sagte auch gleich zu dem Pan, dass wir nachher kämen, die Panjenka zu fotografieren. Der sagte nur, fotografka, dobsche, dobsche! Ein Bild wollte ich zugestehen, denn mit Filmen war ich nicht gut versorgt, und hatte vorerst auch keine Aussicht, welche zu bekommen. Als wir nachher wiederkamen, bedeutete er uns, erst noch Platz zu nehmen. Da kam mit einem Male Leben vors Haus. Die ganze Großfamilie, drei Generationen mit über 20 Personen, erschien im Sonntagsstaat. Allen voran der Pan in einer farbigen Uniform, mit gekreuzten Gurten, und Schnüren, wie man sie von alten Husarenuniformen her kannte sowie kniehohen Reiterstiefeln. Er begann sofort, die ganze Großfamilie in fotografische Position zu bringen. Von einem Bild der Jadwiga, die bei ihm zu Gast war, wollte er nichts wissen, da stellte er sich taub. In Anbetracht der Lage entschloss ich mich, meinen frisch eingehängten Film wieder auszuhängen, und nun konnte ich lustig drauflosknipsen. Auf einer leeren Zigarettenschachtel ließen wir uns noch die Adresse geben, denn der Pan legte Wert auf ein Fotografka. In unserem ganzen Zug hatte es sich natürlich herumgesprochen, dass da oben die schöne Jadwiga wohne, und alle waren neugierig drauf, sie zu sehen. Drum machten wir anderntags beim Sport einen Langlauf, der bei dem schönen Polenmädchen vorbeiführte. Sie befand sich aber nicht mehr beim Pan, und man bedeutete uns, dass sie auf dem Hof nebenan wäre, den wir gleich aufsuchten. Dort klopften wir an die Fensterscheibe, und tatsächlich, sie guckte heraus. Aber wie? Man hatte sie in ganz alte Kleider gesteckt, dazu ein hässliches Kopftuch umgebunden, und das Gesicht rußverschmiert. Nur ihre schönen blauen Augen ließen noch etwas von der am Vortag gesehenen Schönheit ahnen. O, schönes Polenmädchen!
Eine Woche später hatten wir andere Sorgen. Das Erlebnis erwies sich als Abschied von Träumen und Sehnsüchten, die junge Menschen haben, und haben dürfen, und die für viele von uns nie Wirklichkeit werden sollten.

Die Feuertaufe

Die Woche vor dem Einmarsch ging vollends schnell vorbei. Bekanntlich fiel der 22.7.1941 auf einen Sonntag. In der Nacht zum Samstag zogen wir in aller Heimlichkeit in einen Wald in unmittelbarer Nähe der Grenze. Es hieß, man müsse jedes Geräusch vermeiden, denn es könnte drüben gehört werden. Jeder sollte sich noch ein Deckungsloch graben, und dann herrschte absolute Ruhe. Nun erfuhren wir auch Einzelheiten, wie das Geschehen ablaufen sollte. Unsere Kompanie hatte man der Vorausabteilung der Division zugeteilt. Den Kern bildete die Aufklärungsabteilung, die ihrerseits aus einer Kompanie Radfahrer, einer Reiterschwadron sowie einer Kompanie, die Melder, einen Kanonenzug mit französischen Beutekanonen sowie drei Panzerspähwagen hatte.

Nach dem Artillerieschlag sollte die Infanterie die Grenzstellungen durchbrechen, und wenn das geschehen war, sollten wir in Marsch gesetzt werden mit dem Ziel, bis zum etwa 30 Kilometer entfernten Njemen (Memel) vorzustoßen und dort einen Brückenkopf zu bilden. Am Abend dieses Tages traf man sich noch zu einer Befehlsausgabe in einer Waldlichtung. Da wurde der Führerbefehl verlesen, in dem der Einmarsch auf breiter Front, von Murmansk bis zum Schwarzen Meer, bekannt gegeben wurde. Als ich das Wort Russland hörte, hatte ich ein mulmiges Gefühl. Die Prophezeiung des Bruders Gottlieb war jetzt doch eingetroffen, und sie lag mir im Magen. Dann gab es noch einen bunten Abend, bei dem alle etwas bieten sollten. Es wollte aber nicht so richtig gelingen, denn die Künstler waren dünn gesät, hatten sich bei früheren Veranstaltungen verausgabt, und die Spannung, was der morgige Tag bringen würde, lag auf uns allen. So versuchten wir beim Einbruch der Dunkelheit noch etwas zu schlafen. Pünktlich zum vorgesehenen Zeitpunkt setzte der geplante Artillerieschlag ein. Man hatte ihn ja in aller Ruhe vorbereitet, und beseitigte mit einem Schlag die bestimmten Ziele, hauptsächlich die Wachtürme. Gespannt horchten wir auf weiteren Gefechtslärm, aber er drang nicht bis zu uns.

Ein paar Stunden später hieß es Abmarsch, der Einsatz begann. Nach kurzer Fahrzeit erreichten wir die Grenze; keinen Schlagbaum gab's mehr zu sehen. Weiter ging's und schon nach einigen Kilometern kam der erste Ort, ein Städtchen, das bereits brannte. Wir fuhren durch. Von Russen konnten wir nichts mehr sehen, lediglich die Hitze machte uns zu schaffen, denn die Häuser links und rechts der Straße brannten noch.

Die Durchfahrt war bald geschafft, und den Weiterweg säumten noch unsere weitermarschierenden Infanteristen, unter denen wir noch zwei Alters-

genossen aus Schlierbach entdecken konnten. Das Gelände hatte hügeligen Charakter, und es ging auf- und abwärts, vorbei an einzelnen bäuerlichen Gehöften. Vielfach standen die Leute davor, den Rosenkranz betend, und begrüßten uns, hatten Körbe dabei mit Eiern, die sie an die vorbeiziehenden Landser verteilten. Es waren Litauer, und man hatte hier den Eindruck, dass sie uns als Befreier ansahen. Wiederum kam ein Hügel, und der Weg führte als Hohlweg darüber. Als wir über den Kamm kamen, stockte die Kolonne, denn über uns erkannten wir russische Flieger.
Sie sahen gar nicht aus wie Kampfflieger, es waren Doppeldecker, die eher wie Sportflugzeuge aussahen. Sie kreisten über uns, schossen auch mit ihren Bord-MG's, und wer bei uns ein Gewehr hatte, schoss auch auf sie. Man sah aber keinerlei Erfolg, sie drehten ab. Jedoch einen Kilometer weiter konnten wir einen Absturz beobachten. Das Land wurde jetzt eintöniger. Zu beiden Seiten lag Ackerland mit bis zu kniehohem Getreide. Vor uns erstreckte sich eine weithin übersehbare Niederung, deren Begrenzung eine neue Hügelkette war, auf der sich Wald und Häuser befanden. Am tiefsten Punkt kamen wir an eine sumpfige Stelle, wo wir unsere Sumpfmatten auslegen mussten, um mit den Fahrzeugen darüberzukommen. Während wir noch damit beschäftigt waren, die Matten wieder einzurollen, bemerkten wir, dass vor uns etwas passierte. Die Radfahrer schwärmten aus und stürmten den Hügel hinauf. Wir selber fuhren noch bis zu halber Höhe des Hügels, wo sich ein Gehöft befand. Es schien eine Art Herrenhaus zu sein, denn es unterschied sich in Größe und Qualität von den anderen Häusern und Gehöften, die wir bis jetzt gesehen hatten. Zu unserer Seite her hatte es parkähnliche Gärten, die durch Buchshecken abgeteilt waren. Hier in Deckung hatten wir zu warten, und hier wurde auch gleich der Verbandsplatz eingerichtet. Das hieß, wir hatten hier unsere erste Feindberührung, denn schon wurden auch Verwundete angebracht. Eine Stunde warteten wir schon. Da kamen wieder die russischen Doppeldecker an, und wer ein Gewehr hatte, ballerte drauf los. So auch Georg, unser Schütze 3 aus dem Welzheimer Wald. „Den hab ich ganz bestimmt getroffen", sagte er freudestrahlend zu mir. „Aber noch fliegt er", gab ich zur Antwort. Von nebenan kam ein Sanitäter, holte uns, wir sollten mal helfen. Auf einer Zeltplane lagen ein paar Landser, die sollten wir in den Garten hinaustragen. „Hast gesehen, die waren schon krepiert, die haben die Augen schon verdreht," bemerkte der Georg. Nebenan kauerte ein Häuflein gefangene Russen. Sie waren kahlgeschoren, hatten eine gelbbraune Hautfarbe und Schlitzaugen, gehörten offensichtlich einer östlichen Rasse an. Verstört

und stumm, von uns neugierig betrachtet, saßen sie da. So sahen sie also aus, unsere Gegner! Da kam auch schon ein Melder und brachte den Befehl: „Erstes Geschütz, zweiter Zug fertig machen zum Einsatz, Rohr voraus, Mannschaftszug!“. Wir hängten die Kanone ab, schwenkten sie, und schoben sie Rohr voraus hinter dem Haus den Hügel hinauf. Links und rechts des Weges lagen schon zahlreiche tote Russen, die unter ihrem Stahlhelm aussahen, als wären es Japaner oder Chinesen. Eine brennende russische Zugmaschine mit Kanone stand auch da, die gleiche Waffengattung wie wir, und unsere Kanonen sahen sogar einander so ähnlich wie Geschwister. Sie stammten auch beide von der Firma Krupp in Essen.
Doch zu langen Betrachtungen fand sich keine Zeit, wir mussten hinauf auf den Kamm in Stellung. Oben angekommen empfing uns lebhaftes Gewehrfeuer. Dank des Schutzschildes konnte es uns aber nichts anhaben, und wir machten die Kanone schussfertig. Es brauchten nur noch die Holmen der Lafette gespreizt zu werden, was die Aufgabe der Schützen drei und vier war. Wie der Georg dabei war, richtete er sich auf, sagte: „Mich hat's“ kippte um, und noch ehe wir einen Schuss abgeben konnten, hatte er sein Leben ausgehaucht. Ich drückte den Holm vollends hinaus, und damit waren wir schussbereit. Doch der Schatz Johann, unser Schütze 4, war so aufgeregt, und kroch so weit vor, dass er mit dem Stahlhelm beinahe den Verschluss der Kanone berührte und das rücklaufende Kanonenrohr hätte er dann auf den Kopf bekommen. So musste ich erst ihn zurückschieben, bevor ich laden konnte. Das Laden war eine rein mechanische Tätigkeit. Doch hinter dem Schutzschild bekam ich von dem Geschehen um uns herum nichts mit. Deshalb wagte ich einen Blick hindurch, zwischen Schutzschild und Kanonenrad.
Da blickte ich direkt in das Gesicht eines etwa drei Meter entfernt knienden russischen Offiziers, der eine Maschinenpistole im Anschlag hatte. Blitzschnell duckte ich mich wieder zurück hinter den Schutzschild, denn im selben Moment zwitscherte auch schon seine Salve an meinem rechten Ohr vorbei. Es war aber nur eine kurze Salve, die letzte seines Lebens, denn die im Graben liegenden Infanteristen erledigten den Unterleutnant im Nahkampf.
Wir mit unserer Kanone verschossen etwa fünfzehn Sprenggranaten. Zwischendurch konnten wir immer wieder aufschlagende Geschosse auf unserem Schutzschild wahrnehmen, hauptsächlich auf meiner, der rechten Seite. Dass, nachdem es etwas ruhiger um uns geworden war, hinter uns eine Kanone der Aufklärungsabteilung in Stellung ging, die größeres Kaliber

und Reichweite hatte, bemerkten wir wohl, doch dass sie ohne Warnung losschossen, traf uns unvorbereitet, und der Knall fing sich an unserem Schutzschild, so dass ich von dem Moment an beinahe taub war.

Jetzt, da wir die für uns erreichbaren Ziele bekämpft hatten, wurde befohlen, uns in den linken, etwas tieferen Straßengraben in Deckung zu begeben, weil noch immer von der rechten Seite Gewehrfeuer kam, obwohl dort unsere Infanteristen schon längst Fuß gefasst hatten. Hier wurde es uns auch zur Gewissheit, dass Georg tot, und bereits nach hinten geschafft war, wo er jetzt wahrscheinlich auch seinen Platz im Garten des Herrenhauses gefunden hatte. Das Gefecht ging noch etwa Stunde, doch dann verebbten die Schüsse, und wir konnten uns aufrecht bewegen, und dann konnte ich auch den russischen Unterleutnant näher in Augenschein nehmen, dem ich ja buchstäblich in die Augen gesehen hatte. Doch plötzlich kam wieder ein vereinzelter Schuss von rechts hinten, der zwar keinen traf, aber doch unsere Aufmerksamkeit erregte. Deshalb befahl unser Zugführer allen Gewehrschützen nach rechts auszuschwärmen, um den Schützen aufzustöbern und eventuell unschädlich zu machen. Das war die Aufgabe unseres Schützen 4, Johann. Der war übrigens Oberschütze, der Älteste von uns allen, und schon mit mindestens vier Dienstjahren; von Beruf Ziegenhirte vom Hochschwarzwald. Nebst seiner Naivität hatte er noch das Handikap, dass er entweder nur beide Augen schließen, oder aber nur beide öffnen konnte, was seine militärische Laufbahn behinderte. Auf der Schießbahn behalf er sich mit einem der damals üblichen Ohrenschützer, von dem er die rechte Klappe abgenommen hatte, jedoch die Verbliebene als Augenklappe des linken Auges benützte. So ausgestattet traf er dann immerhin die Schießscheibe. Jetzt jedoch hatte er seine Schießhilfe nicht dabei. Er hatte sie nebst seiner Gebissprothese, die ihn immer drückte, in seinem Schuhputzzeug verstaut, und das hatte er wie wir alle, hinten in der Protze (Zugmaschine) verstaut. Zusammen mit einigen Infanteristen, - ich mit dem Karabiner des gefallenen Kameraden Georg, und der Johann, - schwärmten wir aus auf den Acker zur Rechten, auf dem viele gefallene Russen lagen. Von den vermeintlichen Toten musste einer geschossen haben, und als wir einem unter ihnen ganz nahe kamen, hob der seinen Kopf und wollte eben sein Gewehr auf Johann richten. Der jedoch stand nur zwei Meter vor ihm, das Gewehr in der Hüfte, feuerte auf ihn, und traf ihn auch, dass er sofort tot war. Dieser Russe war der einzige des ganzen Feldes, den wir noch lebend antrafen, und war demzufolge ein sehr erfolgreicher Kämpfer aus

dem Hinterhalt. Wahrscheinlich hatte er unseren Georg abgeschossen, und hätte er nur zwei Zentimeter weiter links getroffen, so hätte ich den schönsten Kopfschuss bekommen, wie wir an der Schussspur am Schutzschild unserer Kanone feststellen konnten. So etwas nannte man Nahkampf, und für eine genügende Anzahl solcher Situationen gab es die begehrten Auszeichnungen. Aber für diesen Tag bekamen unser Zugführer Lt. Walter und Wolfram, der Geschützführer, das EK II, die es dann auch für uns trugen! Doch nun hieß es wieder sammeln, die Fahrt ging weiter, denn wir hatten ein Ziel, das wir erreichen mussten, den Njemen. Nicht mal die 200 Meter zurück zu unserem gefallenen Kameraden Georg konnten wir gehen. „Kann dir die Hand nicht geben, bleib du im ewgen Leben, mein guter Kamerad!"
Während unseres Gefechts hatte uns das Infanterieregiment 56 unserer Division überholt. Die marschierten nun neben uns her. Unter ihnen befand sich auch ein alter Freund aus Schlierbach, der Eugen, unser langjähriger Leiter des Evangelischen Jugendkreises, den ich hier unter den Marschierenden traf. Die Freude war groß, wenn ich auch heute seine Worte noch in den Ohren hab: „Endlich geht's jetzt mal los!" Er war Unteroffizier und ganz und gar in seinem Element als Soldat, und offenbar der Ansicht, dass er hier eine Mission zu erfüllen habe. Er konnte noch ein Stück mit uns fahren. Es erwies sich als die erste, aber auch als letzte Begegnung mit dem alten Freund, denn er hat seine Sendung mit dem Leben bezahlt.
Ohne Zwischenfälle fuhren wir weiter. Nach einiger Zeit wurde das Gelände abschüssig, es kam ein lichtes Wäldchen, und als wir da durchfuhren, sahen wir zwischen den Kiefern das Silberband des Njemen, unser erstes Tagesziel. Hier mussten wir warten, bis Sturmboote die ersten Infanteristen übergesetzt hatten. Als dann das erste Floß zusammengebaut war, wurde unser Geschütz als erstes übergefahren. Mit uns fuhr auch der Kommandeur der Vorausabteilung, Rittmeister Niemak, ein bekannter Olympiareiter, über den Fluss. Während der Überfahrt erzählte er uns, dass unser Gegner des Tages ein tatarisches Garderegiment gewesen sei, und dass sie sich deshalb so gut geschlagen hätten. Es war beinahe ganz aufgerieben worden, und nur ganz wenige hatten sich ergeben.
Drüben über dem Njemen angekommen, standen wir vor einem sandigen, ziemlich steilen Ufer, und das Plateau führte in etwa 20 Meter Höhe eben weiter. Mit vereinten Kräften brachten wir unsere Kanone die steile Böschung hinauf. Hier stand eine Feldscheune, und von ihr führte ein Weg weiter nach Osten durch einen Wald. In diesem Wald waren unsere Infan-

teristen ausgeschwärmt, und man vernahm immer wieder Salven von Maschinenwaffen. Wir brachten hier unsere Kanone in Stellung, so dass wir den Weg unter Kontrolle hatten. Mit Einbruch der Dunkelheit hatte jeweils nur noch ein Mann Wache am Geschütz, und die anderen konnten sich in dem Schuppen schlafen legen. Mir dröhnten noch die Ohren, aber ich war so müde, dass ich gleich einschlief und kaum wachzukriegen war, als ich zur Wache drankam. Hinter uns am Flussufer herrschte reger Betrieb, Pioniere waren dabei, eine Pontonbrücke zu errichten und eine Auffahrt durch die Uferböschung zu graben.

Etwa um neun Uhr andern Tages war es so weit, die ersten Fahrzeuge konnten die Brücke passieren. Mit eigener Kraft kamen sie aber die Böschung nicht herauf. Deshalb wurde an jedem Fahrzeug ein langes Tau befestigt, an dem dann immer etwa 20 Männer mitzogen. Eine Knochenarbeit bei der Hitze, und dazu noch im Laufschritt! Wir hatten unterdessen den Waldweg zu sichern. Eine leichte Aufgabe, gemessen an der Schufterei der Pioniere, denn die Sonne brannte auf uns hernieder, und Getränke gab's nur sehr wenig.

Schon bei Tagesanbruch hatten wir festgestellt, dass etwa 150 Meter vor uns neben dem Weg ein vermeintlich toter russischer Soldat lag. Als wir doch gelegentlich mit dem Fernglas hinschauten, entdeckten wir, dass er sich hin und wieder bewegte, und dass ihm das Gedärm heraushing. Als uns das zur Gewissheit wurde, war auch unser Sanitäter in der Nähe, und wir machten ihn drauf aufmerksam. Er meinte, da könne er nichts machen, dem Mann helfe nichts mehr. Außerdem sei er froh, wenn er noch Verbandsmaterial habe, wenn's von uns einen erwische. Das sei eben der Krieg. Darüber war ich traurig und deprimiert, denn das konnte jedem von uns auch passieren, und Verreckerles spielen am Straßenrand, ohne Hilfe und Anteilnahme, das empfand ich nicht gerade tröstlich.

Gegen Mittag formierte sich die Vorausabteilung wieder zum Weitermarsch. Nach geraumer Zeit, als wir gerade durch freies Feld fuhren, gab es Fliegeralarm. Im Tiefflug raste ein Pulk russischer Martinbomber über uns hinweg und griff uns mit Bomben und Bordwaffen an. Das gab ein Heidenspektakel, und wir warfen uns alle zu Boden, ich unter unsere Zugmaschine. Aber so schnell es gekommen, ging es auch vorbei, aber mein Herz pochte vor Aufregung. Doch sie richteten keinerlei Schaden an, und niemand wurde verletzt. Nachdem wir noch eine Zeitlang marschierten, kreuzten wir eine befestigte Straße, auf der sich deutsche Panzerverbände einer SS-Division, die natürlich alle vollmotorisiert waren, bewegten. Die

hatten Vorfahrt und so mussten wir einige Zeit warten. Wir saßen in der Zeit ab und vertraten uns die Beine. Da sprach sich herum, dass weiter hinten etwas los wäre, da fänden Erschießungen statt. Nachdem wir uns überzeugt hatten, dass es noch nicht so schnell wieder weiterginge, packte uns die Neugier, und wir gingen zurück, um zu sehen, was sich da abspielte. Da befand sich ein Eichenwald mit lichtem Baumbestand und sandigem Boden. Beim Näherkommen sahen wir Gruppen von SS-Soldaten, die Zivilisten, und zwar Männer, bei sich hatten. Einige der Männer waren dabei, in dem sandigen Boden Gruben auszuheben. Es wurde uns erzählt, dass in der Nacht in einem nahe gelegenen Städtchen ein deutscher Panzer liegen geblieben, und dessen Besatzung niedergemacht worden sei. Als Repressalie seien die jüdischen Männer des Städtchens herausgeholt worden und würden nun hier erschossen. Ich wandte mich von der Stätte ab, und wie ich im Weggehen war, sah ich unsern Kompaniechef, der auch im Begriff war, dasselbe zu tun, und dabei missbilligend den Kopf schüttelte. Hier konnte ich zum ersten Mal mit eigenen Augen die Grausamkeit und die Ungerechtigkeit des Krieges sehen. Geiselerschießungen sind doch nur ein reiner Racheakt und erzeugen nur Hass!
Doch nun ging es auch wieder weiter. Beim nächsten Halt wurde unser Zug zu einem Sonderunternehmen befohlen. Wir fuhren nun ganz allein durchs feindliche Land. Nachdem wir eine Zeit lang durch Felder und kleine Wäldchen gefahren waren, stießen wir auf eine Krad-Patrouille unter der Führung eines mit dem Ritterkreuz dekorierten Oberfeldwebels unserer Division. Er hieß Schreiber und war einer der am höchsten ausgezeichneten Unteroffiziere des ganzen Krieges. Nach ihm ist eine Kaserne der Bundeswehr in Emendingen benannt. Er befand sich auf Erkundung, und war dabei auf russische Panzer gestoßen, die ihm natürlich überlegen waren. Bei der Begegnung hatte er von seinen Leuten einen Toten zu beklagen, den sie gerade bestattet hatten, als wir bei ihnen eintrafen. Der gute unternehmungslustige Feldwebel hatte uns in dem Ansinnen angefordert, dass wir jetzt losfahren sollten, die feindlichen Panzer irgendwo aufzuspüren, sie getreu unserer großspurigen Bezeichnung „Panzerjäger" zu jagen und abzuschießen. Dass wir uns aber mit unserer Ausrüstung, nämlich der 3,7 cm Panzerabwehrkanone, absolut im Nachteil befanden, wenn wir auf fahrende feindliche Panzer stießen, das wollte er absolut nicht einsehen, denn er war eben ein Draufgänger und Abenteurer. Er ließ sich auch von unserem Zugführer nicht überzeugen.

So fuhren wir unter seiner Führung weiter und trafen zum Glück nicht mehr auf die feindlichen Panzer, die ihrerseits vermutlich auch einen Erkundungsauftrag hatten. Als wir dann plötzlich durch eine Waldschneise den Blick gegen Norden freihatten, konnten wir eine marschierende russische Kolonne sehen, die sich gegen den Horizont abhob, wie in einem Bilderbuch. Sie waren etwa 600 Meter entfernt, gemischt aus Kraftwagen und Bespannten, bewegten sich wie in Friedenszeit, und schienen uns noch nicht bemerkt zu haben. Sofort brachten wir unsere Geschütze in Stellung, und mit einem Feuerüberfall legten wir gleich etliche Salven auf die Marschkolonnen. Wir konnten erkennen, dass wir damit Chaos und Verwirrung anrichteten. Doch einige Minuten später hörten wir Pfeifsignale, und dann konnten wir sehen, wie sie sich formierten und auf uns zu ausschwärmten. Zahlenmäßig waren es so viele, dass wir keine Chance gehabt hätten, sie abzuwehren, und so zogen wir uns zurück. Das war das einzig Richtige in dieser Lage, wenn auch keine Heldentat. Aber wir waren doch froh, als wir wieder heil bei unserer Einheit ankamen.

Und weiter auf den Spuren Napoleons

Der Vormarsch ging weiter, genau in der Richtung, die einst Napoleons Heere genommen hatten. Als Vorausabteilung hatte man uns dazu ausersehen, bei den Kesselschlachten schnell vorzustoßen, Lücken zu schließen und zu halten, bis das Gros der Division eintraf. So auch an dem Flüsschen Sara im Grenzgebiet zwischen Litauen und Russland, an dessen Ufer wir Stellung bezogen.
Robert arbeitete sehr eifrig daran, die Kanone einzugraben. Das war recht und gut, bis zu einem gewissen Grad, aber schießen sollte man auch noch können, und falls wir stiften gehen müssten, sollte es noch möglich sein, die Kanone wieder herauszubekommen. Das war aber nicht gut möglich, wenn sie bis zu der Achse in der Erde steckte. So dachte ich, denn ich ahnte, wie das laufen könnte.
Gleich am rechten Rad unserer Kanone, also auf meiner Seite, befand sich der Stamm einer großen Eiche. Unmittelbar vor uns begann gleich die Uferböschung, die etwa drei Meter steil zum Wasserspiegel abfiel. Das Wasser war reißend, wahrscheinlich eine Folge des Gewitters von gestern. Drüben über dem Fluss befand sich die gleiche steile Böschung wie hier bei uns, doch gab es auf ihrer Höhe keinen Wald, sondern ein Ackerfeld mit hüfthohem Getreide, das in etwa 200 Metern von einer zweiten Böschung, die mit Bäumen und Gebüsch bewachsen war, begrenzt wurde.

Unweit zu unserer Linken befand sich unser Gefechtsstand. Ein überlegener, starker russischer Kampfverband bewegte sich auf uns zu. Ganz dringend wurde jetzt Verstärkung und Hilfe bei der Heeresgruppe angefordert, was wir von hier aus alles mitbekamen. Gespannt warteten wir die Zeit ab, bis irgendeine Zusage oder eine Entscheidung eintraf, und gerade als die ersten russischen Infanteristen die hintere Böschung zum Angriff herunterstürmten, kam die Zusage, dass uns ein Geschwader Sturzkampfbomber Ju 87 zu Hilfe käme. Allein schon diese Zusage gab uns wieder Mut und Zuversicht, obwohl es natürlich seine Zeit brauchte, bis die eintrafen, und immer noch die Frage offen blieb, ob sie auch rechtzeitig da sein würden. Es ist schon ein eigenartiges Gefühl, in Stellung zu sein, und über eine Böschung die feindlichen Russen in großer Zahl, U-rää, u-rää schreiend, herabstürmen zu sehen. Ganze Kolonnen wälzten sich den Hügel herunter, um dann in dem Getreidefeld, wie in einer Wasserfläche wegzutauchen, sich so unserer Sicht entziehend. Der Schwerpunkt des Angriffs lag mehr rechts von uns, während sich im Bauernhaus mit Wäldchen, das in unserem Schussfeld lag, weniger abspielte. Die Sprenggranaten, die Wolfram und Robert dort hinschossen, hätte man sparen können, während sie weiter rechts dringend gebraucht worden wären. Ich beobachtete laufend durch den Zwischenraum zwischen Schutzschild und Rad, was sich dort abspielte, und ich bekam auch gut mit, wie die Artilleriebeobachter neben uns das Feuer ihrer Batterie gegenüber auf Böschung und Acker lenkten.
Wie ich sah, ergossen sich immer mehr Rotarmisten über den rechten Teil der hinteren Böschung in das Getreidefeld, und mussten sich da drin geradezu drängeln. Einzelne waren schon durch die meterhohen Halme gekrochen, erschienen am vorderen Rand, wo sie von unseren MG- und Gewehrschützen abgeknallt wurden und teilweise die Uferböschung herunterfielen, wo sie im Wasser abtrieben. Immer wieder knallte ein Geschoss auch auf unseren Schutzschild, doch gegen Infanteriegeschosse waren wir gefeit. Plötzlich, als ich gerade wieder durch meine Lücke blickte, entdeckte ich zu meinem großen Entsetzen, wie Rotarmisten dabei waren, ein Infanteriegeschütz die hintere Böschung herunterzubringen. Sollte das zur Aktion kommen, hatten wir keine Sicherheit mehr hinter unserem Schutzschild. Sofort meldete ich meine Beobachtung, und wir versuchten, auch unsere Kanone in diese Richtung zu schwenken. Aber o weh! Sie war so tief eingegraben, dass es unmöglich war, das Manöver auszuführen. „Da siehst du deinen Scheiß!“, sagte ich ärgerlich zu Robert, denn ich beobachtete bei ihm auch, dass er aus Angst vor Scharfschützen den Ausblick für das Ziel-

fernrohr kaum öffnete, so dass er kaum einen Überblick von dem Geschehen da vorne haben konnte.
Beobachtung, das hieß wissen, wo der Feind war, und hieß merken, was er vorhatte. Beobachtung war das A und O des Soldaten, und darauf wurde auch in der Ausbildung größter Wert gelegt. Und ein solcher „Held" wollte das EK erwerben, hatte schon im Voraus damit geprahlt! Wenn der das kriegen wollte mit dem Schneid, den er hier an den Tag legte, dann mussten sie schon verteilt werden wie die Verpflegung im Kochgeschirr! Ich selber hoffte zwar auch, diese Auszeichnung erwerben zu können, war aber nicht absolut EK-besessen, da war mir mein Leben schon lieber. Aber in meiner Lage, wo ich in Schlierbach bei den Nazis als schwarzes Schaf betrachtet wurde, hätte mir, da ja zu dem Zeitpunkt noch alles so aussah, dass Hitler auch dieser Feldzug gelingen würde, eine Tapferkeitsauszeichnung gut gestanden. Außerdem lebt ja jeder Mensch zu einem guten Teil von der Anerkennung durch seine Umwelt, ich nicht ausgenommen. Also heute gab es die Chance nicht, das EK zu bekommen, und zum guten Glück war unser rechtes Nachbargeschütz in der Lage, das russische Geschütz zu bekämpfen, und die kassierten dafür auch die EKs. Das Gefecht erreichte nun seinen Höhepunkt. Einzelne Rotgardisten stürzten sich schon mit erhobenem Gewehr die Böschung herunter ins Wasser. Zwar hatte noch keiner unser Ufer erreicht, aber wenn alle die, die im Getreidefeld untergetaucht waren, dasselbe taten, konnte es brenzlig werden für uns.
Doch dann vernahmen wir Motorengeräusch, und das klang anders als das, was wir von russischer Seite vernahmen. Es handelte sich um die zugesagten Sturzkampfbomber. Doch zuerst setzten sie auf uns an, und die Führung der Vorausabteilung hatte alle Mühe, denen da oben klar zu machen, dass hier Freunde sind. Durch Abschießen von Leuchtkugeln und Auslegen eines Meldekreuzes wurde das bewerkstelligt, doch dabei wurde unser Kommandeur, Rittmeister Niemack verwundet - ein Oberschenkelschuss. Er blieb aber da und hielt aus auf seinem Posten. Vor lauter Konzentration auf das Geschehen drüben am Gefechtsstand bekam ich nur nebenbei zu Gehör, wie der Artilleriebeobachter durchgab: „Nächste Salve nochmals um 30 Meter zurücknehmen." Gerade in dem Augenblick, als unser Fahrer, Kamerad Dolder, mit zwei Kasten Munition ankam, hörte ich die Abschüsse der schweren Batterie, und gleich darauf einen ohrenbetäubenden Knall, begleitet von einem Schlag in meinen Rücken und dem Schmerzensschrei des Kameraden Dolder. Der lag schwer verwundet drei Meter hinter uns, und ich selber merkte erst, als mir das Blut den Rücken hinunterlief, dass

es auch mich getroffen hatte. Ich konnte mich aber noch bewegen und blieb somit an der Kanone, während die Sanitäter unseren Dolder wegholten. Was war geschehen? Die Batterie hatte kürzer geschossen und die Geschosse hatten sich in den hohen Waldbäumen verfangen, die bei uns standen. Eine Granate landete bei uns, eine zweite beim Gefechtsstand, wo sie einen Unteroffizier meines Namens tötete, und die dritte traf den Artilleriebeobachter tödlich, der den verhängnisvollen Befehl gegeben hatte.
Das Eingreifen der Stukas zeigte nun seine Wirkung, das Gefecht flaute allmählich ab. Die Brücke, die beinahe fertig und schon wieder zur Sprengung vorbereitet war, hatten die Russen gar nicht entdeckt, und so konnte unsere Infanterie gleich hinüber und das Gefechtsfeld bereinigen.
Ich selber begab mich zum Verbandsplatz, der etwa 200 Meter hinter unserer Stellung befand. Der Weg dahin führte einen Waldrand entlang. Kurz vor den geparkten Fahrzeugen und dem Zelt des Verbandsplatzes stand eine Tragbahre am Waldrand, und beim Näherkommen entdeckte ich meinen Kameraden Dolder, von Schmerzen überwältigt, auf ihr liegen. Ich ging hin zu ihm, aber ich brachte kein anderes Wort heraus als: „Dolder, du“. - Er konnte vor Schmerzen nicht mehr sprechen, sondern nur stöhnen, aber unsere betroffenen Gesichter sagten alles, obwohl ich nicht wusste, wie schlimm es um ihn stand. Noch heute bin ich, wenn ich daran denke, deprimiert über meine Hilflosigkeit damals.
Leiden, Sterben, Religiosität, Christentum waren ja von Staats wegen verpönt, und demzufolge Tabuthemen. Mit keinem Wort und Gedanken hatte man uns für solche Fälle vorbereitet. Obwohl Kamerad Dolder zu unserem Geschützteam gehörte, wusste ich von ihm nur, dass er von Beruf Metzger war, aber nicht einmal, wo er her kam, und schon gar nicht, ob er katholisch oder evangelisch war. Wie anders wäre es gewesen, wäre ich neben ihn hingekniet und hätte ein Vaterunser mit ihm oder für ihn gesprochen?!
Auf dem Verbandsplatz stellte der Arzt fest, dass mir ein Granatsplitter Feldbluse, Hosenträger und Hemd durchschlagen, und mich rechts der Wirbelsäule verletzt hatte. Mit der Pinzette suchte er die Wunde ab, konnte aber keinen Splitter finden. Er vermutete, der Splitter sei abgefallen, ich bekam meine Tetanusspritze, und hatte für die Nacht wachfrei. Bei Nacht wachte ich wohl schweißgebadet auf, aber dass das Fieber sein könnte, davon hatte ich keine Ahnung, denn bis dahin war ich mein Leben lang noch nie krank gewesen. Erst nach dem Krieg, als ich geröntgt wurde, stellte man fest, dass ich sogar fünf Splitter, nicht nur einen, abbekommen hatte, darunter einen so groß wie eine große Bohne, den ich heute noch mit mir

herumtrage. Als ich auf dem Rückweg wieder dort vorbeikam, stand die Tragbahre nicht mehr da. Anscheinend hatte man Dolder als hoffnungslosen Fall abseits gestellt. Am Abend dieses Tages berichtete unser Zugführer, Dolder sei seinen Verletzungen erlegen. Wie sagte damals der aktuelle Dichter der Deutschen, Hermann Löns? „O grüner Klee, o weißer Schnee, o schöner Soldatentod!“ - Wir blieben noch einen Tag in der Stellung, bis die Masse der Division ankam und unsere Stellungen übernahm. Unser Fahrer, der Kamerad Dolder, war tot, und nun galt es für mich, als Ersatzfahrer seinen Platz einzunehmen, und meine erste Fahrt ging zu seinem Grab, das er auf dem Friedhof eines litauischen Dorfes bekam. Der sah noch wie ein normaler christlicher Friedhof aus und hatte noch Kreuze und eine Einfriedung, was man später auf russischem Gebiet nicht mehr fand. Kamerad Dolder bekam für seinen Einsatz das EK II, in Empfang nehmen konnte er es aber nicht mehr selbst. Unsere Geschützbedienung war nun schon um zwei Mann dezimiert durch die beiden Gefallenen. Nun bekamen wir einen Ersatzmann, den Wilhelm.
Der Vormarsch ging weiter, und ich saß nun am Steuerrad, was natürlich ziemliches Neuland für mich war, denn außer den paar Kilometern bei der Fahrschule hatte ich keine Fahrpraxis, von der Wartung ganz zu schweigen. Aber es musste schließlich gehen. Besonders schlauchte mich das Fahren bei Nacht - immer ohne Licht -, auf stets überfüllten Feldwegen, denn andere Truppenteile waren auch unterwegs. So manche Schramme hat die Karre dabei abgekriegt. Wir kamen dabei durch Orte, die schon die württembergischen Truppen unter Napoleon 1812 berührt hatten, so Molodeschno, Lida, Lepel, Minsk, Witebsk und Smolensk.
Nach einer durchfahrenen Nacht kamen wir an das Flüsschen Beresina und überquerten es. Dort fand 1813 für Napoleons Heere eine sehr verlustreiche Rückzugsschlacht statt, bei der viele Württemberger umkamen. Sowohl Unteroffizier Wolfram als auch ich wussten davon, und er hob seine Mütze in die Höh', als wir die Brücke überquerten, während ich mich auf das Fahren konzentrieren musste. Obwohl unser Vormarsch bis jetzt zügig und erfolgreich verlaufen war, hatte ich doch ein ungutes Gefühl im Magen.

„Herr Leutnant, die Gans ist gefressen!“

Nach einer durchfahrenen Nacht zogen wir morgens an einem Waldrand unter. In einem nahen Bachtal konnten wir eine Gänseherde mit einer Hirtin sehen. Bevor sich der Kompanie-Chef versah, lief die halbe Kompanie

hinter den Gänsen her, denn die Verpflegung war dürftig in diesen Tagen. Es wurde bekannt gegeben, dass für diesen Tag nur Brot ausgegeben würde, und so hub ein Rupfen, Wasserholen und Feuermachen an. Die Gegend wurde weiß von lauter Gänsefedern.
Unser Zugführer, Leutnant Walter, überragte durch seine Größe alle Angehörigen unseres Zuges. Entsprechend war auch sein Appetit. Sein Putzer, der Fußmelder Xaver, war der kleinste und älteste Mann der Kompanie. Er erjagte für sich und seinen Herrn auch eine Gans. Den Appetit seines großen Portionenvertilgers kennend, schien das nicht zu viel zu sein für die beiden. In Erwartung der Gaumenfreude machte sich Xaver mit Eifer an die Zubereitung. Schon hing der Duft in der Luft, da traf Xaver die weiteren Vorbereitungen. Er stellte das Feldtischchen und die Stühlchen auf, die unabdingbaren Requisiten des Herrn Leutnant. Doch da näherte sich Gefahr für das schöne Essen in Gestalt eines Besuchers. Es handelte sich um den Leutnant einer Nachbarkompanie, Herr v. Heimburg. Der überragte sogar unseren Zugführer beinahe noch um Haupteslänge. „Bei Ihnen da duftet es ja herrlich, da muss es was Gutes geben heute“, sagte er nach der Begrüßung. „Ja, es gibt gesottene Gans, da darf ich Sie doch einladen? Sie ist soeben fertig“, antwortete Leutnant Walter, ganz den Snob heraushängend. Darauf rief er: „Schneider, bringen Sie die Gans!“ Schweren Herzens, mit einer schlimmen Vorahnung, musste Xaver die Gans, auf die er sich so gefreut hatte, servieren, er hatte nicht mal die Gelegenheit, sich vorher noch ein Stück abzuschneiden. Mit bangem Gefühl wartete er, was wohl davon noch übrig bleiben würde, denn wenn sich zwei solche Hünen über solch ein Vögelchen hermachten, hatte er allen Grund, schwarz zu sehen. Jeder der beiden Herren aß nun einen Schlegel, und nachdem Herr Walter nicht mehr weiteraß, gebot es die Höflichkeit des Gastes, dass auch er aufhörte zu essen. Alsbald ertönte der Ruf: „Schneider, tragen Sie die Gans ab!“, was dieser sogleich tat. Hocherfreut, dass noch so viel übrig war, machten sich er und der Kradmelder über den Rest der Gans her und ließen fast nichts übrig, während die beiden Leutnants Konversation pflegten. Endlich verabschiedete sich der Nachbarleutnant, und dann ertönte der Ruf: „Schneider, bringen Sie die Gans, ich möchte mich jetzt mit Genuss satt essen.“ - „Die Gans ist gefressen! Herr Leutnant haben doch angeordnet, ich solle abtragen!“, antwortete Xaver, sehr zum Leidwesen seines Herrn, jedoch zum Gaudium aller, die es mitbekamen. Natürlich machte die Geschichte bei allen die Runde, und löste große Schadenfreude aus, denn sie betraf einen Vorgesetzten, der immer zum Ausdruck brachte, was

wir doch für kleine Würstchen wären. - Auch jetzt, wo man miteinander dem Schlamassel und der Gefahr ausgesetzt war, wurde streng darauf geachtet, dass der Respekt vor den Vorgesetzten erhalten blieb. Der Unteroffizier war immer noch der Herr Unteroffizier, und Herrn Leutnant klang es am besten in den Ohren, wenn man mit ihm in der dritten Person sprach, wenn das auch offiziell in der Wehrmacht als abgeschafft galt. Von oben herunter war so ein Verdummungsjargon erlaubt.

Eine Schlappe, die uns ernüchterte!

Eine neue Kesselschlacht, die von Smolensk, bahnte sich an. Uns hatte man wieder als Vorausabteilung eingesetzt, und wir sollten den nördlichen Ring schließen. Unser Ausgangspunkt war das Städtchen Kaspiljar. Der Auftrag lautete: Vorstoß gegen die Stadtmitte bis zum Bahndamm und ihn halten, bis Guderian mit seinen Panzern uns entgegenkäme. Das Flüsschen, das direkt dahin führte, verlief in einem sumpfigen Tal, so dass es gemieden werden musste, und wir einen Umweg in östlicher Richtung fuhren. Die Reiterschwadron, für die das Terrain richtig gewesen wäre, war schon lange auf der Strecke geblieben, und auch die alten Kisten von Panzerspähwagen, mit denen man uns hierher geschickt hatte, waren ausgefallen. Zwei Kilometer vor dem Bahndamm erreichten wir den Weiler Buda. Er hatte einen Dorfteich, und die Katen standen im Kreis um ihn herum. Unsere Radfahrerschwadron deponierte hier ihre Fahrräder und ging zu Fuß gegen den Bahndamm vor. Wir folgten ihnen ein Stück und gingen dann zu ihrer Sicherung hinter ihnen auf einem Kartoffelfeld in Stellung. Den Bahndamm hielten starke russische Kräfte besetzt, und was sich dahinter befand, konnten wir nicht sehen. Dem Geräusch nach musste es sich um mobile Truppen handeln, und immer mehr quollen über den Bahndamm uns entgegen. Da fühlten wir uns völlig unterlegen, und das Gros unserer Division lag noch viel zu weit weg, um die Russen aufhalten zu können. Als dann immer mehr Verwundete zurückkamen, wurde der Rückzug beschlossen. Ihn sollten wir Panzerjäger decken. Solange sich unsere Geschütze noch in Stellung befanden, reparierte ich einen defekten Reifen. Der Fahrer unseres zweiten Geschützes, Kamerad Sohn, half mir dabei. Er erzählte mir, dass er der einzige Sohn seiner verwitweten Mutter sei, die allein ihre Landwirtschaft umtreiben müsse. Gott könne und dürfe nicht zulassen, dass er falle.

Den Reifen konnten wir aber nicht fertig flicken; der Rückzug begann. Solange sich die Abteilung zum Rückzug formierte, blieben wir in Stellung, und erst, als die Radfahrer weg waren, zogen wir uns bis zum Gehöft zurück, denn wir hatten den Auftrag, den Rückzug zu decken. Als wir den Dorfteich erreichten, kamen die ersten Radfahrer wieder zurück, und ihnen folgte ziemlich überstürzt die ganze Abteilung. Der Weg, den wir morgens gekommen waren, war von den Russen abgeschnitten worden. Blieb also zum Rückzug nur der Weg durch das sumpfige Bachtal. Wir indessen hatten hier zu warten, bis die ganze Abteilung an uns vorbeigezogen und in die andere Richtung verschwunden war. Das dauerte seine Zeit, und wir saßen so lange ab. So widmeten wir unsere Aufmerksamkeit hauptsächlich der Richtung, aus der wir gekommen waren, denn am ehesten rechneten wir mit einer Verfolgung von dorther, wo unser Angriff abgeblitzt war. Etwa 30 Meter vor uns stand der Kübelwagen unseres Zugführers, und dazwischen noch zwei Zugmaschinen unseres Zuges, vor mir die des Kameraden Sohn. Unser Geschützführer ging, solange wir warteten, vor zum Kübelwagen des Zugführers, während wir auf das Wasser des Teichs sahen, ob nicht doch noch eine Gans zu kriegen wäre für ein anständiges Abendessen. Genau aus dieser Richtung über dem See, über den Dächern der gegenüberliegenden Katen, auf der Horizontlinie der Äcker rollten etwa acht Panzer heran, deutlich am Horizont sich abhebend. „Da kommt doch Guderian!“, schrie der Robert, und wollte ihnen schon zu winken. „Das sind doch Russen!“, brüllte ich und begann, die Kanone abzuhängen, was mir mit Wilhelms Hilfe auch gelang, - wie auf dem Exerzierplatz. Gleich hatte ich nämlich erkannt, dass zu den Panzern ein KW II mit dem auffallend hohen Geschützturm gehörte. Doch dann stürzte ich ans Steuer der Zugmaschine, um sie in Deckung zu fahren, und auch das gelang mir so schnell wie vorher und nachher nie mehr in meinem Leben. Zufällig hatte die Kate, vor der sich das abspielte, seitlich eine Einfahrt, durch die ich hinter das Haus fahren konnte, und so befand ich mich außer Sichtweite. In der Zwischenzeit hatten die russischen Panzer den Feuerzauber aus allen Rohren eröffnet - ein richtiges Inferno, denn sie hatten eine enorme Feuerkraft. Panzerbrechende Munition, die sie verschossen, bohrte sich durch die Blockhäuser und fuhr splitternd und krachend zu den Hinterfronten wieder heraus. Gespannt wartete ich auf einen Abschuss unserer Kanone. Aber nichts tat sich, obwohl Wolfram, unser Geschützführer, jetzt doch längst bei der Kanone sein musste. Weiter hinten ballerte jetzt eines unserer Geschütze, traf auch, wie ich sehen konnte, jedoch die Geschosse prallten ab. Die Schüsse hatten jedoch zur Folge, dass die Russen den Rückwärtsgang einlegten und sich hinter die Horizontlinie zurückzogen. Während des Rückfahrens feuerten sie nicht, und so begab ich mich nach vorn, um nachzusehen, was da geschah. Zunächst sah ich gar nichts, weder unser Geschütz noch die Bedienung. Lediglich der Geschützführer der Kanone, die geschossen hatte, kam auf mich zugerannt und rief: „Schnell, holen Sie Ihre Protze, wir haben keine Zugmaschine mehr, und ihr kein Geschütz!" Ich fuhr vor, da tauchten auch Robert und Wilhelm auf, und zusammen hängten sie die Kanone, die dem dritten Zug gehörte, an. Weil ich mit der Zugmaschine das letzte vorhandene Fahrzeug war, kamen aus allen Ecken Versprengte hervor, die sich an das Fahrzeug klammerten wie die Beeren an eine Traube.

So beladen fuhr ich mit unserer Protze zum Gehöft hinaus. Im Vorbeifahren konnte ich das Fahrzeug des Kameraden Sohn sehen, und ihn am Steuer, starr und todesgelb. Er war auch im Begriff gewesen, dasselbe Manöver wie ich auszuführen, als er von einer Panzergranate getroffen wurde, die das Fahrzeug von hinten bis vorne durchbohrte. - Gott hatte es doch anders beschlossen, als Kamerad Sohn es mir vor einer Stunde noch gesagt hatte. Als ich am letzten Haus vorbeifuhr, schrie einer meinen Namen. Ich hielt an. – Es war Johann Schatz. Nachdem auch er sich auf der Zugmaschine festgeklammert hatte, legte ich zu einer Slalomfahrt los, denn in der Zwischenzeit setzte wieder russischer Beschuss ein. Noch einmal musste ich anhalten, hinten an der Protze brannte etwas. Ein Geschoss hatte die Zugmaschine getroffen, hatte sich in den Schneeketten gefangen, und jetzt brannte mein Schuhputzzeug. Nachdem wir es weggeschmissen hatten, gab ich Gas, was das Zeug hielt, denn es war immer noch möglich, dass die leichten russischen Begleitpanzer unsere Verfolgung aufnahmen. Jetzt wurde das Gelände sumpfig, aber die Spur, auf der die ganze Vorausabteilung geflohen war, führte sicher hindurch, und bereitete mir keine Schwierigkeiten. Aber was war da? Im Sumpf steckte eine unserer Protzen, und kein Mensch dabei! Was war denn da geschehen? Doch wir waren die Letzten der Gejagten, da gab's für uns nur eines, weiter, weiter zu den andren. Allmählich wurde der Weg besser und übersichtlicher, und wir wurden ruhiger. Die brenzlige Lage entspannte sich, und am Horizont tauchte Kaspilijar, unser Ausgangspunkt vom Morgen auf. Das empfanden wir als einen Lichtblick. Wieder einmal davongekommen! Aber wie würde die Bilanz ausfallen? Bald erreichten wir den Punkt des Bachtales, wo die Behelfsbrücke über das Flüsschen ging, und da wimmelte es von deutschen Truppen. Darunter war eine ganze Panzerjägerabteilung mit schwereren Kalibern als unsere „Panzerantastgeräte", und sie übernahm nun den

Schutz. Bei der Brücke aber standen zwei „gute, alte Bekannte“, die Herren Walter und Wolfram, sehnsüchtig nach uns Ausschau haltend und uns in Empfang nehmend. Ja, und wo waren die „Helden“ geblieben? Ganz einfach: Sie waren beim ersten Feuerstoß der russischen Panzer panikartig stiften gegangen, ohne sich um uns zu kümmern. Leutnant Walter verlor dabei noch seine Maschinenpistole (später behauptete er, die Russen hätten sie ihm aus der Hand geschossen). Unteroffizier Wolfram hatte sich in die nächste Protze geschwungen und war damit abgehauen. Das war die Protze, die dort hinten im Sumpf steckte. Und die Bilanz des Tages: Sieben Tote, mehrere Verwundete, drei verlorene Zugmaschinen, sowie zwei verlorene Geschütze aus unserem Zug. Wir mussten nun über den Bach hinauf ins Dorf. Dort hielt uns der Kompaniechef eine Standpauke. Er sagte, das wäre nun einmal so im Soldatenleben. Schließlich befänden wir uns auf keinem Spaziergang. Das war mir eigentlich schon vor Beginn des Feldzugs klar. Neben dem Verlust der Kameraden beschäftigte mich das Verhalten meiner Kampfgenossen. Die hochnäsigen Vorgesetzten, Leutnant Walter, aber hauptsächlich Unteroffizier Wolfram, die die Eisernen Kreuze trugen, hatten mich sehr enttäuscht.

Das vorangehende Bild zeigt die Panzerabwehrkanone (Pak) 28, Kaliber 3,7 cm, mit der wir in den Russlandfeldzug geschickt wurden. Laut Instruktion durch den Kompanie-Chef Hauptmann Kollmann sollte die Kanone alle bis dahin bekannten Panzertypen durchschlagen. Doch schon die russischen Kampfwagen KW I+II, denen wir schon in den ersten Tagen des Russlandfeldzuges begegneten, durchschlugen sie nicht.
Auf dem Foto ist deutlich die Ausblickluke des Schützen 1 für das Zielfernrohr zu sehen. Diese Luke konnte man durch je einen Schieber von unten und oben öffnen und verstellen. Aus Angst vor feindlichen Scharfschützen öffnete Robert den Spalt nur so weit, dass er kaum das Schussfeld überblicken konnte. Das Fiasko bei Buda zwischen Kaspilija und Smolensk war die Folge davon…

Russische KWII, gegen die wir nichts ausrichten konnten mit unserer Bewaffnung

Nach der moralischen Aufrichtung durch den Kompaniechef wurden alle Unterführer zu einer Besprechung zu ihm bestellt. Was und wie sich die Herren darstellten, das erfuhren wir nie. Einziges Resultat: Johann Schatz erhielt, weil er angeblich in der allgemeinen Panik als Letzter das Gehöft verließ, das EK II! Ja, so lief das damals – und mit der realen Darstellung, und Beurteilung war das eben so eine Sache!

Wir hatten nun Ruhe bis zum nächsten Morgen. Über Nacht hatten unsere Pioniere über den Bach eine gute Brücke gebaut. Sogar einen Namen hatte sie bekommen. Sie hieß Niemack-Brücke, nach dem ersten, dem glückhaften Kommandeur der Vorausabteilung. Wir überquerten sie gegen Mittag,

denn wir mussten zu einem Ort gegenüber dem Bachtal auf einer Anhöhe. Bei der Weiterfahrt ging es recht einsilbig bei uns zu. Die gestrige Schlappe steckte uns noch in den Knochen. Neben mir saß wie immer Unteroffizier Wolfram, der gestern seinen „Schlager" gedreht hatte, was sich natürlich herumgesprochen hatte. Er gab sich recht zerknirscht, und ich muss schon sagen, ich gönnte ihm das!
Doch zu großen Überlegungen war jetzt nicht die Zeit, zu angespannt fühlte man sich in dieser Situation, und es konnte jederzeit Überraschungen geben. Ohne große Zwischenfälle erreichten wir das Gehöft auf der Höhe, und es war auch frei von Russen. Sie mussten aber bis vor kurzem da gewesen sein, und zwar mit Panzern, das sah man an den ausgehobenen Deckungsgruben und Löchern. Die hatten sie vorbildlich angelegt, geradezu wie im Manöver. Nirgends konnten wir auch nur eine Krume des Aushubs entdecken, und die Schützenlöcher waren eng und mannstief, mit Steigstufen. Am abfallenden Hang des Dorfrandes in Richtung Buda gingen wir in Stellung. Die Fahrzeuge stellten wir in den vorhandenen Gruben und an den Häusern in Deckung. Zunächst blieb alles ruhig, lediglich die Bienen einer Imkerei waren aufgestört und schwärmten gehässig in der Gegend herum. Unserer Geschützbedienung hatten sie gleich zugesetzt, diese hatten ganz geschwollene Gesichter, während ich davon verschont blieb. Bei der Ruhe konnte ich jetzt darangehen, meine Wäsche zu waschen, und ich sah mich nach Wasser um. Als ich mit zwei anderen Kameraden nach einem Brunnen suchte, tauchte plötzlich an einem Hof ein Mädchen auf. Sie sah ganz anders aus als die Frauen, die uns bis jetzt in Russland begegnet waren. Die trugen meist ein Kopftuch und hatten immer den Schafpelzmantel bei sich, liefen meist barfuss, oder hatten Schaftstiefel an. Diese hier war städtisch gekleidet, mit Rock und Bluse, trug dünne Strümpfe und Halbschuhe und hatte einen Bubikopf. Das war natürlich ein interessanter Anblick für uns, denn es war schon einige Zeit her, seit wir das letzte Mal eine Frau zu Gesichte bekommen hatten, die nach unserem Kulturgeschmack gekleidet war. Wir fragten sie nach Wasser, und dabei stellte sich heraus, dass sie deutsch sprach. Auf meine Frage, wie sie zur deutschen Sprache gekommen sei, erzählte sie uns, sie sei Studentin an einer polytechnischen Universität in Moskau, hätte aber jetzt keinen Unterricht, weil wir einmarschiert wären. Dann warf sie uns vor, dass wir zu Unrecht hier wären, und was Deutschland mache, sei ein gemeiner Überfall auf ein friedliches Land. Wir entgegneten ihr, mit dem friedlichen Russland sei es auch nicht so weit her, und erinnerten sie an den russischen Überfall auf

Finnland, wo sie uns das vorgemacht hätten, und dass sie die baltischen Staaten ja auch annektiert hätten. Außerdem sei Stalin ein blutrünstiger Tyrann, der vor keinem Terror zurückschrecke. Sie verteidigte sich aber wacker, war nicht aufs Maul gefallen, und ließ sich nicht überzeugen, so wenig wie wir. So gingen die Vorwürfe hin und her, wir sahen bald, dass das eine fruchtlose Debatte war, denn etwas anderes als die jeweiligen Propagandaphrasen hatten wir uns doch nicht zu sagen. So wie sie plötzlich auftauchte, so verschwand sie auch wieder. Ich besorgte mir Wasser, wusch meine Wäsche, und dann saßen wir auf unseres Kradmelders Beiwagenmaschine und waren eben im Begriff, ein Kartenspiel zu beginnen, als plötzlich eine Salve schwerer Granaten in unserer unmittelbaren Nähe einschlug, die von den schweren Artilleriepanzern der Russen herrührten.
Eine Weile später schlugen nochmal zwei Granaten ein, noch näher. Da legte ich meine Karten weg und sagte: „Heute will auch ich mal ein bisschen feige sein", lief weg und stieg in ein Schützenloch, das uns ja die Russen gegraben hatten. Meine drei Kameraden mir nach. Wir brauchten nicht lange zu warten, da orgelte auch schon die nächste Salve heran, diesmal so genau, dass eine Granate direkt die Hausecke traf, an der das Beiwagenkrad stand, auf dem wir Karten spielen wollten. Das Motorrad war völlig zerstört.

Der Treffer, der uns dank meiner Ahnung nicht traf.

Das war aber die letzte Salve während der beiden weiteren Tage, die wir noch dort blieben. Mit einem Freudentanz nahm Kamerad Jung seine zerstörte Maschine in Augenschein. Er hatte die Schnauze voll vom Beiwagenfahren auf den Sand- und Staubwegen Russlands. Dass die Salven so genau, und zur rechten Zeit bei uns landeten, legte den Verdacht nahe, dass die russische „Fee" mit der Panzerabteilung, die vor uns in dem Gehöft lag, in Verbindung stand und denen Zeichen gab, ihre gegen uns gerichteten Vorwürfe massiv zu unterstützen. Auch die aufgestöberten Bienen konnten ihr Werk sein. Mir gab es zu denken, dass wir hier auf russischem Boden nicht als Befreier begrüßt wurden, wie das in Litauen offensichtlich der Fall war. Anderntags meldete sich Unteroffizier Wolfram krank, er hatte Ruhr, außerdem hatten ihm die Bienen so zugesetzt, dass man ihn kaum mehr kannte. Sicher trug auch die moralische Belastung durch seine „Heldentat" dazu bei, und so schien es das Beste, wenn er für eine Weile von der Bildfläche verschwand. Auch den Schatz erwischte die Ruhr, und er musste mit den gleichen Symptomen weggehen. Einen weiteren Tag mussten wir die Stellung noch halten, dann begann eines unserer Regimenter den Angriff auf den Kessel von Smolensk, der damit seinem Ende entgegenging.

Bei dieser Kesselschlacht wurden wir noch einmal eingesetzt, als es galt, eingeschlossene, russische Truppenteile, die Ausbruchsversuche machten, abzuwehren. Zu diesem Zweck fuhren wir wiederum ein paar Dörfer weiter. An einem Dorfrand, der sich etwa 1.000 Meter von einem Wald entfernt befand, der vielen russischen Kräften Unterschlupf bot, waren Teile unseres Ulmer Infanterieregiments in Stellung gegangen. Zu diesem Regiment gehörten viele Schlierbacher, und so trafen wir auch gleich zwei Landsleute. Ihr Kompaniechef war der Hartmut, der ehemalige Hitlerjugendführer, der mich bei unserer letzten Begegnung Verräter und Spion geheißen hatte. So wie die beiden dem Robert sagten, war er für den Nachmittag zu einem Besuch angesagt. Freudestrahlend überbrachte mir Robert diese Neuigkeit und wird sich gewundert haben, dass ich nicht wie er in Euphorie ausbrach. Ich weiß nicht, ob er über mein Verhältnis zur Hitlerjugend orientiert war, denn er befand sich in den Jahren immer auswärts, und ich hab ihn nie darüber aufgeklärt. Ich für meinen Teil hatte mir auf jeden Fall vorgenommen, zu Hartmut so zurückhaltend wie nur möglich zu sein. Konnte er ja herkommen, wenn er wollte, als Vorgesetzter stand ihm der Weg offen. Wir reihten unsere Kanone zwischen die Ma-

schinengewehr-Nester der Infanterie ein, fuhren unsere Protzen in Deckung hinter die Häuser und warteten der Dinge, die da kommen würden.
Am Nachmittag tauchte der Stab der Infanteriekompanie unter Führung von Hartmut Wirker auf und inspizierte die Stellung seiner Leute. Er wandte sich, nachdem er die Stellung der beiden Schlierbacher besucht hatte, zu uns her, denn Robert stand gerade bei der Protze. Als Robert Hartmut sah, ging er ihm gleich entgegen, und begrüßte ihn, als wäre er sein Busenfreund. Hartmut war nicht sonderlich groß von Statur, aber jetzt war er Hauptmann, und an seinem Kragen baumelte tatsächlich das Ritterkreuz. An Selbstgefühl hatte es ihm ja noch nie gefehlt, und die hohe Auszeichnung trug bestimmt noch mehr dazu bei. Er befand sich jetzt auf dem besten Weg, zu den Göttern aufzusteigen. So wie die Kriegslage im Augenblick aussah, schien es, dass er diese Triumpflaufbahn auch genießen konnte. Dagegen waren wir zwei Schlierbacher kleine Würstchen, und ich beobachtete, wie Robert bei der Begrüßung auch seinen linken Arm mit dem Oberschützenstern präsentierte, dass er den nicht übersehen konnte.
„Na Robert, dass wir uns hier treffen, das ist doch eine großartige Sache!“, sagte er zu ihm. Es folgten noch ein paar Phrasen, doch dann entdeckte er mich, und wandte sich auch mir zu. Ich machte ein „Männchen“, das ist eine Ehrenbezeugung, wie ich sie vor jedem anderen Offizier auch gemacht hätte, und nun konnte er schanderhalber nicht anders, als auch mir die Hand zu reichen. Ich konnte ihm aus bekannten Gründen keinen Stern präsentieren, aber immerhin hatte ich das Verwundetenabzeichen. Für mich hatte er keine Worte, es war eine Verlegenheitsbegrüßung, der Schatten meiner Vergangenheit reichte bis hierher in die Gegend von Smolensk.
Wäre er als Mensch und nicht als Strahlenheld aufgetreten, so hätte er vielleicht gesagt: „Was gewesen ist, das ist vergessen. Wir stehen hier an einer gemeinsamen Front, wo es um Sein oder Nichtsein unseres Volkes geht. Da müssen wir zusammenhalten!“ Hätte ich das oder etwas Ähnliches von ihm vernommen, so hätte ich sein Andenken in Ehren gehalten, denn überlebt hat er den Zauber nicht. Ich konnte froh sein, dass ich mich nicht in seiner Umgebung befand. Wer weiß, vielleicht hätte er mir sogar Gelegenheit gegeben, meine in seinen Augen verlorene Ehre für Führer, Volk und Vaterland durch besonderen Einsatz wieder herzustellen? Gelegenheit dazu hätte es sicher gegeben, denn ein Kompaniechef musste immer mal Leute für ein Himmelfahrtskommando auswählen. Wie hatten wir damals in der Hitlerjugend bei ihm gesungen:

„Lass den verlorenen Haufen
voran zum Siege laufen;
Wir folgen dicht geschart!“

Ich bin ihm nicht wieder begegnet.
An diesem Tag zeigte Robert noch „sein“ Heldentum. In Abwesenheit von Unteroffizier Wolfram war er als Schütze 1 für ein paar Tage zum Geschützführer avanciert. Als solcher hatte er das Geschütz, das wir in Buda gerettet hatten, in die Linie der Maschinengewehr-Kompanie Hartmut Wirkers eingeordnet, die sich am Dorfrand etwa 500 Meter vor einem Waldrand befand. Der Wald steckte voller Russen. Es war die Endphase des Smolensker Kessels.
Etwa eine Stunde nach dem Besuch Wirkers begann ihr Ausbruchsversuch mit einer Kavallerie-Attacke. Es dürfte eine Schwadron von etwa 150 Reitern gewesen sein, die gegen unsere aufgebaute massive Linie anritt.
Die verderbenspeiende Barriere brauchte nur ein paar Minuten, und kein Reiter und kein Pferd war mehr auf den Beinen. Verstörte russische Reiter und Reiterinnen kamen auf uns zu, ergaben sich und kamen in Gefangenschaft. Die Frauen waren genau so kahl geschoren wie die männlichen Soldaten, und erregten unsere Neugierde. Aber das gehörte nur zum Vorspann. Einige Zeit später setzte der eigentliche Ausbruchsversuch der Truppen ein, die bis jetzt unseren Augen verborgen geblieben waren. Wie ein Ameisenheer wälzten sich die Massen der eingeschlossenen russischen Verbände auf uns zu, wo eine todesspeiende Maschinerie aus schweren Maschinengewehren, verstärkt durch unsere Pakgeschütze, sie erwartete. Die Russen hatten keine Chance, ein wirksames Feuer auf uns zu eröffnen, und es blieb ihnen nur ein Rennen in den sicheren Tod, oder vereinzelt in Gefangenschaft, denn ein Zurück gab es nicht wegen der sie antreibenden Kommissare. Unsere Maschinengewehre schossen Dauerfeuer, und die Schützen hatten nur zu tun, die heiß geschossenen Läufe auszuwechseln. Ganze Berge leergeschossener Patronenhülsen lagen schon hinter den MGs.

Von Orden, Kriegsruhm und Dienstgraden

Ein ruhmreicher Krieger zu sein, Ehre und Ruhm für Verdienste um das Vaterland zu erwerben, stellte ein Erziehungsziel in unserer Jugendzeit dar, ganz besonders nach der Machtübernahme Hitlers. Das fing an mit den Medaillen bei der Olympiade 1936, und setzte sich fort mit den dekorierten

Uniformen, sei es durch Dienstgradabzeichen oder sonstige Blechle, z. B. Sportabzeichen.
Sah man dann gar einen Uniformträger, der mit Orden aus dem ersten Weltkrieg, besonders dem Eisernen Kreuz dekoriert war, so war das eine Erscheinung der Bewunderung und der Ehrfurcht. Ruhm auf dem Schlachtfeld galt als ein Fernziel, das zwar noch nicht greifbar war, denn es mussten erst die Voraussetzungen dazu geschaffen werden, aber Hitler bemühte sich schon, mit Billigung der Mehrheit unseres Volkes, die Gelegenheit dazu zu schaffen, und die Wenigsten, schon gar nicht wir Jugendlichen bemerkten, dass man übertölpelt und in die Irre geführt wurde. Falsche Ideale führten uns Jugendliche unbemerkt und ohne Kritik in die große Katastrophe des zweiten Weltkriegs.
Das Schlachtfeld wurde zu einem Ort hochstilisiert, wo es Ruhm, Ehre und Glück zu holen gab. Dass in dem Wort Schlachtfeld das Wort „schlachten" enthalten war, etwa wie in dem Wort Schlachthaus, das schien niemand zu bemerken. Aber das Wort Schlachthaus und schlachten hatte doch irgendwie einen Geruch. Wer wollte schon Schlachter sein? Zivilisierte, kultivierte Menschen keinesfalls, obwohl ich Metzger kannte, prima Kerle mit Anstand und Gewissen.
Als Junge las ich einmal einen Bericht aus einem Großschlachthaus in Chicago. Beschrieben wurde der Arbeitsplatz eines Schlachthausangestellten, der die Aufgabe hatte, jeden Tag die paartausend Schlachtschweine, die in einem engen Gang auf ihn zukamen, mit einer hochgeladenen elektrischen Zange zu betäuben und zu töten, so dass sie tot umfielen, und per Förderband zur Weiterverarbeitung geleitet wurden. Acht Stunden lang jeden Tag nichts anderes als töten, kein anderes Tun, keine andere Besinnung, nur am Ende die Dollars, das ist doch ein seelenloses, gefühlloses Tun, das in dem Bericht geradezu verabscheuungswürdig dargestellt wurde.
Aber jemand musste ja die Arbeit machen! Es ist einfach, von schönen Gefühlen zu sprechen, das Schöne in der Welt zu preisen, womöglich davon zu leben, und dann gedankenlos sein Schnitzel oder sein Steak zu verzehren. Dann der andere Begriff: das Schlachtfeld. Dargestellt als das Feld der Ehre, wo man seinen Mut, seine Tüchtigkeit, seine Liebe zum Vaterland und seine Treue beweisen konnte.
Geschlachtet wurde auch da. Die moderne Tötungstechnik hat das ein wenig „humanisiert", so dass es in den modernen Kriegen des 20. Jahrhunderts nur noch in Einzelfällen zu Metzeleien wie im Mittelalter kam. Anvi-

sieren, abdrücken ist wesentlich einfacher als der Kampf mit Säbel, Spieß und Beil, mit Blutspritzern, herausquellendem Gedärm und krachenden Knochen. Aber solches Tun galt als eine ehrenvolle Tätigkeit! Je erfolgreicher man auf diesem Gebiet wirkte, desto höher wurde man honoriert, sei es mit Beförderungen oder mit Orden und Ehrenzeichen. Eine Uniform mit hohen Dienstgradabzeichen war eine beeindruckende Sache. Die Würze aber bestand darin, dass sie mit Orden dekoriert war. Jedermann, und vor allem jede Frau konnte auf Anhieb sehen, was für einen Helden, was für einen erfolgreichen „Schlächter" man vor sich hatte.

Manche „Helden" hatten aber das Glück, nur befehlen zu brauchen, wo sie, wie sie, und wann sie erfolgreich zu schlachten hatten. Diese Befehlshaber, diese Anstifter hatten die höchsten Dienstgrade und bekamen dann auch die höchsten Auszeichnungen. So ist eben der Lauf der Welt!

Diese Erlesenen wurden dann mit einem entsprechenden Nimbus dargestellt. Sah man beispielsweise den damaligen Reichspräsidenten Hindenburg abgebildet, so war das meistens in der Uniform eines Generalfeldmarschalls. Die ganze Brust hing voller Orden. Das Geklimper muss seine Heldenbrust ja ganz schön beschwert haben, und es musste extra jemand da sein, der diesen Ordenssegen gepflegt und betreut hatte. Als der zweite Weltkrieg begann, wurde auch die sogenannte Stiftung des Eisernen Kreuzes wieder erneuert. Die größte Klasse war das Ritterkreuz, das für außerordentliche Leistungen verliehen wurde. Das bekamen Leute wie U-Bootkommandant Prien und viele Jagdflieger. In den Feldzügen gegen Polen und Frankreich gab es auch schon Ritterkreuze im Heer. So viel ich weiß, hat Hartmut Wirker das seine in Frankreich bekommen. Doch das habe ich erst viel später gehört, denn ich war ja in der Zeit im Arbeitsdienst.

EK I und II (Eisernes Kreuz) gab es für persönliche Tapferkeit. Vorwiegend die zweite Klasse war für Mannschaften und Unteroffiziere üblich, wobei gesagt werden muss, dass das EK II oft unter größerem und risikoreicherem Einsatz verdient wurden als so manches Ritterkreuz, das an den Krägen der Generale und sonstiger hoher Offiziere baumelte. Für unseren Einsatz am ersten Tag des Russlandfeldzuges in der Vorausabteilung Niemack gab es in unserer Kompanie etwa 15 EK II. Hauptmann Kollmann und Leutnant Schmitt bekamen das EK I. Unser Geschützführer Unteroffizier Wolfram bekam das EK II, aber wir von der Bedienungsmannschaft gingen leer aus für diesen Tag. Das nächste EK II bekam unser Fahrer Kamerad Dolder, eine Woche später am Flüsschen Sara, der von der glei-

chen Granate, von der ich verwundet wurde, tödlich getroffen wurde. Das nächste EK II bekam ausgerechnet unser Schlummschütze (=untauglicher nichttreffender Schütze) Johann Schatz, der Hirte vom Schwarzwald, bei unserem Einsatz in Buda-Kaspilijar-Smolensk. Das war eine absolute Fehlentscheidung und ist eine geradezu lachhafte Geschichte.
Der Unteroffizier, der von der „Heldentat" unseres badischen Ziegenhirten (nämlich seiner Flucht auf meiner Zugmaschine) berichtete, war ein ausgesprochener Schwabenhasser – und so gab es nach dem Desaster von Buda nur „badische Helden". Ich war natürlich enttäuscht, dass ich dabei leer ausgegangen war. Andererseits war ich froh, diese Katastrophe überhaupt überstanden zu haben. Und es war mir eine innere Genugtuung, durch die Rettung meiner Zugmaschine auf dem Rückzug zugleich meinen mitfahrenden Kameraden das Leben gerettet zu haben.
Ein paar Tage nach der Verleihung erkrankte Schatz dann an der Ruhr und wurde abtransportiert. Ich habe nie mehr etwas von ihm gehört.

Die Vorausabteilung Niemack, zuletzt unter Major v. Mühlen, löste sich nun auf, der Vormarsch hatte vorerst aufgehört, und Auszeichnungen gab es zunächst auch nicht mehr. Unser Zug wurde dem Divisions-Stab zugeteilt, weil er von unserer Panzer-Jäger-Abteilung 5 durch die Kampfhandlungen am meisten gelitten hatte. Beim Stab war es nun nicht mehr so gefährlich, bis auf Überraschungen, vor denen man in Russland nie und nirgends sicher sein konnte. Aber Beförderungen gab es noch, und da wurden wir Gefreite. Ich bemerkte, dass mich der Kompanie-Chef Hauptmann Kollmann von da ab behandelte wie ein rohes Ei, was bei der späteren Weihnachtsfeier in Bourbon-Lanci in Frankreich zum Ausdruck kam, wo er sich ganz bewusst neben mich setzte.
Als dann bei unserem zweiten Russlandeinsatz wieder Orden ausgegeben wurden, bekam ich das erste EK als einziger der Kompanie. Nach einer

Erfrierung bekam ich dann auch noch die Medaille „Winterschlacht im Osten“ (den Gefrierfleischorden). Manchmal gab es doch noch eine Gerechtigkeit.
Wenn ich an diese Schlachterei zurückdenke, packt mich heute noch das Grauen, und es ist mir eine Genugtuung, dass ich mein EK nicht fürs Schlachten, sondern für zweimalige Rettung unserer Protze und einer Kanone in eigener Initiative bekommen habe. Aber ein Quäntchen Glück und Fügung gehörte auch dazu. Man konnte selber nicht wählen, wohin man gestellt wurde.

Die Kesselschlacht von Smolensk war nun abgeschlossen. Viele gefangene Russen marschierten vorher und nachher an uns vorbei in die Gefangenschaft. Das bedeutete für diese gequälten Kreaturen eine furchtbare Strapaze. Keine Verpflegung, vor allen Dingen nichts zu trinken bei der Hitze. Kam ihres Weges eine Pfütze, so legten sie sich hin und tranken sie aus bis auf das letzte Tröpfchen Feuchtigkeit. „Wehe, wenn wir das noch büßen müssen“, sagten wir schon damals zu einander.

Beim Divisionsstab

Von da an befanden wir uns mal da mal dort im Einsatz, wenn irgendwo versprengte russische Truppenteile auftauchten. Das gab dann immer mehr oder weniger große Plänkeleien. Doch dann kam die Front zum ersten Mal zum Stehen, weil Regenwetter einsetzte und die Wege zu knietiefen Schlammpisten wurden. Der General ließ sich einen Bunker bauen, und weil unser Zug die meisten Verluste der ganzen Abteilung gehabt hatte, bekamen wir einen weniger gefährlichen Auftrag. Der hieß, den Panzerschutz für den Divisionsstab zu übernehmen. Wache schieben, Arbeitsdienst, sowie sehr magere Portionen, das war unser Beitrag für weniger Gefahr. Wer gerade wachfrei hatte, war unterwegs, um Kartoffeln zu „stehlen“, denn sie auf den Feldern zu holen, wurde als Plünderung geahndet. Zu den noch halbreifen Kartoffeln aßen wir Honig, den wir unterwegs schon in den letzten Monaten geerntet hatten.

Und weiter, Moskau zu

Der Vormarsch, der letzte des Herbstes, ging weiter. Als Begleitung des Divisionsstabes verlief er undramatisch. Uffz. Wolfram war auch wieder von der Partie. Doch nun zeigte er sich zahmer. Einmal fuhren wir in eine Waldlichtung mit einer kleinen Siedlung ein, während ringsum in den

Wäldern noch eine rege Knallerei stattfand. Dort kam die Kolonne zum Stehen. Dabei entdeckten wir nebenan eine Gänseschar, und sofort machten wir uns daran, eine davon zu fangen. Wie wir sie in einem umfriedeten Grundstück in die Enge getrieben hatten, spreizten sie die Flügel und flogen weg über den Flechtzaun ins nächste Grundstück. Wir jedoch hinterdrein. Als ich den Zaun überwunden hatte, saß da ein Landser in der Hocke und ging einem menschlichen Bedürfnis nach. Es war ein Bekannter, der Seitz, ein Setzerkollege der Druckerei Kaißer. Er gehörte zur katholischen Jugend und war wie auch ich bei den Geächteten. „Du bist es, grüß dich, lass dich nicht stören!“ - „Lass dich auch nicht stören, und komm mir nicht zu nahe, ich habe Ruhr, und gleich muss ich auch wieder hinüber in den Wald, damit ich den Anschluss nicht verliere. Behüt di Gott!” - „Ebenfalls, b’hüt di Gott!“ So kurz konnte eine Begegnung sein. Wie ich später erfuhr, ist er am gleichen oder am nächsten Tag gefallen. Vom Lied, das ich von ihm das erste Mal hörte, lautete eine Strophe:

„Aber da draußen am Wegesrand,
dort bei dem König der Dornen,
klingen die Fiedeln im weiten Gebreit,
klagen dem Herrn unser Carmen.
Und der Gekrönte sendet im Tau,
tröstende Tränen herunter,
fort geht die Fahrt durch den wilden Verhau,
uns geht die Sonne nicht unter!“

Die Gans erhaschten wir, und mussten natürlich höllisch aufpassen, dass wir nicht erwischt wurden, denn der General konnte jederzeit auftauchen, und der hätte dafür kein Verständnis gehabt, denn er hatte so was bestimmt nicht nötig.
Als wir einmal am Divisionsgefechtsstand zu tun hatten, brachten sie dort einen gefangenen russischen Offizier an, jüdischer Abstammung, und er sprach Deutsch. Zu seinem Bewacher, einem Feldwebel sagte er, dass er Hunger hätte, worauf der ihm antwortete, dass er selber auch schon längere Zeit nichts zu essen gehabt habe, aber wenn er es wirklich nicht aushielte, könnte er sich ja nebenan auf dem Kartoffelacker bedienen. Daraufhin machte der russische Offizier seinen Bewacher darauf aufmerksam, er sei laut Genfer Konvention als Offizier nicht verpflichtet zu arbeiten. Das war das erste Mal, dass ich etwas von der Genfer Konvention hörte. Es ärgerte uns, dass es den Herren, die schon den Krieg auf bequemste Art führten,

bei eventueller Gefangenschaft besser gehen sollte als uns armen, geschundenen Hunden. („D'Herra beißet sich halt net!“)
Als gewöhnlicher Soldat hatte man zwei Feinde. Einer war der äußere Feind, der sogenannte Feind des Vaterlandes. Der bedrohte alle, Große und Kleine. Am schlimmsten betraf es aber doch uns Landser, denn wir waren am nächsten dran am Gegner, und wehrten wir uns nicht unserer Haut, so hatte das für uns die schlimmsten Folgen. Zum zweiten Feind des kleinen Mannes gehörten mehr oder weniger die Vorgesetzten. Sie waren diejenigen, die uns in den Schlammassel schickten und herumkommandierten, und so manche von ihnen dachten dabei nur an ihre eigene Sicherheit und Bequemlichkeit.
Befanden wir uns mit dem Divisionsstab unterwegs beim Vormarsch, und gab es Halt zum Übernachten, so mussten wir, bevor wir ans Essenfassen oder ans Warten der Geräte denken konnten, zum Arbeitseinsatz beim Stab. Er bestand darin, die zum Übernachten des Generals auserkorene Kate zu säubern, was hieß, Decken und Wände abzufegen wegen der Wanzen und Läuse. Der Boden musste nass geschrubbt werden, und dann hieß es noch ins Kellerloch hinabzuschlüpfen und nachzusehen, ob da kein Partisan zu finden wäre. Ein anderer Trupp hatte für Herrn General einen brusttiefen, hufeisenförmigen Graben auszuheben, denn Herr General hatte ein erbeutetes Fliegerabwehr-MG mit Stativ, mit dem er sich im Bedarfsfall als Held betätigen wollte. Der Aushub musste natürlich weggeschafft werden, denn sonst wäre eventuell aus der Luft zu sehen gewesen, dass da jemand gebuddelt hat. ZumAbtransport der ausgehobenen Erde musste natürlich unsere Zeltbahn verwendet werden, was denn sonst? Sonst hatten wir ja nichts Geeignetes. Aber kein russischer Tiefflieger tat dem General den Gefallen! Es kam also hier wie überall im Leben drauf an, von welchem Standpunkt man die Sache mitbekam, ob von oben oder von unten.

Die Christophorus-Plakette

Von Amuletten, Maskottchen oder sonstigen Wunder wirkenden Mitteln habe ich immer wenig gehalten. Wahrscheinlich hervorgerufen durch meine protestantische Erziehung. Doch wenn meine Erinnerungen an den Krieg wieder einmal durch meine Gedanken gehen, dann taucht eine Gestalt auf, die auf einer Plakette unseres Zugfahrzeugs, das ich beim Einmarsch in Russland steuerte, angebracht war.

Es handelt sich um die Gestalt des heiligen Christophorus auf einer Plakette. Sie war auf dem Armaturenbrett der Protze befestigt. Das Fahrzeug stammte noch aus der Grundausstattung der Panzerabwehrabteilung 5 Villingen und dürfte gleich zu Beginn der Gründung der deutschen Wehrmacht, oder gar noch von der Reichswehr, in Dienst gestellt worden sein. Im katholischen Villingen, der Garnison unseres Stammtruppenteils, dürfte es damals noch üblich gewesen sein, dass die neuen Fahrzeuge vom katholischen Priester geweiht wurden. Dabei erhielten sie die Plakette mit dem heiligen Christophorus. Kein anderes Fahrzeug, das ich später bei der Wehrmacht erlebte, hatte ein ein solches Emblem. Diese Plakette befand sich im Gesichtsfeld von Fahrer und Beifahrern unserer Geschützmannschaft, aber niemand beachtete sie besonders.
Ich selber wusste nicht gerade viel über den heiligen Christophorus, nur dass er das Christuskind über einen Fluss getragen hatte, und dass er dabei trotz seiner Kraft in die Knie gehen musste. Christusträger wollten ja auch wir aus der evangelischen Jugend sein. Besonders im Herzen wollten wir Christus tragen. In den Tagen nun, wo wir beinahe täglich der Gefahr um Leib und Leben ausgesetzt waren, suchte ich einen Trost- und Hoffnungspunkt, und fand ihn beinahe unbewusst in der Gestalt des heiligen Christophorus. Sie war zwar keine Lebensversicherung, aber sie gab mir doch irgendwie ein tröstliches Gefühl.
Leider war ich, als wir die Fahrzeuge nach unserem ersten Russlandeinsatz abgeben mussten, nicht genug auf Draht, die Plakette abzunehmen und mit nach Hause zu nehmen. Es hätte das damals bestimmt niemand gemerkt, denn sie waren für den Schrott bestimmt, aber mir wäre diese Plakette heute ein wertvolles Andenken an eine schwere Zeit.
Als wir etwa in der Mitte zwischen Smolensk und Moskau ankamen, erreichte uns ein Gerücht. Nach Frankreich würden wir verlegt, neu ausgestattet, und kämen dann auf einem anderen Kriegsschauplatz zum Einsatz. So geschah es auch.

Wieder in Frankreich

Voller Freude landeten wir wieder in Frankreich. Jetzt gab es auch den lang ersehnten Urlaub. Gleich nach der Ankunft fuhr der erste Schub; dazu zählte auch Robert. Ich als Fahrer konnte erst mit dem zweiten fahren, denn wir hatten zuvor noch unsere alten, zerbeulten Kisten abzuliefern. Doch dann konnte ich mal wieder drei Wochen daheim sein. Erzählt habe ich von dem, was ich erlebt habe, wenig. Mein Vater, der wusste, wie es im

Krieg zugeht, und die anderen brauchte man nicht zu ängstigen. Man äußerte sich zuversichtlich über den Verlauf des Krieges, denn Hitler stand auf der Höhe seiner Macht, und das Abenteuer Russland schien ihm auch zu gelingen. Auch mein Vater zeigte sich beeindruckt, wie Hitler es geschafft hatte, beinahe ganz Europa zu erobern. Nicht ganz ohne Anerkennung sagte er: „Alles gelingt diesem Burschen!"

Theo, der kriegsgefangene Franzose meines Onkels, der oft sonntags nach der Kirche meine Eltern besuchte, meinte: „Napoleon war auch in Russland, sogar in Moskau, und hat trotzdem verloren. Die Dummen waren immer die kleinen Leute. Erst am Schluss kann man Genaues sagen."

Wieder bei der Truppe, stand mir eine schöne Aufgabe bevor. Alle Fahrer wurden für ein Kommando zusammengestellt zu einer Fahrt nach Deutschland, um neue Fahrzeuge zu unserer Ausrüstung abzuholen. Das machte mir Spaß, denn reisen und schauen, das war schon damals meine Leidenschaft. Von Unna in Westfalen aus einem Heeresfuhrpark mussten sie geholt werden. Die paar Tage, die wir da noch zu warten hatten, nützten wir, die Stadt und ihre Menschen, so weit das noch am Anfang des dritten Kriegsjahres möglich war, kennen zu lernen. Dann nahmen wir die Fahrzeuge in Empfang, von denen die meisten Zwitterfahrzeuge waren, während der Rest die gleichen Krupp-Protzen waren, wie wir sie bisher schon gehabt hatten. Von diesen bekam ich eine zugeteilt, und nachdem wir die Motoren zum Laufen gebracht hatten, was nach einer eiskalten Nacht nicht ganz problemlos vor sich ging, starteten wir zu unserer ersten Etappe bis Saarbrücken. Die Route führte über Metz, Nancy, Dijon nach Bourbon-Lanci.

Nach Nancy hatte ich als Einziger das Pech einer Panne. Plötzlich, wenn ich die Hupe betätigte, setzte der Motor aus. Das konnte nur vom Strommangel herrühren. Weil ich als Letzter der Kolonne fuhr, machte ich mich durch Hupen bemerkbar, und dann stand natürlich der Motor endgültig. Zum guten Glück bemerkte mein Vorfahrer, dass ich da hinten stand, und er rangierte zurück. So war ich wenigstens nicht allein. Ich schlug ihm vor, unsere Batterien auszutauschen, und so machten wir uns an die Arbeit, mit dem Erfolg, dass meine Karre ansprang, während nun seine keinen Mucks machte. Also schleppte ich ihn an, und als wir die Kolonne wieder eingeholt hatten, hatte auch er wieder so viel Strom in der Batterie, dass er ohne Ärger starten konnte.

Wir befanden uns schon auf der letzten Etappe, und so verlief die Restfahrt vollends ohne Komplikationen. Bei der Ankunft wollte ich diese Panne vorsorglich dem Schirrmeister melden, der erst neu zu uns gekommen war, denn offensichtlich stimmte die Nachladung der Batterie bei dieser Maschine nicht. Ich bemerkte aber gleich, dass er mich nicht ernst nahm, denn er meinte nur, ich hätte wohl weiße Mäuse gesehen. Gut dachte ich, wenn das so ist, dann will ich nur sehen, dass ich mit dieser Karre nichts mehr zu tun habe.

Nicht mehr lange und Weihnachten stand vor der Tür

Bei der Weihnachtsfeier brauchten wir diesmal nicht „Hohe Nacht der klaren Sterne..." zu singen. „Christ der Retter ist da" durfte wieder zu Gehör gebracht werden.

Der Kompaniechef ließ es sich nicht nehmen, setzte sich zu jeder Geschützmannschaft an den Tisch, und fragte nach dem Ergehen der Einzelnen.

Als er sich neben mich setzte, dachte ich, jetzt oder nie, fasste mir ein Herz und fragte ihn, ob ich eine Bitte vorbringen dürfe. „Ich will sie gern anhören, und wenn ich die Möglichkeit habe, sie zu erfüllen, dann will ich mal zusehen." - „Besteht bei der Neuaufstellung der Kompanie die Möglichkeit, mich nicht mehr als Fahrer zu verwenden?", fragte ich. „Aber warum denn das, ich war mit Ihnen als Fahrer sehr zufrieden, Sie haben Besonnenheit und Umsicht gezeigt." Ich aber sagte, ich hätte doch keine vollwertige Ausbildung genossen, und kenne meine Schwäche wohl, worauf er erwiderte, er werde zusehen, was sich machen lasse.

Als dann bald danach die Neueinteilung der Kompanie erfolgte, stellte sich heraus, dass ich Gehör gefunden hatte, denn ich wurde als Entfernungs-Messer und Fußmelder verwendet, außerdem kam ich zum ersten Zug. Das hieß aber auch, dass ich das Amt des Putzers beim Zugführer Leutnant Schmitt, einem Berufssoldaten der Unteroffizierslaufbahn, der erst jetzt im Krieg durch seine Bewährung Offizier geworden war, übernehmen musste. Er verlangte zwar etwas von den Untergebenen, aber es herrschte bei ihm ein menschlicher Ton. Dass er abhauen würde ohne seine Leute, brauchte ich bei ihm nicht zu befürchten.

Ich konnte also mit meinem Schicksal zufrieden sein, zumal ich auch als Fahrer nicht mehr verwendet wurde, somit auch mit dem neuen Schirrmeister nichts mehr zu tun hatte. Nun begann die Ausbildung an den neuen Waffen und Geräten, aber die wurde menschlicher durchgeführt. Vormittags wurde ich als Offiziersputzer freigestellt und hatte, weil die Offiziere im Hotel wohnten und da versorgt wurden, so gut wie nichts zu tun. Bour-

bon-Lanci war ja Badeort, und die Thermalbäder befanden sich im Hause des Hotels, und so stellte sich nicht die Frage, wie ich die Zeit verbringen sollte, mit Baden natürlich! Die wirtschaftliche Lage Frankreichs hatte sich gegenüber dem Vorjahr wesentlich verschlechtert. In den Läden gab es nicht mehr alles, was vor einem Jahr noch vorhanden war. Der Winter war jetzt auch in Frankreich eingetroffen mit Schnee und Kälte. Der Wehrmachtsbericht wurde plötzlich, was den Osten betraf, so schweigsam, es war von Abwehrkämpfen die Rede.
An einem Abend fand eine Filmvorführung statt, und da wurde auch immer die neueste Wochenschau gezeigt. Was wir da sahen, trieb mir eine Gänsehaut den Buckel hinauf. Winter in Russland, schlimmer als in meinen ärgsten Vorstellungen. Es handelte sich um die erste Katastrophe unserer Wehrmacht!
„Schlimm sieht's aus", hörte ich den Kompaniechef sagen. Von Stunde an war ich mir im Klaren, dass unser neuer Einsatz wiederum nur in Russland sein konnte. Jeder Tag und jede Stunde erlebte ich als ein Geschenk hier in Frankreich; der Abruf konnte nur eine Frage der Zeit sein. So geschah es auch, ganz plötzlich kam der Befehl zum Verladen in den Osten, wieder nach Russland. Diesmal ohne Tam-Tam und Trara, kein Appell, und keine Einschränkungen wie das erste Mal. Das Verladen erfolgte ohne Aufhebens in gedrückter Stimmung.
Per Zug ging es bis Tilsit, und von dort aus sollten wir auf eigener Achse zum Ilmensee, einem Krisengebiet der Front fahren. Dort angekommen, wurde zusätzliche Winterbekleidung ausgegeben. Jeder bekam einen Übermantel und einen Ohrenschützer. Aus privaten Wollsammlungen erhielten wir noch Handschuhe, Schals und dergleichen. Filzstiefel gab es auch, aber bei Weitem nicht für alle. Bei der Verteilung wurde bei den oberen Dienstgraden angefangen, so dass die Mannschaften leer ausgingen. Das war nun der ganz eindeutige Beweis dafür, dass man mit keinem Winterkrieg gerechnet hatte. Mit anderen Worten: Man hatte sich in den Russen absolut getäuscht, und jetzt war die Misere da.

Ab zur Winterfront

Außer Schnee, Nebel oder Wind gab es kaum etwas auf der letzten Strecke ins Frontgebiet, und so monoton wie die Landschaft war auch unsere Stimmung. Der Tag wurde nicht mehr richtig hell, und der Übergang zur Nacht vollzog sich unbemerkt. Als wir wieder anhielten, befanden wir uns in einem Dorf, wo sofort nach allen Seiten Wachen ausgestellt wurden, denn

man wusste nicht genau, wo die Front verlief. Wir sollten hier Quartier beziehen in den Häusern, doch stellte sich gleich heraus, dass alle zum Bersten voll waren von schlafenden Landsern.
Nach unserem ersten erfolglosen Versuch, Unterkunft zu finden, probierten wir die andere Straßenseite, und schienen auch Glück zu haben, denn das Haus war so gut wie leer. Sofort kam gleich eine Menge Kameraden, denen es genauso ging wie uns. Als wir uns niederlassen wollten, erschien ein Feldwebel, der sich in aller Eile seinen Kittel überzog, und wollte uns verjagen. Weil wir uns aber von ihm nicht beeindrucken ließen, holte er seinen Hausgenossen, einen Oberst, der tobte wie ein Wilder und verlangte, wir sollten sofort unseren Kompanie-Chef herbeiholen. Der kam dann auch und den stauchte er zusammen und fragte ihn in seiner Wut, was wir hier verloren hätten. Als unser Kompanie-Chef zu Wort kam, sich entschuldigt hatte und ihm erklärte, dass die Russen bis hierher schon durchgedrungen wären, und jeden Augenblick erscheinen könnten, beruhigte er sich schnell. Er war der Chef eines Stabes und meinte, er wäre weiß Gott wie weit hinter der Front in Abrahams Schoß.
Das Haus mussten wir aber trotzdem räumen, und ich nächtigte im Nachbarhaus, direkt hinter der Haustüre, die die Qualität einer Holzschuppentüre hatte, und wo zu allen Ritzen Eiseskälte hereindrang. Am anderen Morgen räumte der Stab fluchtartig das Dorf, und nun hatten wir leidlich Platz.
Nachdem die Russen in der Nacht nicht auftauchten, musste nun zuerst Aufklärung betrieben werden. Doch dazu mussten erst Panjeschlitten und Pferdchen organisiert werden. Weiße Tarnanzüge und weiße Farbe wurden ausgegeben zum Anstreichen der Stahlhelme und Schutzschilde der Kanonen. Am Abend gab es noch eine Befehlsausgabe, bei der nochmals die ganze Kompanie zusammenkam, denn da erfolgte der Einsatzbefehl für die bewaffnete Aufklärung.
Für mich endete der Appell mit einer großen Überraschung, denn mir wurde das EK II verliehen. Bei der Gratulation meines alten Zugführers sagte dieser, ich hätte es eigentlich schon letzten Sommer erhalten sollen, aber es seien gerade keine vorrätig gewesen. So richtig gefreut hat die verspätete Verleihung mich nicht, wie sollte sie auch, bei der Lage?
Noch ein paar Tage blieben wir in diesem Stützpunkt, dann ging es weg in die Stadt Staraja Russa, wo wir in einer Kaserne in Bereitschaft gehalten wurden, um bei Bedarf eingesetzt zu werden. In dieser Kaserne, die sehr hohe und große Räume hatte, wohnten wir zusammen mit einer SS-Einheit. Man merkte wohl, dass bei dieser Truppe andere Disziplinargepflogenhei-

ten herrschten als bei uns. Ihre Unterführer wohnten und lebten bei den Mannschaften, und es herrschte ein viel kameradschaftlicherer Ton als bei uns. Als unser Kompaniechef zu uns hereinsah, waren sie gerade dabei, einen Spatzen, der sich durch irgendeine Lücke in den Raum hereinverirrt hatte, mit Pistolen zu beschießen, obwohl sich an die hundert Leute im Raum befanden. Dass ein Offizier den Raum betreten hatte, davon nahmen sie gar keine Notiz. Von ihnen erfuhren wir auch, dass die Russen nun mit zwei Neuheiten auf dem Kriegsschauplatz wären, den Stalinorgeln und den T 34-Panzern. Beides seien beachtliche Waffen, und es fehle nur noch, dass der Russe sie in Massen zum Einsatz brächte, dann könnten wir uns auf etwas gefasst machen.

Lange blieben wir nicht hier, denn schon am zweiten Abend wurden wir alarmiert. Wir fuhren durch eine nächtliche Winterlandschaft, in der wir nur die hohen Schneewehen links und rechts der Fahrbahn sahen.

Unsere Kolonne bestand aus nur vier Kettenzugmaschinen, wovon drei mit Geschützen, und eine mit einem einachsigen Munitionsanhänger bespannt waren. Auf letzterer hatte ich meinen Platz. Unterwegs wurden wir bombardiert, und obwohl wir nicht in Deckung gehen konnten, und nur das Genick einzogen, trugen wir keinerlei Schaden davon.

Wir erreichten einen Kampfplatz, Pulverdampf lag in der Luft, Schüsse waren zu hören, und wie wir in der Dunkelheit sehen konnten, lag alles voller Leichen. Da mussten wir drüberfahren, und es war unmöglich auszuweichen. Nach grausiger Fahrt erreichten wir ein Haus, mussten sofort die Motoren abstellen und konnten in der Finsternis erkennen, dass vor dem Haus ein mannshoher Stapel mit lauter toten Russen aufgeschichtet war. In so makabrer Umgebung, in oder an dem Haus mussten wir uns einrichten. Im Haus lagen schon schlafende Landser, dicht an dicht wie Ölsardinen, die alle motzten bei unserem Versuch, uns auch noch hineinzudrängen. Ich zog meine Stiefel aus, und in Strümpfen stieg ich über die Liegenden bis zu einem Plätzchen, das die anderen verschmäht hatten. Es war die Grube, die man in vielen russischen Häusern im Boden fand, in die man zur Bedienung der Getreidemühle hineinsteigen musste. Es war ein enger, unbequemer Platz, gerade ausreichend, um mit angezogenen Beinen hineinzusitzen und so hinzudösen. Draußen wäre es noch schlimmer gewesen.

Nach mehr schlecht als recht verbrachter Nacht ging es im Morgengrauen weiter. Nicht weit, und wir erreichten das eingeschnittene Flussbett des Lowat, fuhren die Böschung hinunter aufs Eis, wo es entlangging. Nach einiger Fahrt fuhren wir die andere Uferböschung hoch, in ein Gehöft, das fürs Erste unser Ziel sein sollte. Das noch intakte Haus, in das wir wegen der Kälte drängten, war voller verwundeter Landser. Aber kaum standen wir drin, gab es Panzeralarm. Wir stürzten hinaus, brachten die Kanonen in Stellung, konnten aber vor Nebel nichts erkennen und hörten lediglich die Fahrgeräusche. Mit meinem Messgerät kniete ich neben einem Gartenzaun und sah gespannt in den Nebel nach dem zu erwartenden Ziel. Da tauchte im Nebel die Silhouette eines Panzers auf, den ich gleich anpeilte. Aber o Weh, wie ich mit dem Auge an die Linse kam, lief diese gleich an, und gefror zu.

Ganz aufgeregt schrie schon der Halbzugführer: „Wo bleibt das Messergebnis? Wenn's nicht gleich kommt, knall ich Sie nieder!" Nun gab ich ihm ein geschätztes Ergebnis von 400 Metern an, der erste Schuss krachte, der Panzer blieb stehen, und gleich flog sein Turm weg.

Alle äußerten sich zufrieden. Wir warteten noch so lange, bis wir keine Geräusche mehr vernahmen. Dann hieß es Stellungswechsel und zum nächsten Stützpunkt, einem in Sichtweite gelegenen Gehöft, das auch am Lowat lag.

Voraus fuhren die Geschütze, große, unregelmäßige Abstände einhaltend, denn die Stecke wurde von den Russen eingesehen und kontrolliert, also eine Art Niemandsland. Wir mit unserer Munitionsprotze warteten, beobachtend, bis das erste Geschütz den Dorfrand erreicht hatte. Erst dann fuhren wir ab.

Wissend um die Gefahr, der wir ausgesetzt waren, holte der Fahrer an Tempo aus der Zugmaschine heraus, was sie hergab. Ich selber lag auf der Zugmaschine, deren Sitzplätze ganz mit abgelegten Übermänteln aufgefüllt waren, die beim Gefecht hinderlich gewesen wären. Vorne trug ich das etwa 80 cm lange Messgerät und auf dem Rücken den Karabiner, war also nicht sehr beweglich. So fuhren wir beide durch das Niemandsland, und durch das Tempo geriet das Kettenfahrzeug ins Schwanken wie ein Schiff. Da kam plötzlich eine Bodenwelle. Durch das schnelle Drüberfahren schwankte sie so stark, dass ich in hohem Bogen aus der Zugmaschine katapultiert wurde. Auf einer Schneewehe landete ich, rutschte aber gleich in die Fahrbahn, wo die Ketten des Fahrzeugs gerade noch leicht meine Beine streiften. Doch ich rutschte weiter, da kam der Munitions-Anhänger, der mir über das rechte angezogene Bein und dann am Gesicht vorbeifuhr. So nahe hatte ich zeitlebens noch keinen Reifen am Gesicht. Aber ich konnte von Glück reden, hätt' ich einen Laut herausgebracht: Meine Knochen waren noch heil, ich konnte noch gehen!

Dem Fahrzeug nachsehend, denn der Fahrer hatte mein Malheur nicht bemerkt, machte ich mich zu Fuß auf den Weg. Doch als er schon über 100 Meter weg war, hielt er an. Er musste gemerkt haben, dass ich verloren gegangen war. So schnell ich konnte, rannte ich ihm nach und hatte ihn bald erreicht. Aber nicht ich war der Grund seines Anhaltens, sondern die Karre hatte einen Gewehrtreffer in den Motor bekommen, und stand nun still.
Nun belud ich mich noch mit zwei Kästen Munition und machte mich, begleitet von Granatwerfereinschlägen und Gewehrfeuer, auf den restlichen Weg. Ich kam heil an, und konnte veranlassen, dass der Kamerad Auchter von einer anderen Zugmaschine abgeholt wurde. Mit meiner Munition war ich bei den Geschützen sehr willkommen.
Der neue Stützpunkt hatte nicht viel zu bieten. Er lag auf einer leichten Anhöhe, und hinten vorbei zog das Flussbett, das wir am Morgen an anderer Stelle überquert hatten. Ein Gebäude, das noch intakt war, war die Sauna, um die herum unsere Fahrer gleich die Zugmaschinen stellten. Die paar Katen, die es noch gab, bestanden aus einem Raum in der Erde, so dass nur die Strohdächer über die Oberfläche herausragten. Sie waren natürlich belegt, der Gefechtsstand der Infanterie, die sich rings um das Gehöft eingeteilt hatte, war darin untergebracht. Es gab noch einige Trümmerhaufen von zerstörten Katen und Hütten, und einige Bäume streckten ihre zerfetzten Kronen gespenstisch in den eisigen Nebel. Auch ein reifüberzogener erledigter russischer Panzer stand da. Den hatten die Infanteristen im Nahkampf mit einer Mine zur Strecke gebracht, und er war der Anlass zu unserer Anforderung. In der Panzerspur und daneben lagen noch tote Rotarmisten, und alles war vom Frost erstarrt.
Unsere Kanonen hatten wir bereits am Rande des Stützpunkts verteilt. Jeder sollte sich nach einer Deckung umsehen, denn hier befanden wir uns am Ziel unserer Reise. Alle Arten von Geschossen platzten und pfiffen stetig um uns herum und bepflasterten uns. So lange ich nicht gefordert war, suchte ich Zuflucht am Abgang des Gefechtsstandes der Infanterie. Drüben auf russischer Seite meinte man im Nebel einen Wald zu erkennen, sofern man in dieser Gegend überhaupt von einem Wald sprechen konnte.
Von dort drüben vernahmen wir am Nachmittag wieder Motoren- und Kettengeräusche. Wir sahen gespannt hinüber, konnten aber optisch nichts ausmachen, und beruhigten uns wieder, als es still wurde. Plötzlich ging ein komisches Geräusch und Gezische los, begleitet von schnell folgenden Abschüssen. So groß war die Anzahl der Abschüsse, dass man meinen konnte, ein halbes Artillerieregiment habe gefeuert, und gleich drauf konn-

ten wir die Einschläge im Stützpunkt, wo wir am Morgen zuerst gewesen waren, beobachten. Da brannten auch gleich die Häuser. Ob man dort wohl die verwundeten Kameraden vorher weggebracht hatte?
Danach wieder Motoren und Kettengeräusche von drüben. Dann, nach geisterhafter Stille, die Wiederholung wie vor einer Stunde. Doch dieses Mal wurden wir damit bedacht. Es handelte sich um die tödlichen Grüße von Stalinorgeln, die uns empfindliche Verluste brachten. Unsere ganzen Zugmaschinen wurden zerstört, und der Anhänger, der mir am Morgen über mein Bein gefahren, landete nicht weit von mir zertrümmert auf der Erde. Volltreffer! Aber nicht nur die Zugmaschinen waren ausgefallen, auch alle Fahrer mitsamt dem Halbzugführer starben oder lagen verletzt da.
Es stellte sich als ein taktischer Fehler heraus, die Zugmaschinen so bei der Sauna zu konzentrieren, denn dadurch hatten die Stalinorgeln bei uns gleich so katastrophale Wirkung. Der nächst dienstälteste Unteroffizier, Rupp, in dessen Bedienung ich bereits integriert war, hatte nun das Kommando. Laufend kamen Meldungen, dass der und jener wieder ausgefallen sei, und so schmolz unser Häuflein immer mehr zusammen, so dass an jeder Kanone nur noch zwei oder drei Mann standen. Mein alter Freund Max, der Hitlerjugendführer, war als Schütze 1 hier auch mit von der Partie, und mit ihm verstand ich mich ausgezeichnet. Das war der einzige Lichtblick in dieser beschissenen Lage.
Mit der Zeit dämmerte uns die Erkenntnis, dass wir hier in dieser „heimeligen“ Gegend bleiben würden, und es das Beste wäre, wenn wir uns häuslich einrichteten.
Nebenan war die Grube einer abgebrannten Kate, und auf deren Grund lagen noch verkohlte Balken. Gleich daneben lag der Trümmerhaufen eines zusammengeschossenen Schuppens. Das bot sich geradezu an, uns da einzurichten. Eine Ecke der Grube räumten wir frei, überdeckten sie mit den Balken, und hatten so auch einen behelfsmäßigen Schutz gegen Granatwerferbeschuss.
Als wir nun diese Ecke bezogen hatten, konnten wir uns auch mal unserer Verpflegung widmen. Brot und Käse waren so hart gefroren, dass wir sie mit dem Beil mundgerecht kleinschlagen und stückchenweise schlotzen mussten, wie Bonbons, oder wir brieten sie mit Esbit-Kochern an, und verbrannten uns dabei noch unsere halberfrorenen Finger.
In einer Ecke der Grube richteten wir uns auch eine Kackstelle ein, denn für dieses Geschäft ging es oben zu gefährlich her. Dazu herrschte solche

Kälte, dass die Kacke tiefgefroren war, bis wir die Montur wieder anhatten, so dass wir sie ohne schmutzig zu werden aus der Grube werfen konnten.
Mit den Essenträgern am Abend, die warmen Eintopf brachten, kam auch ein Artillerie-Leitkommando an. Als sie eine geeignete Stelle gefunden hatten, versuchten sie gleich, mit ihrem Sprechfunkgerät Verbindung mit ihrer Batterie aufzunehmen. Das wollte einfach nicht klappen, und einige Stunden leierten sie ihr Sprüchle: „Schlafwagen für Wandelhalle, kommen, kommen..." aber der Schlafwagen kam halt nicht! Das habe ich mein Leben lang nicht vergessen.
Wir fragten die Waffenbrüder nach dem Anlass ihres Kommens, und womit wir ihnen helfen konnten, falls es erforderlich wäre. Dabei erfuhren wir, dass am nächsten Tag der Tag der Roten Armee wäre und wir deshalb heute Nacht mit besonderen Aktivitäten der Russen rechnen müssten. Jede ihrer drei 15cm-Haubitzen habe drei Schuss zur Verfügung, falls die Verbindung noch gelänge. Das war nach unserer Ansicht sehr sparsam bemessen, aber es war immerhin ein Trost, dass irgendjemand auch an uns in diesem einsamen bedrohten Stützpunkt dachte.
So kam die Nacht, die Beschießung ließ allmählich nach, aber die Artilleristen leierten immer noch ihr Sprüchle. Wir lauschten in die Stille hinein, gespannt, was sich bei den Russen tat. Da drang doch Gesang an unser Ohr, und bei genauem Hinhören konnten wir sogar die Melodie erkennen. Das war doch die, die ich aus meiner Jugendzeit aus der Hölzergasse noch in Erinnerung hatte. Ich fragte den Geschützführer Rupp, der älter war als ich, ob er sie kenne. „Das ist die Internationale, das Lied der Roten, die kannst du natürlich nicht mehr kennen", klärte er mich auf. Er war überhaupt ein prima Kamerad, und hängte kein bisschen den Vorgesetzten heraus. Die Nacht blieb ruhig. Anscheinend hatten die Rotarmisten Wodka bekommen, denn man hörte noch eine Zeit lang Fetzen von Gegröle, aber das klang angenehmer als ihr Geschieße.
Auch am Morgen setzte nicht mehr das heftige Bombardement vom Vortag ein, nur vereinzelt gab es Granatwerferfeuer. Als gegen Mittag auch noch die Sonne durchbrach, wurde es für unsere Verhältnisse geradezu gemütlich. Meine schmerzenden, kalten Füße wurden erträglich, und wir konnten auch etwas von unserem gefrorenen Tee auftauen.
Da sagte Rupp zu uns: „Eigentlich müssen wir denen da drüben mal zeigen, dass wir auch noch da sind." Und zu mir: „Geh' rauf mit deinem Messgerät, das hat die beste Optik, und suche bei denen da drüben ab, ob du nicht lohnende Ziele feststellen kannst." Ich tat wie geheißen, konnte

aber außer ein paar aufsteigenden Rauchfahnen nichts entdecken. „Dann setzen wir doch in die Richtung jeweils zwei Sprenggranaten, und weil du am besten weißt, wo die Ziele liegen, darfst du dich als Richtschütze betätigen.“ So schoss ich und der Max betätigte sich als Ladeschütze. Ob das taktisch richtig war, möchte ich bezweifeln, denn durch unser Mündungsfeuer verrieten wir uns unnötig.
Die Antwort ließ nicht auf sich warten. Eine Stunde später hatten wir den schönsten Beschuss von russischen Ratschbummkanonen, die alles was über den Schnee herausragte, durchackerten. Unsere Kanone trafen sie zwar nicht, aber alles, was sich im Stützpunkt bewegte, nahmen sie unter Feuer. Die Schuppenruine neben uns trafen sie, und sie flog in lauter Splittern zu uns in die Grube herein. Gerade brachte ich noch die Hände vors Gesicht zum Schutz. Nachher waren sie voller kleiner Splitter. Mit der Ruhe war’s vorbei, die Russen blieben uns nichts schuldig.
Voller Hast und Aufregung tauchte plötzlich unser Kompanie-Truppführer, ein Feldwebel, bei uns auf. Auch er war auf der Herfahrt von den Ratschbumm-Kanonen beschossen worden, kam aber unversehrt durch. Für jeden von uns brachte er eine Flasche Kognak und die fällige Post. Aber meine Post war nicht dabei, denn unter unseren gefallenen Fahrern war einer meines Namens, und durch irgendeine Verwechslung wurde angenommen, dass ich der wäre.
Nachdem die Schießerei abgeklungen war, machten sich der Feldwebel und sein Fahrer wieder auf den Rückweg.
Die ganze Zeit, seit wir im Einsatz waren, hatte ich schmerzhaft kalte Füße, und seit mir der Muni-Anhänger über mein rechtes Bein gefahren war, ganz besonders. Doch seit diesem Morgen klang das ab, und ich freute mich darüber.

Max, der Kamerad und Freund

Max war auch Rekrut wie ich und in der gleichen Korporalschaft. Er verhielt sich wie ein sympathischer, aufgeschlossener und lebhafter Kamerad, der schon vieles wusste und kannte von militärischen Dingen, denn er war daheim Hitlerjugendführer.
In unserer damaligen Unterkunft saßen wir eines Abends gemeinsam am Tisch und erledigten unsere Feldpost.
Ich hatte vor mir die Ansichtspostkarte des evangelischen Jugendheims Stötten liegen, die mir mein Freund von dort geschickt hatte. Max blickte so zwischendurch mal auf. Dabei fiel sein Blick auf die Karte.

„Das Haus kenn' ich doch!", sagte er zu mir. „Das kann vielleicht schon sein, es ist das Jugendheim Stötten der evangelischen Jugend." - „So, einer von denen bist du?" - „Ja, allerdings so einer bin ich!"
Eine solche Feststellung löste schon manchmal Verwunderung, manchmal aber auch Mitleid oder Spott aus.
Aber in diesem Fall brachte es nichts von alle dem, sondern Interesse und Sympathie. Gleich erzählte er mir sein positives Erlebnis, das er sozusagen „dienstlich" mit der evangelischen Jugend gerade in Stötten gemacht hatte. Dahin war er vom SD (Sicherheitsdienst) zu einem Treffen geschickt worden als Berichter über das Tun bei der evangelischen Jugend. Nur Positives konnte er darüber berichten, und als er gar seinen Brotbeutel aus Versehen dort liegen ließ, denselben nach Wochen noch vorfand, was bei der HJ gar nicht denkbar war, da war seine bisherige Denkweise ins Wanken geraten.
Dieses Erlebnis brachte wieder einmal den Beweis, dass wir ständig überwacht wurden. Nach unserer Ausbildung landeten wir in verschiedenen Zügen und sahen uns nur gelegentlich.
Erst hier am Ilmensee trafen wir wieder aufeinander. Ohne große Worte hätten wir füreinander alles riskiert, das fühlte jeder von uns.
Als ich nun mit seiner Hilfe meinen Stiefel und Strumpf, der mir an den Fuß angeklebt schien, auszog, und wir den schon schwarzen Fuß sahen, da gratulierte er mir, umarmte mich und sagte: „Danke Gott, du hast den Schwindel hinter dir! Wir sind Verführte und Betrogene! Dieser Russlandkrieg ist unser Untergang! Es wäre klüger gewesen, sonntags in die Kirche zu gehen, als mit der HJ auf dem Schießstand Geschütze einzuschießen." (Ein Sonntagsvergnügen, das die Firma Voith der HJ bereitete.) In diesen Worten lag eine große Not und eine ganz bittere Erkenntnis über ein verdorbenes und betrogenes Leben. Aber über diesem Bekenntnis lag auch ein tiefes inneres Verstehen, das ein Licht war, in dieser hoffnungslosen Lage. Hätte er dieses Inferno überlebt, er wäre einer der Unseren geworden. Aber schon als ich Ende des Jahres zum dritten Mal nach Russland musste, lag er auf dem Heldenfriedhof in Bol-gorbi.
Ein paar Stunden blieb ich noch mit ihm und Unteroffizier Rupp zusammen in dem Stützpunkt, denn bei Tag war es ohne große Gefahr unmöglich herauszukommen.
Mit noch ein paar anderen leicht Verwundeten verließen wir mit dem Essenbringer den Stützpunkt. In der Dunkelheit fanden wir den Weg zum Verbandsplatz nicht und übernachteten in einer Erdhöhle in der Uferböschung des Lowat.

Als wir morgens dort ankamen, versahen sie uns mit Verbänden und einem Anhänger, und ab ging's zur Verwundetensammelstelle, wo wir blieben, bis ein Lazarettzug in die Heimat abging. Schließlich, nach einer Woche, landete ich im Lazarett in Erfurt. Es musste nicht der ganze Fuß, aber immerhin die Zehen abgenommen werden. So konnte ich schon bald, mit einem Stoffschuh bekleidet, auch in die Stadt gehen.

Eine entscheidende Begegnung

Im Lazarett war es in der Zwischenzeit schon Mai geworden, da wurde mir Besuch, eine Diakonisse, gemeldet. Ich begab mich gespannt, wer das wohl sein mochte, zur Pforte. Da stand Schwester Lydia, eine Schlierbacherin aus unserer Nachbarschaft, die ich aber nur noch aus früherer Jugendzeit kannte. Während eines Heimaturlaubs hatte sie von meiner Mutter erfahren, dass ich in Erfurt im Lazarett lag. Natürlich gab ihr Mutter ein Päckchen für mich mit, das sie mir nun aushändigte.

Außerdem überbrachte sie mir einen Gruß mit Einladung von ihrer Oberin, der Schwester Dorothea, mit der Bemerkung, wenn ich mir zutraue, im Kreis von 20 Schwestern, die Hälfte Ostpreußinnen, die andere Hälfte Schwäbinnen, das Mittagessen einzunehmen, sei ich dazu herzlichst eingeladen. Es gäbe Spätzle, Salat und Braten nach schwäbischer Art. So etwas konnte ich natürlich nicht ausschlagen, und so begab ich mich am Sonntag in die Privatklinik, die von den Schwestern betreut wurde.

Bei Tisch bekam ich den Ehrenplatz neben der Oberin. Ich war der einzige Mann in der Runde und wurde umsorgt und bedient wie der Herr General in der Offiziersmesse. Und das Essen schmeckte mir wie daheim bei Mutter.

Nach dem Essen folgte die übliche Andacht, und als dabei das Lied: „Du meine Seele singe, wohlauf und singe schön...", gesungen wurde, konnte ich frei mitsingen, denn das konnte ich auswendig vom Jugendkreis her. Das bemerkte die Oberin wohl und fragte mich danach, wie ich zu dem Lied käme, worauf ich ihr von meiner Zugehörigkeit zur evangelischen Jugend erzählte. Das gab gleich ein vertrauliches Band zu ihr, und im Laufe unserer Unterhaltung erzählte sie mir, wie tausende und abertausende russischer Kriegsgefangener in Lagern umkämen, und in KZ-Lagern rücksichtslos gemordet würde. Darunter seien viele Christen. Was nach einem Endsieg Hitlers mit den Christen überhaupt geschehe, das könne man sich ausmalen.

Ihre Aussage war nicht zu bezweifeln, denn diese Frau stellte eine Persönlichkeit dar, von der ein Ernst und ein Fluidum ausgingen, die keinen Zweifel darüber aufkommen ließen. Sie sagte zu mir, sie wisse das aus absolut sicherer Quelle.

Dass Hitler mit seinen Helfern entgleist, dass er überheblich geworden war, und mit seinem Größenwahn unser Land und Volk ins Unglück stürzte, daran konnte bei nüchterner Überlegung kein Zweifel mehr bestehen. Die Quittung darauf bahnte sich jetzt an.

Das brachte mich in einen Widerspruch zu meinem Innern. Zwar hatte ich mit den Nazis schon eine schlechte Erfahrung gemacht, aber der Glaube an mein Volk, auch der Glaube, dass Hitler uns aus der Not herausgeführt hatte, lebte noch in mir, wie auch in vielen anderen jungen Christen. Doch gab diese Aussage wieder einen Anlass zu der Überlegung, ob die Sympathie, die ich bis jetzt dem Dritten Reich entgegengebracht hatte, korrigiert werden müsse.

Als Einzelner, und zudem als „allerkleinstes Würstchen" konnte ich jetzt keine Revolution anfangen. Irgendwie fühlte ich mich, wie auch jeder andere, zu sehr in die Maschinerie des Krieges und des Zwangs eingespannt. Eine andere Gesinnung war äußerst gefährlich, denn überall wachten eifrige Sympathisanten, Abtrünnige zur Strecke zu bringen. Da gab es für mich nur noch eine Regel, und die hieß Zurückhaltung, soweit es die Umstände zuließen. Überleben war alles.

Der Heldenklau geht um!

Die Heilung der Erfrierung ging sehr langsam vonstatten. Wie es mir vorkam, hatte man auch noch sehr wenig Erfahrung oder aber nicht die nötigen Mittel zur Behandlung von Erfrierungen.

Etwa alle vier Wochen erschien im Lazarett ein Oberstabsarzt und kontrollierte, dass der Ausstoß von Helden für die Front sichergestellt war. Jeder, der das Bett verlassen konnte, musste sich bei ihm vorstellen, und wurde dann taxiert, wie lange er noch dableiben durfte. Den einen gab er noch eine, anderen zwei oder auch drei Wochen Galgenfrist. Bei mir nannte er keinen Termin, fragte mich aber, was ich von Beruf wäre. Auf meine Antwort, dass ich Buchdrucker sei, meinte er: „Wenigstens kein Briefträger".

Mein Bettnachbar Hans, ein „Ostmärker", hatte einen Hodenschuss. Als er bei uns ankam, sah sein Gemächt aus wie ein Stück Fleisch wenn's zerhackt ist, und der Metzger legt's auf die Waage. Niemand Sachverständiges befand sich im Lazarett, der ihn versorgen konnte. So pappte der Hans

halt immer selber ein Pflaster drauf, denn zum guten Glück blieb die Harnröhre unversehrt. Es heilte zwar, aber es sah gräulich aus. Unser Unterarzt, ein guter Kerl, versprach Hans, ihn bei der Inspektion beim Oberstabsarzt für ein Speziallazarett vorzuschlagen. Als nun wieder eine Vorführung war, brachte der Unterarzt den Vorschlag vor, und Kamerad Hans zeigte vor, was er hatte.
Der Oberstabsarzt fragte, ob das Wasserlassen gehe, was der Hans bejahte, worauf der hohe Herr meinte, das genüge zum Kämpfen und Schießen, und er gebe ihm noch zwei Wochen. Das war natürlich ein Schlag für Hans, und er erwiderte: „Aber Herr Oberstabsarzt, ich möchte doch auch mal zu einem Mädchen gehen, und in diesem Zustand kann ich doch das nicht!“ - „Was, Sie wollen in einer solchen Zeit, wo wir auf Leben und Tod kämpfen, zu einem Mädchen gehn? Zuerst müssen wir den Krieg gewinnen, dann ist noch Zeit genug, zu den Mädchen zu gehn, und Kinder zu zeugen! Dann kann Ihr Schaden in aller Ruhe behoben werden.“
Es gab also keine Widerrede. Hans machte ein langes Gesicht und auch der Unterarzt, der zeigte sich richtig betreten. Als dann der Heldenklau wieder erschien, waren wir immer noch da. An meiner Erfrierungswunde lag immer noch ein Stück offen, groß wie ein Zehnpfennigstück. Auch bei Hans sah noch nicht alles verheilt aus. In heller Aufregung, den Angstschweiß auf der Stirn, kam der Unterarzt an und sagte: „Was tu ich bloß mit euch? Wisst ihr was, ich schick euch weg, in den Gerätepark hinter dem Lazarett. Nehmt Spiele oder etwas zum Lesen mit, und lasst euch nicht blicken, bevor ihr gerufen werdet, verstanden!“
Wir verstanden und machten uns gleich mit einem Schachspiel aus dem Staube. Als nun unsere Wunden einigermaßen zugeheilt waren, überwies uns unser Unterarzt in ein Sportlazarett nach dem Wintersportort Oberhof. Dort sollte Hans den Versuch unternehmen, zu einem Spezialisten überwiesen zu werden. Das gelang ihm, und der Spezialist überwies ihn zu einem Kollegen in Wien. Hans konnte dadurch geholfen werden, denn er war nun in der Nähe der Heimat. Sehr viel später erreichte mich auf abenteuerlichem Umweg eine Feldpostkarte von ihm, auf der er schrieb: „Schaden behoben, war erfolgreich, werde Vater!“

Wieder einmal daheim

Wieder einmal stapfte ich von der Bahnstation Ebersbach durch den Wald hinauf nach Schlierbach. Jetzt war ich ja dekoriert. An meinem Kittel prangte der EK-Bändel und das Verwundetenabzeichen, und der „Gefrier-

fleischorden“ erwartete mich auch. Als ich gerade die Markungsgrenze passiert hatte, traf ich drei Männer, Arbeiter der Gemeinde, die gerade dabei waren, den Fußweg auszubessern. Mein alter Nachbar aus der Kinderzeit in der Hölzergasse, Wilhelm, gehörte auch zu ihnen. Er begrüßte mich sehr herzlich, denn er wusste von meinem Vater, bei dem er sich immer erkundigte, wo die „Buben“ steckten, dass ich im Lazarett lag.
Nach der Begrüßung sagte er zu mir, indem er mir zwei Finger in die geknöpfte Feldbluse steckte, wo der EK-Bändel angenäht war, und mich außer Hörweite zog: „Du wirst hoffentlich nicht so blöd sein, und weiterhin deinen Kopf für diese Bagage hinhalten. Lass nur die jetzt mal vorne hin mit ihren großen Goschen, die haben den Krieg angefangen, die sollen ihn auch führen!“ - „Hast nicht ganz Unrecht, Wilhelm, aber wir hängen halt alle mit drin, und es geht uns dreckig, wenn die Sache schief geht. Außerdem bin ich als Soldat kein freier Mann, ich muss halt hingehen, wo sie mich hinstecken.“ - „Aber hoffentlich drängelst du nicht!“, sagte er.
Daheim angekommen, zog ich gleich Zivil an. Als das mein Vater sah, meinte er: „Kannst dich ruhig in Uniform zeigen, vor allen Dingen, wenn du dich auf dem Rathaus meldest, aber auch im Flecken. Dass andere Oberschütze geworden sind, habe ich ja auch geflissentlich zu hören gekriegt.“

Kasernenluft

Es ging zum Ersatztruppenteil, und ich witterte Kasernenluft. Dass es ein Mief war, das sollte ich gleich erfahren. An einem Montagmorgen zum Dienstbeginn musste ich da sein, was hieß, dass ich Sonntagabend in der Kaserne sein musste. Dort meldete ich mich beim UvD, einem unfreundlichen, unsympathischen Unteroffizier, der ein Gesicht hatte wie eine Spitzmaus. Für sein Gesicht kann keiner, aber dass man es in schlechter Erinnerung behält, das wird wohl Schuld des Inhabers sein. Er wies mir einen Schlafplatz in einer meuchelnden (muffigen) Bude an. Die Falle war richtig durchgelegen, denn die Füllung des Strohsacks bestand aus zerkrümelter Holzwolle. Aber große Ansprüche hatte man nicht, ich legte mich eben rein und schlief. Einen Mitschläfer bekam ich auch noch im Laufe der Nacht. Nach Kasernenmanier wurden wir am Morgen vom UvD wachgetrillert, mussten Betten bauen, Kaffee holen und die Bude sauber machen. Als wir damit fertig waren, kam der UvD, inspizierte mein Bett, und sagte: „Das ist ein schlechter Bettenbau.“ Ich antwortete: „Das geht nicht besser bei dem Dreck, der als Füllung drin ist!“ - „Das will ich Ihnen gleich zei-

gen", nahm einen Hocker, stieg hinauf, schmiss die Decke weg, und griff bis zur Schulter mit seinem Arm in den Strohsack. Es war der erste Unteroffizier meines Lebens, den ich eigenhändig bei einer solchen Tätigkeit sah. Aber der Kerl hatte Erfolg, denn schon mit dem ersten Griff beförderte er vom Fußende ein zusammengerolltes Koppel zutage. Er hielt es mir unter die Nase, und fragte: „Was ist das? Wenn Sie den Strohsack richtig aufgeschüttelt hätten, hätten sie das Koppel merken, und mir bringen müssen. Sie holen ab sofort jeden Morgen den Kaffee für die Unteroffiziersstube!" Er schrieb meinen Namen auf, sonst interessierte ihn jetzt überhaupt nichts mehr, und er ging weg. Dass das Koppel hier drin war, das musste er gewusst haben.
Ich wurde also schon, bevor ich hier registriert war, zum Strafdienst beim Stammpersonal, den „Etappenschweinen" verknackt. Nach der üblichen Meldeprozedur kam ich auf eine andere Stube und machte da mit den Kameraden aus, dass ich jeden Morgen den Kaffee hole, und sie dafür den Stuben- und Flurdienst erledigten. Am anderen Morgen machte ich mich zum Kaffeeholen auf, schnappte mir unsere und die Kanne der Unteroffiziersbude und ging über den Hof zum Wirtschaftsgebäude zum Kaffeefassen. Als ich zurückkam, in den Händen die dampfenden Kannen, kam ich im Untergeschoss an der Toilette vorbei, und deren Anblick erzeugte bei mir einen Geistesblitz. Ich schüttete die Hälfte des Kaffees der Unteroffizierskanne in den Abguss und füllte sie dann mit Hahnenwasser auf. Dann stellte ich die Kanne in der Unteroffiziersbude auf den Tisch, denn die Herren lagen noch in der Falle. Am anderen Morgen machte ich es wieder so. Als ich die Unteroffiziersbude betreten hatte, brüllte mich einer an: „Wo haben Sie gestern den Kaffee geholt?" - „In der Küche natürlich," lautete meine Antwort. „Scheren Sie sich zum Teufel, und lassen Sie sich ja nicht mehr hier blicken!" - „Jawohl, Herr Unteroffizier!" Und weg war ich, das war ich also los.

Eine Exekution

Eines Morgens bei der Befehlsausgabe gab der Spieß bekannt, dass wir am kommenden Tag eine Exekution durchzuführen hätten. Wenn sich für das Erschießungskommando nicht genügend Freiwillige meldeten, sei er gezwungen, welche dazu zu bestimmen, und er fange bei denen an, die Auszeichnungen hätten. Da hätte ich natürlich auch zur Wahl gestanden. Aber zum guten Glück meldeten sich so viele, dass ich keine Befürchtung haben musste, dabei zu sein. Es ist doch ein mulmiges Gefühl, einem Mitmenschen, der keine Feindschaft gegen mich hat, dessen Leidensgenosse ich im Grunde sogar war, Auge in Auge auf fünf Metern gegenüber zu stehen und zu helfen, ihn ins Jenseits zu befördern.

„Ist kein Problem“, meinten einige. „Zielen, den Finger durchziehen, weg ist der, und das Vaterland hat seine Ruhe!“, so sagte einer der Freiwilligen. Aber als Zuschauer, oder als Zeuge, oder wie man das nennen wollte, musste ich doch mit, denn es war ein ganzer Zug dazu beordert, und das waren diejenigen, die demnächst mit dem Marschbataillon nach Russland an den Ilmensee mussten.

Am Nachmittag des gleichen Tages musste die Erschießung geprobt werden, denn die ganze Angelegenheit hatte wie am Schnürchen abzulaufen, perfekt, wie alles in der deutschen Wehrmacht, wenn keine Feindeinwirkung dazukam.

Unter Führung eines Offiziers marschierten wir dann in den Pak-Schießstand, der für solchen Fall schon vorbereitet war. Da, wo sonst die Kanone stand, war ein Pfahl eingerammt, an den der Delinquent morgen gefesselt werden sollte. Alles wurde durchgeprobt mit den entsprechenden Kommandos und Platzpatronen.

Am andern Morgen 9 Uhr trat dann der Ernstfall ein. Wir standen schon eine Viertelstunde früher dort, und der Kriegsgerichtsrat, der Arzt und der Pfarrer, der in Zivil kam, waren auch schon da. Erst klärte uns der Kriegsgerichtsrat darüber auf, dass es sich bei dem Delinquenten um den Schützen Nickel aus Breslau handelte. Er wäre wegen Fahnenflucht und Diebstahl zum Tode durch Erschießen verurteilt. Verheiratet sei er auch gewesen, und hätte sich aus Rücksicht auf seine Familie noch scheiden lassen. Was wohl der Grund zur Fahnenflucht gewesen war, das erfuhren wir nicht, und es gab keine Gelegenheit zu fragen. Dass er, nachdem er flüchtig war, zur Stillung seines Hungers Kartoffeln klauen musste, das ergab schon die Situation. Dass man das im dem trockenen Urteilsspruch noch extra als besondere Missetat anführte, entsprach so ganz der Schöpfung eines „Schreibtischsoldaten“, der womöglich selber noch keine Kugel pfeifen gehört hatte, und der große Pflichterfüllung für Führer, Volk und Vaterland an den Tag legte. Er trug ja auch das Kriegsverdienstkreuz erster Klasse. Dann fuhren zwei Lastwagen vor. Auf einem saß der Delinquent, auf dem anderen befand sich angeblich der Sarg. Zwei Bewacher führten ihn vor den Pfahl. Der Kriegsrichter verlas das Urteil. Der Pfarrer trat vor und betete mit ihm ein Vaterunser. Dann trat der Arzt vor, und verband ihm die Augen, was der Betroffene erst ablehnen wollte. Dem wurde aber nicht stattgegeben, und nachdem der Arzt ihm die Augen verbunden hatte, heftete er ihm eine weiße Plakette auf die Stelle seines Herzens. Der Betroffene sagte: „Kameraden zielt gut.“ Es ertönte das Kommando: „Legt an, gebt Feuer.“ Die Salve krachte, der Kopf des Delinquenten sackte nach unten und für uns tönte das Kommando: rechts um, im Gleichschritt marsch und nach wenigen Metern ein Lied: „Es ist so schön Soldat zu sein, Rosemarie, nicht jeder Tag bringt Sonnenschein, Rosemarie....“ Der Schütze Nickel war beseitigt und ausgelöscht. Für was, für wen, warum?

<u>Wieder ein Abschied</u>
Hier traf ich nun wieder einmal einen Landsmann aus Schlierbach, und es gab eine herzliche Freude, denn Richard Weber war ein Freund vom Ev. Jugendkreis. Doch schon nach wenigen Tagen verabschiedete er sich von mir, angetan mit einer funkelnagelneuen Khaki-Uniform, denn er sollte nach Afrika kommen. Ich beneidete ihn, denn mir stand das kalte Russland bevor, während er den Feind Kälte nicht vor sich hatte. Doch ich sollte ihn nie wieder sehen. Bei der Überfahrt von Griechenland nach Afrika wurde sein Transportschiff versenkt, und er hat den Kontinent nicht betreten. Sicher war die Überfahrt seine erste Bekanntschaft mit dem Meer, und es wurde auch sein Grab.

Einst in meiner letzten Not,
lass mich nicht versinken.
Soll ich von dem bittern Tod
Well’ auf Welle trinken,
Reiche mir dann liebentbrannt,
Herr, Herr deine Glaubenshand!
Christ Kyrie, ja dir gehört die See!

<u>Und wieder nach Russland</u>
Es zog sich noch hin bis in den November, bis ein Marschbataillon zu meiner Division zusammengestellt und in Marsch gesetzt wurde. Das geschah in Oberhof bei Bischweiler im Elsass. Dort vergingen auch noch beinahe zwei Wochen, bis alles beieinander war, und um ein Haar wären wir Panzerjäger gar nicht mitgekommen, denn eine bestimmte Kopfzahl musste voll sein, durfte aber auch nicht überschritten werden. Unsere Gruppe entsprach gerade dem Überschuss und hätte gepasst. Doch hatten wir ein ganz junges Soldätle aus Oberschwaben dabei, mit dem Hurrapatriotismus eines

Jungvolkpimpfs, der unbedingt Kriegsruhm erwerben wollte, der sprach extra bei dem leitenden Spieß vor, dass wir ja mitgenommen würden. „Solche eifrigen Leute kann man brauchen an der Front," meinte er, und ließ dafür eine andere Gruppe weg, die dann am gleichen Tag zum Einmarsch in Südfrankreich nach Marseille kam. Ein Kompaniekamerad, Georg, den ich hier wiedertraf, äußerte sich ganz böse wegen dieser Entscheidung und meinte: „Diesem Angeber möchte ich am liebsten die Gosche verhauen, denn der hat mir bestimmt dadurch das Todesurteil verhängt." Seine Vorahnung sollte sich bestätigen, denn er war nicht lange am Ilmensee, bis er fiel.

Am Abend vor unserer endgültigen Abfahrt fand noch ein Gottesdienst statt, den ein evangelischer Pfarrer hielt. Alle Angehörigen des Marschbataillons wurden dazu befohlen. Im Anschluss an den Gottesdienst lud der Pfarrer noch zum Abendmahl ein. War das in früheren Feldgottesdiensten der Fall, so gab es immer nur ganz wenige Teilnehmer. Doch hier lief das anders ab. Nur sehr wenige verließen den Saal. Sicher waren sich die meisten im Klaren, dass es zu einer Reise ging auf Leben und Tod, und dass die Phrasen, mit denen man uns in den Krieg geschickt hatte oder schickte, für ein Einzelschicksal wenig Trost boten. Ich selber ging wunderbar getröstet davon weg.

Anderntags ging es zur Verladung. Der Zug stand an einer langen Rampe im Gelände. Lediglich ein landwirtschaftlicher Schuppen befand sich daneben. Der Tag war trübe und grau und leichter Schnee grieselte durch die Luft.

Weil seither niemand genau sagen konnte, wann der Transport abfuhr, telefonierten noch viele Landser mit ihren Frauen oder Bräuten und bestellten sie nochmals zu einem Besuch. So kamen bald mit jedem Zug Frauen an aus der Heimat, die ihre Partner noch mal treffen wollten. Es war bestimmt für manche das letzte Wiedersehen.

Als wir gerade dabei waren, den Zug zu besteigen, kam wieder ein Schub Frauen an, die ihre Männer gerade noch beim Einsteigen und bis zur Abfahrt trafen. Was sich da hinter und um den Schuppen abspielte, ich mag es nicht beschreiben. Es war eine traurige Zeit, sie war dafür verantwortlich. Doch nun ertönte der Pfiff der Lokomotive, alles stieg ein, und der Zug zuckelte los, in den Abend hinein. Er schlich buchstäblich mit uns durch die Gegend, denn als wir morgens den Tag erblickten, befanden wir uns in Ludwigsburg, um von da aus die Fahrt über Gmünd, Crailsheim fortzuset-

zen. Das Wetter war wieder freundlicher, und die Heimat zeigte sich mit freundlichem Gesicht zum Abschied.
Als wir den Bahnhof Gmünd durchfuhren, tauchten für meinen Kameraden Georg alte Erinnerungen auf. Er war in der Bahnhofswirtschaft eine Zeit lang Hausbursche gewesen. Beim Eintreffen eines Zuges hatte er immer mit dem Bauchladen auf dem Bahnsteig auf und ab zu gehen, um Brezeln und sonstigen Reiseproviant zu verkaufen. Er war dafür verantwortlich, dass jeden Tag die eingekauften Brezeln an die Fahrgäste kamen. Von seinem Chef hatte er die Anweisung, bei Ankunft des Zuges frische, neubackene, jedoch vor Abfahrt des Zuges, falls vorhanden, altbackene, gestrige Brezeln zu verkaufen. „So manches Mal ist mir da aus dem abfahrenden Zug eine altbackene Brezel an den Kopf geflogen“, schwelgte er, und er, wie wir alle, wären in dem Augenblick froh gewesen, wenn uns eine altbackene Brezel an den Kopf geflogen wäre! Ironisch zu unserem Trost sagte er uns dann sein Sprüchle, das er immer auf dem Bahnsteig ausschrie: „Frische Brezeln, Wein, Bier, Brot, Schokolade, Zigarren, Zigaretten!“ Uns lief das Wasser im Mund zusammen bei solchen Kostbarkeiten, die wir schon lange nicht mehr kannten, aber so gab es nur trockenes Schlucken. Schon während der Fahrt brach die Erfrierungsnarbe an meinem Fuß wieder auf und der blanke Knochen schaute heraus. Das stellte bei der Ankunft am Ilmensee auch gleich der Arzt fest, und ich war somit nicht fronttauglich.
Leute, die nur hinter der Front verwendet werden konnten, waren nicht begehrt, denn Funktionäre, die da hinten ihre Posten festhielten, gab es genug. „Kanonenfutter“ nannte man das, was dringend gebraucht wurde, und da war die Front unersättlich.
Nachdem man uns nach Tauglichkeitsgrad sortiert hatte, kamen die KV (Kriegsverwendungsfähige)-Leute gleich weg zu den Stützpunkten an die Front, während ich beim Tross blieb. Es hieß also kurz Abschied nehmen von den Bekannten, die einem jetzt lieb und wert geworden waren. Traurig ging Georg, wie ein Stück Vieh zum Schlachthof, das Soldätle aus dem Oberland dagegen forsch, als ob er zu einem Fußballmatch ginge. Auch ihn ereilte sein Schicksal noch vor Weihnachten. In seinem Übermut wollte er einen im Niemandsland liegenden, russischen Panzer knacken, und die Russen knallten ihn ab wie einen Hasen.
Ein gütiges Geschick widerfuhr mir mit dem Wehrmachtsbefehl, Erfrierungen dritten Grades dürften an der Ostfront nicht mehr verwendet werden. Das bedeutete den entscheidendsten Wendepunkt in meinem Solda-

tenleben, und es sollte nach Frankreich gehen. Doch so lange ich am Ilmensee noch auf den Sammeltransport wartete, machte ich noch Bekanntschaft mit der gefährlichsten Stelle der Front unserer Division. Eine Zugmaschine mit Kettenantrieb unserer Kompanie war in der Nacht von der Rollbahn abgekommen und eine Böschung hinuntergerutscht, von der sie allein nicht mehr hochkam. Das geschah an der Brücke, die als einzige Verbindung über den Lowat zum Kessel von Demjansk führte, die von den Russen ständig beschossen wurde und teilweise auch eingesehen werden konnte. In der Landsersprache war die Brücke bekannt als „Himmel-Arsch-und Wolkenbruchbrücke“ und weithin berüchtigt.
Als Beifahrer sollte ich mit einer Zugmaschine von hier aus zu dieser Stelle fahren, den Fahrer der Unglücksmaschine ablösen, damit der mit unserer Zugmaschine in den Kessel weiterfahren konnte, um von dort eine weitere zu holen, um dann mit vereinten Kräften die Unglücksmaschine zu bergen. Eigentlich wäre das Aufgabe des Schirrmeisters gewesen, und wäre der Kompanie-Chef da gewesen, hätte er selber diesen Auftrag ausführen müssen. Doch wenn die Katze nicht im Haus ist, tanzen die Mäuse!

Nun, Befehl ist Befehl. Wir fuhren bei strahlendem Sonnenschein los. Der Raureif glitzerte auf allen Bäumen und Sträuchern, und wenn nicht aus der Ferne Geschützdonner zu vernehmen gewesen wäre, hätte man den Krieg vergessen können. Vorbei ging's am Schauplatz, wo ich vor einigen Tagen mein Wasserholerfiasko erlebt hatte. Dann ging es nach freier Strecke hinein in einen Wald, immer weiter auf dem Knüppeldamm. Nach etwa einer halben Stunde Fahrzeit machte die Rollbahn einen scharfen Knick nach rechts, und der Wald wurde dünner. Der Geschützdonner wurde immer stärker und kam immer näher. Nun hörte der Wald ganz auf, und es begann freies offenes Gelände, das sich in der Ferne im Dunst verlor. Zu unserer Linken musste das Flussbett des Lowat sein, denn dahin fiel das Gelände immer mehr ab. Auf beiden Seiten der Rollbahn lagen nun auffallend viele Wracks von zerstörten Fahrzeugen, und auch Kreuze von Kriegsgräbern standen hier. Der Schnee hatte aber alles wie mit einem Leichentuch bedeckt, so dass im Moment, als wir hier vorbeifuhren, der Schauer, der einen normalerweise befiel, wenn man solche grauenhafte Stätten erlebte, nicht so zur Geltung kam. Man sah hier zahlreiche schwarzweiße Krähen, eine Art die ich noch nie gesehen hatte, die zwischen den Trümmern Aas suchten. Offenbar mit Erfolg, denn da lagen Pferdekadaver herum.

In beklommener Erwartung fuhren wir immer näher auf unser Ziel zu. Doch je näher wir kamen, desto weniger wurde der Geschützdonner, und als gegen den Fluss zu die Blendzäune begannen, die die Rollbahn vor Feindeinsicht schützen sollten, wurde es totenstill, geradezu gespenstisch. Nicht lange, und wir stießen auf die verunglückte Zugmaschine und ihren Fahrer. Sie hing rechts drunten an der Rollbahnböschung, und der Fahrer erwartete uns sehnlichst, denn es war recht ungemütlich gewesen nach seinen Aussagen.

Ich löste ihn ab, und er fuhr nun mit meinem Fahrer weiter, hinein in den Kessel, um eine weitere Zugmaschine zur Verstärkung zu holen. Nach etwa einer Stunde trafen die beiden Zugmaschinen wieder ein. Während der ganzen Zeit, die ich allein war, blieb es gespenstisch ruhig, auch noch bis wir die verunglückte Zugmaschine geborgen hatten. Der Fahrer, der aus dem Kessel kam, war ein alter Bekannter, Kraft, aus meinem früheren Zug. Er war etliches älter als ich, und als ich ihm sagte, das sei meine letzte Vorstellung hier, denn ich käme nach Frankreich, da standen ihm die Tränen in den Augen.

Wenn ich mich auch im Frontgebiet befand, das voller Überraschungen und Gefahren steckte, so fuhr ich doch weiter, und erlebte die Zeit bis zur Abfahrt mit einem Gefühl wie Weihnachten als kleines Kind.

Frankreich - Lazarett Paris - Ein trauriger Transport

Und Weihnachten erlebte ich tatsächlich in Frankreich. Einen Monat später befand ich mich wieder im Lazarett in Paris. Als ich nach der Operation wieder einigermaßen gehfähig war, wurde mir das Angebot gemacht, einen Kurzurlaub in die Heimat zu bekommen, wenn ich als Wache einen Krankentransport nach München begleiten würde. Das Angebot nahm ich natürlich an. Der Transport bestand aus etwa 50 geisteskranken Soldaten, die ins Reich verlegt wurden. Darunter waren sechs sehr schwer Kranke, die in

Zwangsjacken auf Tragbahren transportiert wurden und die laufend gespritzt werden mussten. An sich hatten wir Wachleute nichts mit den Kranken zu tun, aber es stellte sich dann doch heraus, dass das Sanitätspersonal allein gar nicht fertig wurde, und so war ich die ganze Fahrt über beschäftigt zu helfen und auch zu trösten. Als ich gar allein für zwei Stunden die Wache übernommen hatte, passierte es, dass ein gefesselter Kranker losriss und sich auf mich stürzte. Wäre nicht ein Sanitäter dazugekommen, ich glaube er hätte mich erdrückt, solche Kräfte entfaltete er. Einer war dabei, der brüllte die ganze Nacht durch wie ein gefangener Löwe, trotz Beruhigungsspritze. Am anderen Morgen schien er wie umgedreht, erzählte mir von seiner schlesischen Heimat, von seinem Elternhaus, und von seinen Geschwistern. Eine geisteskranke Krankenschwester und eine Wehrmachtshelferin luden wir in Stuttgart aus, sie kamen nach Winnenden, die männlichen Kranken nach München in eine Anstalt der Umgebung.

Als der Waggon entleert wurde, und die gehfähigen Kranken an mir vorbeizogen, kam ein kranker Obergefreiter, ein kleines Männle zu mir her und sagte: „Du, du bischt doch au a Schwob, wia i au, ond i hau g'merkt, dass du a Mensch bischt. Jetzt sag mir bloß, was machet denn dia mit ons? I möcht bloß wissa, was dia mit ons vorhent?!" Ich konnte ihm aber nicht mehr sagen, als ich selber wusste, eben dass sie verlegt würden ins Reich. Durch die Anrede wurde ich aus meiner Naivität aufgeschreckt, und als ich daheim erzählte, was der Grund meines plötzlichen Kurzurlaubs sei, wurden meine Eltern stutzig, und eine Ahnung lässt mich heute noch nicht los: Euthanasie! Wir im vertrauten Soldatenkreis unterhielten uns auch über heikle Themen, über die man sich in der Allgemeinheit sonst nicht äußern konnte.

Euthanasie war ein Stichwort, über das wir uns unterhielten. Ich wusste seit dieser Transport-Begleitung an Pfingsten 1943, dass es Euthanasie gab, wenn ich auch erst nach der Fahrt bei meinen Eltern davon erfuhr.

Warum meine Eltern davon wussten, erfuhr ich erst nach dem Krieg von meiner Mutter, besonders dass sie darunter litten. Einen Altersgenossen meines Vaters hatte man schon lange wegen Schizophrenie auf Gemeindekosten in einer psychiatrischen Anstalt untergebracht. Dort musste er mitbekommen haben, was man mit ihnen vorhatte. Daraufhin ist er geflüchtet und in seiner Heimatgemeinde Schlierbach in Ängsten aufgetaucht und herumgeirrt. Unter anderem auch um meines Vaters Haus, obwohl ihn mein Vater nicht bemerkte. Aber andere Leute haben es später meinen Eltern erzählt. Mein Vater hätte ihm aber auch nicht helfen können, denn er

war genauso machtlos wie alle anderen Leute. Wenig später traf aber auf dem Rathaus die Mitteilung ein, dass er gestorben sei, und dass für die Gemeinde die Kosten entfallen.
Wir in unserem Gesprächskreis hatten einen Diakon namens Fritz Bleckmann von den Bethelschen Anstalten bei uns. Der wusste von der Euthanasie, erzählte uns aber, dass in ihrer Anstalt keine stattfinde. Der Grund: Weil viele ihrer Insassen Patienten aus prominenten deutschen Familien wären, und weil die Bethelschen Anstalten einen bekannten internationalen Ruf hätten, den die Nazis nicht aufs Spiel setzen wollten.
Paris war auch noch im vierten Kriegsjahr eine interessante, lebenswerte Stadt, und jeder unserer gelegentlichen Ausgänge wurde zu einem Erlebnis besonderer Art.
Die Zeit kam heran, wieder entlassen zu werden. Nochmal hatte ich Gelegenheit, einen Ausgang in die Stadt zu machen. Diesmal ging es auf den Flohmarkt, der sich ein paar Straßenlängen hinter Montmartre befand. Was es da alles zu sehen gab! Einen echten Querschnitt durch die französische Kultur. Aber auch die Menschen dort, das war alles Neuland für mich. Man konnte da noch Kleinigkeiten kaufen, die es in Deutschland schon lange nicht mehr gab, allerdings zu Schwarzmarktpreisen. So kostete eine Muskatnuss eine Mark, und das war immerhin die Tageslöhnung eines Landsers. Daheim gab es so etwas überhaupt nicht mehr, und mit so einer Nuss konnte man eine große Freude machen. Auch noch ein großes Taschenmesser erstand ich dort.
Wenn wir am Flohmarkt ankamen, lösten wir unsere Gruppe auf, und machten einen Treffpunkt aus, denn hier waren immer eine Menge Landser anzutreffen, und es gab nichts zu befürchten. In Ruhe konnte dann jeder die Stände und Buden durchstreifen.
Nachdem ich meine Einkäufe getätigt hatte, begab ich mich wieder zu unserem Treffpunkt, einem kleinen Platz am Anfang der Straße. Mein französisches Geld hatte ich bis auf einige ungerade Münzen ausgegeben.
Als ich so bei der wartenden Gruppe stand, sah ich weiter drüben auf dem Gehsteig an einem Zaun einen Geigenspieler, der offenbar blind war, und dem kaum jemand Beachtung schenkte. Ich kratzte in meinen Taschen meine restlichen Münzen zusammen, ging hinüber und warf sie dem Geigenspieler in seinen Hut. Wie ich wieder auf dem Rückweg zu meinen Kameraden war, bemerkte ich, dass ich von einem Zivilisten verfolgt wurde, und es durchfuhr mich schon, was ich wohl falsch gemacht hätte. Als ich gerade bei unserer Gruppe ankam, postierte sich der Zivilist vor mir,

zog seinen Hut, deutete mit einer Geste hinüber, wo der Geiger stand, und sagte: „Merci, Monsieur", und noch etwas dazu, das ich nicht verstand, machte kehrt und lief weg. Ich war verblüfft und merkte, wie ich im Gesicht errötete. Es wurde mir klar, dass wir hier in Frankreich beobachtet wurden, und wenn Menschlichkeit gezeigt wurde, wurde das auch anerkannt, auch Feinden gegenüber.

Potsdam, Stadt der Zwei-und Fünfreichsmarkstücke

Mein Aufenthalt in Paris ging zu Ende, eine schöne Erinnerung auch noch heute. In Potsdam war mein neuer Ersatztruppenteil. Das empfand ich auch als eine sehr schöne Stadt, mit schönen, bekannten Bauwerken, zierte doch die traditionsreiche Garnisonskirche mit ihrem Bild damalige Fünfmarkstücke, und es war schon beeindruckend, bei Nacht auf Posten zu stehen, und zu jeder vollen Stunde: „Lobe den Herren, den mächtigen König der Ehren", und zur halben: „Üb' immer Treu und Redlichkeit" von ihrem Glockenspiel gerade in der Zeit zu hören.

Zum Gottesdienst am Reformationsfest kam ich erst an, als es beinahe schon ausgeläutet hatte. Zu meiner großen Überraschung war die Kirche beinahe ganz besetzt, vorwiegend mit Soldaten. Darunter auffallend viele Offiziere, und oben in einer Art Loge konnte man sogar einen General erkennen.

„Ein' feste Burg ist unser Gott", das alte reformatorische Trutz- und Bekenntnislied war der Eröffnungschoral, der im Stehen gesungen wurde. Doch nach Absingen des Chorals leerten sich die Bänke, und viele, vorwiegend Offiziere, verließen den Gottesdienst. Ob die wohl nur gekommen waren, einen Notschrei der Verzweiflung über die schlechte Lage an der Front loszulassen und die Erkenntnis zum Ausdruck zu bringen, dass hier nur noch Gott selber helfen konnte? Er tat es ja dann auch, aber auf seine Art. Dass dabei auch die Garnisonskirche, Hort preußischer Tradition, weggefegt wurde, wer hätte das geahnt?

Dänemark, Oase im Kriegsinferno Europas!

Beinahe wäre ich beim Stamm der Potsdamer Genesendenkompanie hängen geblieben. Aber deren Hauptfeldwebel zeigte sich verärgert, weil mich mein Arbeitgeber, Herr Kaißer, zu einem Arbeitsurlaub anforderte. So versetzte er mich zum Ersatzheer nach Dänemark. Das war mein großes Glück, denn dort erlebte ich das Ende des Krieges, und das war eine besondere Gnade.

In diesem Truppenteil herrschte ein stetes Kommen und Gehen, denn immer wieder mussten Leute für die unersättlichen Fronten abgestellt werden. Da tauchte auch bei unserer Kompanie ein neuer Chef, Leutnant Birk, auf. Er war klein von Gestalt, aber sehr zackig, und im Zivilberuf evangelischer Pfarrer. Daraus machte er keinen Hehl und lud Interessierte auch zu Zusammenkünften in sein Hotelzimmer ein. Die Gelegenheit nahm ich gerne wahr und hatte bald heraus, dass er der Bekennenden Kirche angehörte, nicht wie einer seiner Standesgenossen in Potsdam, der als NS-Aufklärungsoffizier tätig war. Ich wunderte mich nur, dass er als solcher überhaupt Kompaniechef werden konnte.
Wegen seiner Zackigkeit, und weil er im Unterricht immer den alten Militärstrategen Clausewitz zitierte, hatte er in der Kompanie bald den Spitznamen „der kleine Clausewitz". Pfingsten 1944 waren vom Wetter her wunderschöne Tage. Mein Kamerad Ignaz und ich hatten wachfrei, und so konnten wir am Nachmittag ein paar Stunden ausgehen. Wir wollten an den See, der ein paar Kilometer von Herning entfernt war. Als wir dahin kamen, entdeckten wir darauf ein Ruderboot, und bei genauerem Hinsehen konnten wir darin deutsche Offiziere erkennen. Das konnten nur welche von unserer Abteilung sein, und wir machten uns aus dem Staub, denn wir wussten nicht, ob wir ohne Erlaubnis bis hierher gehen durften.
Am Abend dieses Tages hatten wir wieder Zusammenkunft bei Leutnant Birk. Er war noch ganz hingerissen von dem schönen Tag und erzählte uns auch, dass er mit dem Kommandeur und anderen Offizierskollegen bei einer Kahnpartie auf besagtem See gewesen wäre. Er selber habe dabei Goethe und Mörike rezitiert, aber er habe dabei auch eine Mission zu erfüllen gehabt. Es könne nicht mehr so weiter gehen mit diesem zerstörerischen Regiment der Führung, und es werde sich bald etwas tun. Mehr sagte er nicht, aber wir paar Leute, die dabei waren, ahnten, dass etwas im Schwange war, was wir eigentlich schon lange erwarteten. Mich wunderte schon längere Zeit, dass das ganze deutsche Offizierskorps, das ja eigentlich die gebildete und moralische Elite unseres Volkes sein sollte und wollte, so blindlings und gefolgstreu diesem Hitlerregime ergeben war. Jetzt, wo man die Früchte dieser so rigorosen Politik sehen, und auch eine Niederlage ganz deutlich erkennen konnte, musste es doch noch Menschen in der Oberschicht geben, die das erkannten, was wir kleinen Gefreiten schon voraussahen. Natürlich war es nicht einfach, Opposition zu machen. Horcher, Denunzianten und Fanatiker gab es überall, bei den Kleinen wie bei den Großen, und so wurde fast überall Hitlerergebenheit und Treue geheu-

chelt. Es war echt schwer, Heuchelei von echter Ergebenheit zu unterscheiden. Aber ich freute mich, dass es in höheren Kreisen auch dämmerte.

Hitlerattentat!

Ja, und dann kam der 20. Juli 1944. Zunächst ein Tag mit Dienstbetrieb wie jeder andere auch. Doch plötzlich gegen Abend wurden wir zusammengerufen, und entgegen sonstiger Gewohnheit beim Abendappell waren auch die Offiziere anwesend. Nach der Meldung des Hauptfeldwebels nahm auch gleich der Kompaniechef das Wort und sagte, auf den Führer sei ein Attentat verübt worden. Der Führer sei aber am Leben und könne den Kampf bis zum Endsieg fortführen. Schade, dachten die meisten von uns, aber laut zu denken konnten wir uns natürlich nicht erlauben. Und nun fing eine triste Zeit für uns an. Der alte Wehrmachtsgruß durch Anlegen der Hand an die Mütze wurde durch den Hitlergruß ersetzt. Diesen Gruß, den wir als Kinder einmal begeistert angenommen und ausgeführt hatten, mussten wir jetzt als lästiges Trugbild präsentieren. Als Marschlieder durften keine Volkslieder oder Schnulzen mehr gesungen werden, sondern NS-Kampflieder wie beispielsweise: „Auf, auf zum Kampf zum Kampf, zum Kampf sind wir geboren" oder „Es zittern die morschen Knochen der Welt vor dem roten Krieg, wir haben den Schrecken gebrochen, für uns war's ein großer Sieg". Das stank uns natürlich gewaltig, zumal wir dann jeden Samstag durch das Städtchen marschieren und dabei diese Lieder demonstrativ krakelend singen mussten. Hatte die dänische Bevölkerung früher bei dem Gesang interessiert zugehört, so zeigte sie jetzt ihre Abneigung, wie wir wohl wissend, dass das die letzten Zuckungen der NS-Diktatur waren.
Gegen Ende des Jahres wurde die Stimmung bei unserer Truppe immer gedrückter. Die Mehrzahl der Kameraden waren Berliner, und was sie von daheim hörten, sowohl die Bombardements, als auch das Näherrücken der Front, förderte nicht gerade ihren Optimismus. Auch unsere Offiziere wurden immer schweigsamer.
Ich hatte den Eindruck, dass Lt. Birk in letzter Zeit immer aufgeregter wurde. Gut kann ich mir denken, dass die Mitwisser des Attentats auf Hitler, und dazu gehörte er ohne Zweifel, allmählich durch die Gestapo aufgespürt wurden, und wie wir heute wissen, funktionierte die Rachemaschinerie Hitlers bis zum bitteren Kriegsende so gut wie überhaupt sonst nichts in diesem Chaos.

Es ist verständlich, dass Lt. Birk bei solchen Nachrichten oder Gerüchten in Panik geriet. Sicher fühlte er sich allein und konnte es sich an den Fingern ausrechnen, bis die Polypenarme der Gestapo auch nach ihm griffen.
Dass der Mensch „bald groß und stark, aber auch bald klein und schwach ist, da ihn viel Zweifel, Furcht und Kleinmut befällt", das wissen wir nicht nur aus der Geschichte, oder aus der Bibel, sondern auch aus unserem eigenen Leben, wenn wir ehrlich sind.
Weihnachten, das letzte Kriegsweihnachten, kam heran. Kurz vor dem Fest hieß es plötzlich, dass wir Herning verlassen und in den Norden Dänemarks verlegt würden. Die Nachbarkompanie verließ das Städtchen zwei Tage vor dem Fest, während wir die Feier am Heiligen Abend noch halten konnten, um dann gleich anschließend zu verladen.
Am neuen Ort Langaa hatten wir noch nicht ausgeladen, da wurde ein Ausbildungskommando von zwölf Mann in die Lüneburger Heide abgestellt, zu dem auch ich gehörte.
Als ich mich bei Lt. Birk abmeldete, hatte dieser ein sehr besorgtes Gesicht. Es sollte auch meine letzte Begegnung mit ihm sein, denn während unserer Abwesenheit wurde das ganze Offizierscorps abgelöst. Sie waren ja Mitwisser des geplanten Attentats auf Hitler, und so glaube ich, dass die NS-Gerichtsbarkeit nicht gerade fein mit ihnen umgesprungen ist.

Beim Ausbildungskommando
Unser neuer Wirkungsort war Fallingbostel in der Lüneburger Heide. Hier sollten wir Luftwaffen- und Marineangehörige, die keine Flugzeuge, Schiffe und Stützpunkte mehr hatten, als Panzerjäger ausbilden.

Eine fatale Bekanntschaft!
An einem Abend besuchten wir das Kino in Bergen-Belsen, das natürlich in einem solchen Soldatenlager gerammelt voll war. Gerade als die Vorführung begonnen hatte, ging das Licht aus, und gleich darauf ertönten auch die Sirenen zum Fliegeralarm. Alles drängte hinaus und zurück in die Unterkünfte, wo man wenigstens im Untergeschoss Zuflucht nehmen konnte.
Ziemlich geschlossen langten wir dort an, lediglich Unteroffizier Blecker fehlte. Erst lange nach dem Alarm kam er an, und berichtete stolz, dass er eine Bekanntschaft gemacht habe, ein Blitzmädel (Wehrmachtshelferin), und dass er mit der zusammen in einem verlassenen Schilderhaus gewesen sei. Am Sonntag hätte er ein Rendezvous mit ihr, da komme sie nach dem

Essen ihn abholen. Wir waren alle sehr gespannt auf seine Errungenschaft und hatten nun ein Thema.
Beim Mittagessen am Sonntag, das wir alle gemeinsam auf unserer Bude einnahmen, waren wir voller Spannung, und beobachteten mit ihm ihre Ankunft.
Tatsächlich, auf die Minute genau kam sie und fand sich auch gleich zurecht. Mit großer Selbstverständlichkeit betrat sie unsere Bude, begrüßte alle, wie wenn sie hier schon immer aus und eingegangen wäre.
Aber was war das für ein Typ? Sie trug zwar eine Uniform, die so ähnlich war, wie die der weiblichen Wehrmachtsangehörigen. Ein Schiffchen saß kess auf ihrem Kopfe, aber an der ganzen Kleidung war kein Hoheitszeichen, keine Kokarde, nichts dergleichen zu entdecken. Und was uns eigentlich noch mehr auffiel, ihr Gesichtsausdruck entsprach mehr einer Furie als einem weiblichen Wesen.
Gleich hatte sie bemerkt, dass uns ihr Anblick etwas ungewöhnlich vorkam, und sogleich begann ihr Mundwerk loszulegen: „Gelt, da staunt ihr, so was habt ihr noch nicht gesehen!“ Und dann erklärte sie uns in einer burschikosen Ausdrucksweise, dass sie nebenan in einem KZ-Lager als Aufseherin tätig sei, und daher keinerlei offizieller Hoheit unterstellt sei. Sie ließ uns auch wissen, dass bei ihnen der Abschaum der Gesellschaft lande, darunter Damen aus der höchsten Gesellschaftsschicht, die sich als Schmarotzerinnen, Kriegsgewinnlerinnen, Verräterinnen und Aufrührerinnen aufgeführt hätten. Vielfach kämen ihre Zöglinge in feinsten Pelzmänteln und bester Garderobe an. Sie aber, die Aufseherinnen brächten ihnen Mores und die nötige Zucht bei. Nach ihrer Ankunft bekämen sie einen Sack ausgehändigt, in den sie nach ihrer völligen Entkleidung alle ihre Habseligkeiten verstauen müssten. Dann gehe es vollständig nackt erst mal unter die kalte Dusche. Als neue Menschen, in würdiger Bekleidung, nämlich einem blauen Anton, fange für diese Dämchen ein neues Leben an, und das bestehe aus nutzbringender Arbeit, in Moor- und Sandgruben.
Sprachlos und betroffen hörten wir uns die Schilderung an, die sie uns auftischte, quasi als Nachtisch zu unserem Mittagessen. Aber nicht lange genossen wir ihre Gesellschaft, denn gleich fasste sie ihren „Freund“ unter, und sie verließen uns. Verdutzt ließen sie uns zurück, und wir waren nur gespannt, was er uns am Abend erzählen würde. Auch er war bei ihrem Anblick schockiert, und bestätigte das bei seiner Rückkehr. Er meinte aber, mit der sei er ja nicht verheiratet.

Prompt am nächsten Sonntag, wir saßen gerade wieder beim Mittagessen, blickte zufällig einer aus dem Fenster, und da marschierte sie auch schon an. Natürlich gab es gleich ein mords Hallo in unserer Runde. Unser guter Kamerad aber sagte: „Sagt ihr, ich hätte weg müssen, wäre nicht mehr da," und machte sich aus dem Staube, irgendwohin in dem weitläufigen Bau.
Die Xanthippe trat ein, hatte auch gleich gespannt, dass ihr Vogel weg war. Aber sie gab sich deshalb nicht geschlagen. „Dieses feige Luder hat sich doch sicher aus dem Staub gemacht, aber so leicht bin ich nicht abzuschütteln," sagte sie, und wie zur Bestätigung entdeckte sie auch gleich seine Feldbluse auf seiner Falle, die sie wie eine Trophäe hochhob. „Ich habe Zeit, ich kann warten", sagte sie und setzte sich bei uns an den Tisch, bis ihr ausgeflogener Vogel kam, der sich fadenscheinig entschuldigte, und dann eben notgedrungen mit ihr abzischte. Ziemlich kleinlaut erschien er dann abends wieder in unserer Runde. Aber das Rätselhafte an der ganzen Angelegenheit war, dass unser Kamerad in der Woche darauf abberufen wurde, aber niemand wusste wohin, auch nicht zum Stammtruppenteil. Er war und blieb verschwunden.
Dieses Erlebnis ließ uns ahnen, dass da drüben hinter den Zäunen des KZ Bergen-Belsen Schreckliches passierte. Wenn ich seither Leuten begegnet bin, die Zweifel an den Gräueltaten des NS-Regimes äußerten, widersprach und widerspreche ich auf Grund dieser Erfahrung.

Das Kriegsende

Mit viel Wenn und Aber, Ängsten und Wirrnissen gelangten wir wieder bei unserem Truppenteil in Dänemark an.
Ein neuer Kompaniechef war da, ein ganz „linientreuer" mit dem „Goldenen HJ-Abzeichen" als einzige Auszeichnung, und er wollte uns zum Endsieg führen. Als aber die Engländer näher rückten, rückte er ab, und wir bekamen ihn nicht wieder zu sehen. Die Kompanie löste sich auf, sogar die Kasse wurde noch gleichmäßig verteilt.
Dann ging es ein Vierteljahr in englische Internierung. Das war immerhin das Beste, was einem Landser der geschlagenen Armee widerfahren konnte, wofür ich heute noch dankbar bin.
Aber auch hier gab es die bange Frage, schicken sie uns nach Hause, oder behalten sie uns zum Abarbeiten der Kriegsschuld? Doch eines Tages hieß es, wer aus Württemberg, aus der amerikanischen Zone ist, wird entlassen. Und dann ging's ab ins Entlassungslager nach Neustadt.

Dort traf ich Landsleute, die Angehörige meiner alten Division in Russland gewesen waren, die sich bis hierher durchgeschlagen hatten, darunter auch zwei Schlierbacher, und gemeinsam mit einem der beiden ging es nach Hause. Wie treffen wir die Heimat an? Das war die große Frage.
In unseren abmontierten Uniformen, ohne Marschmusik, Rang- und Dienstgradabzeichen, und nur ein paar armseligen Gegenständen als Gepäck näherten wir uns der Heimat. Als wir aus dem Wald heraus die Feldmarkung betraten, trafen wir auf Leute aus dem Dorf, von denen wir erfuhren, dass der Ort beim Einmarsch der Amerikaner in Mitleidenschaft gezogen worden war. Auch dass mein Vater kurz vor dem Einmarsch an den Folgen eines Unfalls gestorben war. Schnellen Schrittes durchmaß ich den Flecken, kaum wahrnehmend, dass da, wo das Rathaus gestanden hatte, eine ausgebrannte Ruine stand, über die der blaue Himmel weit heranreichte.
Der Steg über den Schlierbach existierte noch, und nach einigen Schritten entlang der Hecke bei der Darre konnte ich mein elterliches Haus sehen. Es stand noch, und ich war erleichtert.
Nun erfuhr ich auch die näheren Umstände der Ereignisse. Beim Einmarsch der Amerikaner hatte irgendjemand Widerstand geleistet, den diese mit Artilleriebeschuss beantworteten. Sie trafen das Schul- und Rathaus, sowie einige andere Gebäude, darunter auch mein ehemaliges Geburtshaus, das abbrannte. Weil Dote Päules Häusle daran angebaut war, brannte dessen Dachstock auch ab, und eine Ecke des unteren Stockes wurde in Mitleidenschaft gezogen, weil hilfsbereite Nachbarn in der Not mit Gülle gelöscht hatten. Der „alte fromme Wunsch“ meines Vaters, ein warmer Wind möge kommen, und die ganzen Selbanderbuden wegfegen, war Wirklichkeit geworden, aber zu einer Unzeit, als ganz Deutschland in Trümmern lag, und jeder Stein und jeder Balken, eine unerschwingliche Kostbarkeit bedeutete.
Voller Hoffnung sah Dote Päule nun auf mich. Sie rechnete damit, dass ich ihr heim Wiederaufbau zur Seite ging, und das war auch meine erste Aufgabe.
Das Holz für den Dachstuhl gab die Gemeinde, und schon nach wenigen Tagen konnte aufgerichtet werden. Die Dachplatten, zusammengebettelt in der ganzen Gemeinde, reichten auch gerade so hin. Nun war wenigstens ein Dach drüber, und nun konnte man an den unteren Teil des Häuschens gehen.

Aber gerade an Steinen zur Ausbesserung der schadhaften Ecke mangelte es. Wir wandten uns an den kommissarischen Bürgermeister, Er wusste zunächst auch keinen anderen Rat, als dass wir, da es sich ja nur um eine kleine Menge handle, uns bei den Trümmern der Rathausruine bedienen könnten. Ein Wiederaufbau dieses Gebäudes käme ohnehin erst in Betracht, wenn größere Mengen Baumaterial beschafft wären. So machte ich mich an die Arbeit, um die etwa 100 Steine, die wir brauchten, zu bergen.

Ein Schuldbekenntnis.

Als ich an die Ruine herankam, hörte ich, dass in der hintersten Ecke bereits jemand scharrte und klopfte. Neugierig, was da wohl wäre, ging ich hinein. War das vielleicht ein Bild, das sich mir bot!

Auf einigen Steinen, einen alten Sack darüber gelegt, saß in einem abgeschabten Anzug mit einer Schaffschürze darüber unser alter Oberlehrer, Herr Späth, und scharrte Steine ab. „So trifft man sich wieder, inmitten von Ruinen, und wir sind alle schuld, mehr oder weniger, dass das so gekommen ist. Besonders als Lehrer fühle ich mich dafür verantwortlich. Leichtgläubig haben wir dem Hitler zugejubelt, sind ihm gefolgt und ließen uns von ihm verführen. Selber habe ich euch den Spruch gelehrt: ‚Mein Kind, wenn dich die bösen Buben locken, so folge ihnen nicht' und selber bin ich darauf hereingefallen. Nun will ich wieder gut machen, soviel mir möglich ist, und sei es auch nur durch Steineputzen!"

So sprach er inmitten der Rathausruine, und in dem Augenblick war mir eigentlich gar nicht bewusst, wie symbolträchtig dieses Bekenntnis gerade in dieser Umgebung war.

Das war eines der wenigen Schuldbekenntnisse, die ich erlebt habe. Die Allermeisten hatten nur das Beste gewollt, wenn man sie hörte. Herr Späth war wohl Parteigenosse, musste es als Schulleiter auch sein, trat aber damit nie besonders in Erscheinung. Leider hat er es nicht mehr erlebt, wieder als Lehrer arbeiten zu dürfen, denn er ist vorher gestorben.

Auch ich musste mir die Frage nach meinem Standpunkt durch diese Zeit stellen. Auch ich war tief beeindruckt, als nach dem deutschen Einmarsch die Glocken des Straßburger Münsters aus dem Radio erklangen, als Paris gefallen war, als die Engländer fluchtartig Dünkirchen räumten, und als eine Front zustande kam vom Schwarzen Meer bis nach Finnland. Auch ich ließ mich von den anfänglichen Erfolgen blenden, wenn ich auch mit den Nazis einige negative Erfahrungen gemacht hatte. Jetzt stand auch ich vor Trümmern, die ich mit verursacht hatte. ICH WAR AUCH DABEI!